Margot Berger

Pferdefreunde, Sommerglück

Margot Berger
begann ihre Journalistenlaufbahn als Redakteurin bei großen Tageszeitungen und Frauenzeitschriften. Die begeisterte Reiterin und Pferdeexpertin lebte und arbeitete als selbstständige Journalistin und Buchautorin in Hamburg.

Als Sammelbände von »Die Pferde vom Friesenhof« liegen außerdem vor:
»Ein Sommer voller Pferdeglück«
»Pferde, Sommer, Abenteuer«
»Pferdefreundschaft für immer«

Margot Berger

Pferdefreunde, Sommerglück

Zwei Pferderomane in einem Band

Arena

FSC
www.fsc.org
MIX
Papier aus verantwortungsvollen Quellen
FSC® C110508

1. Auflage 2017

Dieser Sammelband enthält die Einzeltitel »Kleines Fohlen sucht Freunde«
© 2005 Ensslin im Arena Verlag GmbH, Würzburg
und »Rettung aus der Flut« © 2006 Ensslin im Arena Verlag GmbH, Würzburg
aus der Reihe »Die Pferde vom Friesenhof«.
Cover- und Innenillustration: Melanie Brockamp
Gesamtherstellung: Westermann Druck Zwickau GmbH
ISBN 978-3-401-45457-3

Besuche uns unter:
www.arena-verlag.de
www.twitter.com/arenaverlag
www.facebook.com/arenaverlagfans

Inhalt

Lageskizze	6
Es spielen mit	8
Kleines Fohlen sucht Freunde	11
Rettung aus der Flut	143

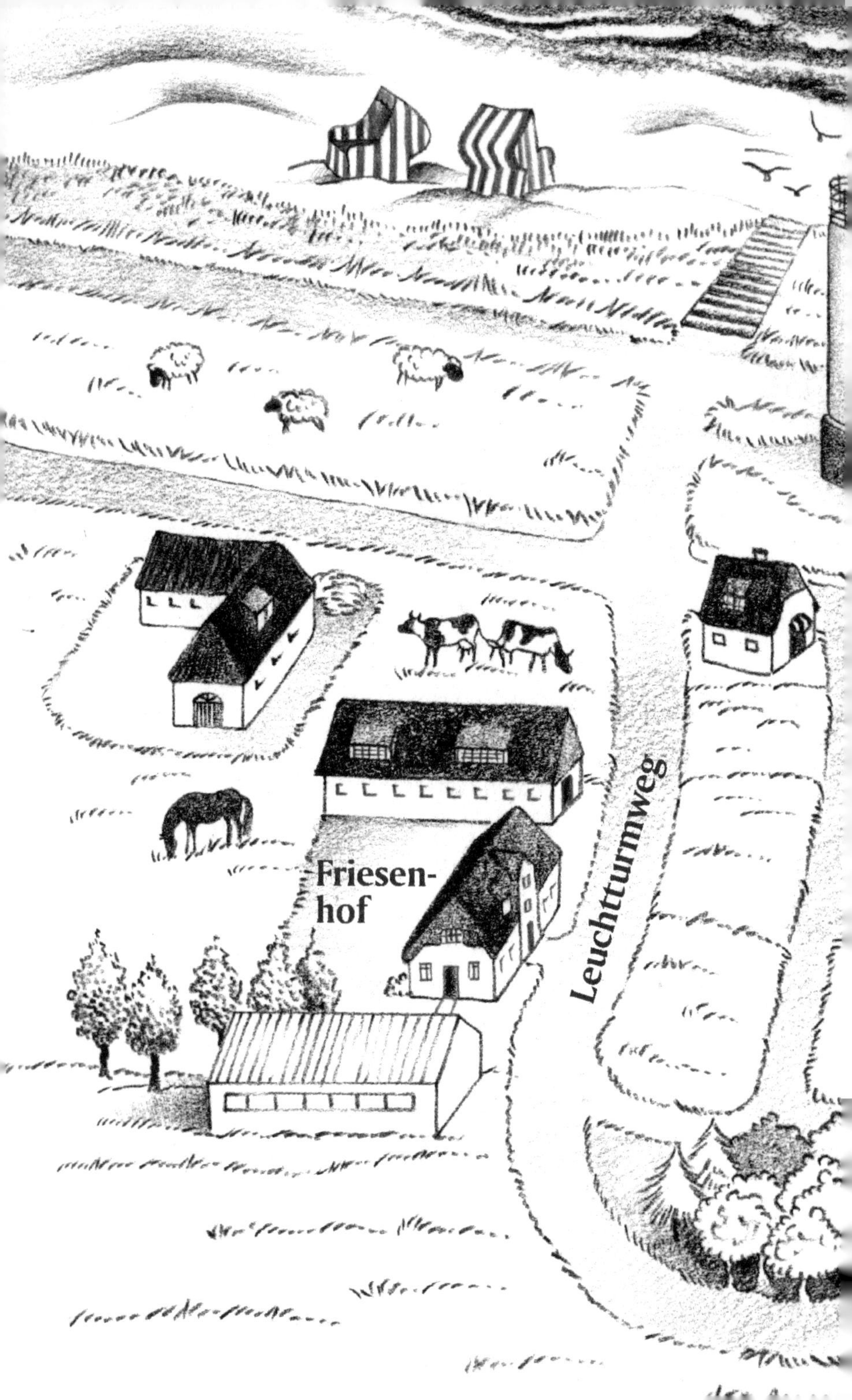
Friesen-
hof
Leuchtturmweg

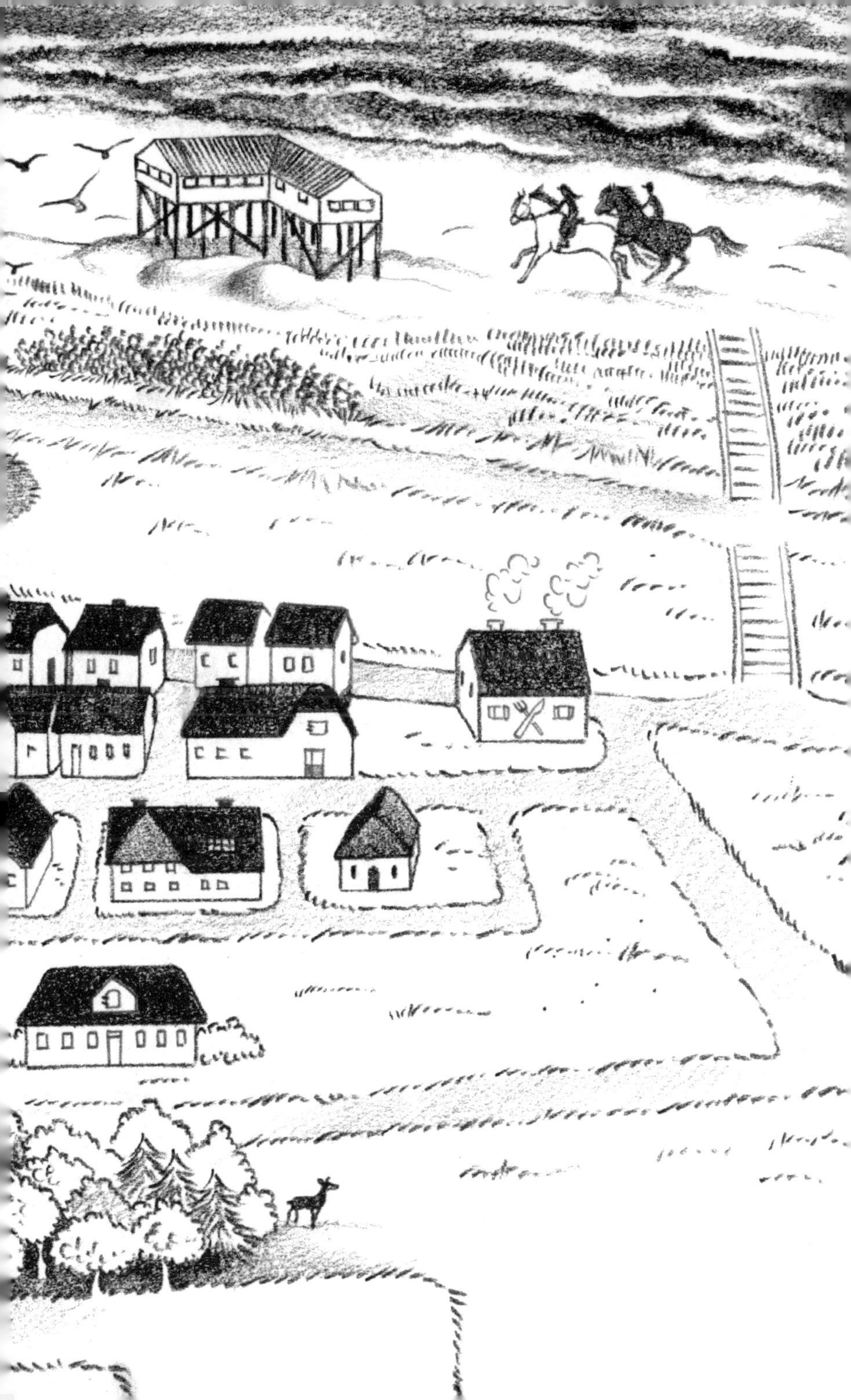

Es spielen mit:

Klara Lea

Lea Eichhorn (12) ist temperamentvoll und unbekümmert, ein richtiger Feuerkopf. Für alles zu haben, was Spannung verspricht. Manchmal schrammen Leas verrückte Abenteuer haarscharf an einer Katastrophe vorbei. Wenn es um Pferde geht, ist sie aber total zuverlässig.

Klara Eichhorn (13 ½) muss ihre wilde Schwester immer wieder bremsen. Meist schafft sie das, denn Klara ist die beste Streitschlichterin der Welt. Zumindest finden das ihre Eltern, die Tierärzte Meike und Markus Eichhorn. Es gibt wenig, das Klara auf die Palme bringt. Aber wehe, wenn Tiere schlecht behandelt werden …

Auf dem Reiterhof der Familie Eichhorn ist ständig etwas los. Rätselhafte Ereignisse und spannende Abenteuer halten die Reiterinnen in Atem. Ohne fremde Hilfe läuft oft gar nichts. Ein Glück, dass auf diese fünf Mädchen aus Westerbüll stets Verlass ist:

Kim

Mascha

Emma

Jette

Nelly

Kim Behrens, die Spröde – bringt verzwickte Dinge auf den Punkt und tut unbeirrt, was sie für richtig hält.

Nelly Ingwersen, die Zuverlässige – ist die Tochter des Strandkorb-Vermieters, die anpackt, wenn Not am Mann ist. Nellys großer Bruder Niels ist für alles zu gebrauchen . . . und sooo süß.

Emma Hansen, die Ängstliche – muss sich mit krankhaft besorgten Eltern abplagen und heimlich zum Stall schleichen.

Mascha Mewes, die Lustige – kann auch mit Zicken umgehen und sie für alles begeistern.

Jette Jacobs, die Schlaue – lebt im Gasthaus »Wattenkrug«, wo die Gerüchteküche brodelt. Ihr Spürsinn ist unschlagbar. Logisch, dass Jette später zur Polizei will.

Kleines Fohlen sucht Freunde

Inhalt

1. Die Baracke im Wald 14
2. Irgendwas ist faul 25
3. Horror in der Nacht 33
4. Das Geheimnis des Geisterstalls 41
5. Kann Klara Hilfe holen? 49
6. Was passiert mit dem Fohlen? 59
7. SOS – Mutter gesucht 68
8. Jette ermittelt 74
9. Fieberhafte Suche 86
10. Auf den Spuren des Täters 91
11. Der Tätowierte springt ein 102
12. Die Löwenflasche 111
13. Tipos große Stunde 122
14. Hinter Gittern 130

1. Kapitel
Die Baracke im Wald

Jede Wette, wir haben eine Abzweigung verpasst.«

Neben einem Ameisenhügel sprang Klara Eichhorn vom Rad und versetzte seinem unschuldigen Vorderreifen einen Tritt. »Wo sind wir bloß gelandet?« Suchend ließ sie ihre Blicke durch den lichten Kiefernwald schweifen. Mehr als zehn Minuten irrte sie jetzt mit ihrer Freundin Emma Hansen zwischen den Bäumen umher.

Den ersten Platz bei der Fahrrad-Rallye konnten sie sich abschminken. Man musste verdammt schnell sein, wenn man die anderen Teams abhängen wollte. Einmal verfahren und aus der Traum vom Siegerpreis.

Emma stützte sich auf ihren Lenker und brütete über den Rallye-Aufgaben.

»Wir sind total falsch. Ein Wald kommt hier gar nicht vor.« Mit dem Finger verfolgte Emma die markierten Wege auf dem Schreibblock. »Nächste Station sollte der Nordseedeich sein. Keine Ahnung, wo wir jetzt sind und was wir falsch gemacht haben. Dabei hat dein Vater alles anständig beschrieben.«

Emma steckte die Notizen ein und schwang sich aufs Rad. »Egal, wir fahren noch ein Stück. Irgendwann muss der Deich ja auftauchen.«

Weit kamen die Mädchen nicht, denn der Sandweg verengte sich zunehmend. An beiden Seiten wucherte meterhoch rosa Unkraut mit klebrig schimmernden Blättern. Wie ein enger Tunnel aus Gras und Gestrüpp lag der Pfad vor ihnen.

Es half nichts, sie mussten absteigen. Mit den Händen teilten sie das klebrige Kraut, um voranzukommen. Bald verlor sich der kaum benutzte Weg im Unterholz. Mit eingezogenen Köpfen stießen Klara und Emma ihre Räder vorwärts. Unter ihren Schuhsohlen knackten Kiefernzapfen. Bei jedem Fußtritt zerbrachen trockene Zweige, die den Waldboden kreuz und quer bedeckten.

»Unheimlich«, flüsterte Emma. Sie wagte nicht, ihren Kopf zu drehen, sondern schielte nur nach rechts und links.

Obwohl es schon spät am Vormittag war, waberte noch weißer Morgendunst in den Büschen, im feuchten Farnkraut wehten Spinnweben. Ein Windstoß trieb welke Kiefernnadeln durch die Luft.

Klara sah zu Emma hinüber. Geheuer war ihr dieser einsame Wald auch nicht. Was zum Teufel machten sie hier an einem schulfreien Freitagmorgen? Sie hätten jetzt auf dem Friesenhof bei ihren Pferden sein können. Bei Luna und Magic, bei Tipo, Flicka, Joker, Rambo, bei Muli, dem Maultier, und den anderen. Die Rallye war die Idee ihres Vaters gewesen. Markus Eichhorn hatte beschlossen, dass die Mädchen mal etwas anderes sehen müssten als Pferde, Pferde und nochmals Pferde. Und er hatte diesen freien Freitag – Elternsprechtag – für Geländespiele auserkoren.

»Sollen wir zurück, Emma?« Klara wusste, wie ihrer furchtsamen Freundin zumute sein musste.

Heftig schüttelte das blasse blonde Mädchen den Kopf, während sie ihre klebrigen Handflächen an der Hose abrieb. Nein, sie wollte nicht immer der Angsthase sein. Mit zusammengebissenen Zähnen marschierte Emma weiter. Bald mündete das Dickicht in einen handtuchbreiten Trampelpfad, der nach kurzer Zeit auf einen hellen Feldweg stieß. »Da, Reifenspuren im Sand.« Erleichtert stöhnte Emma auf. »Hier ist ein Auto gefahren. Ich dachte schon, hinterm Wald ist die Welt zu Ende.«

Rostiger Stacheldraht trennte den Weg von einer weitläufigen, leeren Weide, die bis zu einer entfernten Kieferngruppe reichte. Windschief ragten Zaunpfähle aus der Erde. Gerade als Klara wieder aufsteigen wollte, entdeckte sie eine Baracke hinter der Baumreihe. Zwischen den dunklen Kiefern konnte man das graue Holz kaum ausmachen.

»Wenn mich nicht alles täuscht, ist das ein Stall.« Klara legte eine Hand über die Augen, um besser zu sehen. »Ein Pferdestall? Sollen wir hin und nachsehen, ob der noch benutzt wird?«

Emma nickte zustimmend. »In Ordnung. Verloren haben wir sowieso. Die Zeit holen wir im Leben nicht mehr auf.«

Sie ließen ihre Fahrräder am Wegrand liegen und stapften zu Fuß über einen holprigen Pfad zum Ende der Weide.

»Na, verlaufen?«

Eine rasselnde Stimme am Wiesenrain ließ die Mädchen zusammenzucken. Emma spürte, wie sich ihr Magen vor Schreck zusammenzog. Ängstlich griff sie nach Klaras Hand. Unwillkürlich wichen beide Mädchen zurück: Auf einem Baumstumpf zwischen den Kiefern saß ein Mann mit Piratenkopftuch und drehte sich eine Zigarette. Er mochte um die vierzig sein.

Ohne einen Pieps herauszubringen, starrten die Mädchen auf den muskelbepackten Fremden. Sein nackter Oberkörper war von Tätowierungen übersät. Klara und Emma hatten schon etliche wilde Tattoos bei Urlaubern am Strand gesehen, aber nicht von diesem Ausmaß. Allein die Brust! Im Sturzflug schossen rote Schwalben in ein Geflecht aus blauen Ranken. Und dann die Arme, stämmig wie Bäume, um die sich Spiralen in Grün und Blau drehten. Vom Knie abwärts stellten kurze Jeans seine bebilderten Beine zur Schau, man sah kein Stück freie Haut mehr. Wuchtige silberne Halsketten klirrten, als der Tätowierte das Zigarettenpapier an die Lippen hob, anfeuchtete und geschickt um den eingelegten Tabak rollte.

Verstohlen zog Emma ihr Handy hervor und schielte auf das Display. Gott sei Dank, eingeschaltet! Sie konnte jederzeit Hilfe holen.

»Ganz ruhig, Mädchen. Musst nicht gleich die Polizei rufen.« Gelassen zupfte der Tätowierte herausstehende Tabakkrümel aus der Zigarette. Er klopfte die Selbstgedrehte aufs Knie und betrachtete die Kronen der leise rauschenden Bäume. »Fetter Sound«, sagte er mit seiner rostigen Stimme; sie klang wie eine Fahrradkette, die dringend Öl brauchte.

Klara wechselte einen irritierten Blick mit Emma. »Fetter Sound? Wo denn?«

Eine gewaltige Pranke, bis zu den Fingerknöcheln mit Ornamenten bemalt, zeigte auf die Kiefern, durch die der Wind ging. Sachte rieben die Nadeln aneinander. Sosehr Klara auch lauschte, sie vernahm nichts Besonderes.

»Das hört ihr Landratten wohl gar nicht mehr«, röhrte der Mann lachend und zog sein Kopftuch tiefer in die Stirn. »Aber wenn du auf hoher See bist, um dich herum nichts als tosendes Meer, schwere Brecher und scheppernde Teile an Deck, dann träumst du vom sanften Sommerwind.«

Klara betrachtete ihn, als hätte sie es mit einem Außerirdischen zu tun und nicht mit dem Seemann, der er offenbar war. »Tatsächlich?«

Der Tätowierte schob die gedrehte Zigarette hinters Ohr, sorgsam darauf bedacht, sie nicht zu zerdrücken. »War oft in der Südsee. Wilde Überfahrten. Fidschi. Samoa. Tahiti.« Stolz reckte er den rechten, mit unzähligen Mustern bedeckten Arm. »Die schönsten stammen von den Inseln. Meisterstücke.«

»Na ja«, sagte Klara. Sie war hellwach und bereit, jederzeit das Weite zu suchen. Der Typ sah zum Fürchten aus. Andererseits benahm er sich nicht wie ein Ganove.

»Geht bald wieder los«, sagte er, unterbrochen von bellendem Husten, und erhob sich. »Nach Südamerika.«

Klara blieb nach wie vor auf der Hut. Unnötig lange wollte sie sich mit dem Mann nicht unterhalten, darum wechselte sie rasch das Thema. »Wissen Sie, ob in dem Stall dort drüben Pferde stehen?«

»Pferde? Keine gesehen.« Für Klaras Geschmack antwortete er eine Spur zu schnell. Der Seemann bückte sich nach dem aufgerollten Schlafsack im Moos, schulterte einen voll gestopften Beutel und tippte an sein Kopftuch. »So long. Findet ihr zurück an Bord? Ich meine – nach Hause?«

»Klar. Ist ja fast um die Ecke. Ganz nah«, flunkerte Emma, um dem Mann vorzugaukeln, jede Menge Erwachsene ständen bereit, um ihnen notfalls zu helfen. »Wie heißen Sie eigentlich?«

»Tahiti«, grinste der Tätowierte und wandte sich zum Gehen, wobei seine Waden unter den ausgefransten Jeans sichtbar wurden. Was für Tattoos! Links ein gelber Anker, rechts kreuzte ein Viermaster mit geblähten Segeln unter kreisenden Möwen.

»So heißen Sie nie im Leben«, rief Emma aufmüpfig hinter ihm her. »Tahiti ist doch kein Name.«

»Tahiti«, rief er heiser lachend zurück und schwenkte den Schlafsack über seinen Kopf.

Mit unbehaglichem Gefühl sahen Klara und Emma dem Kleiderschrank von einem Mann nach, bis er am Ende des Sandwegs verschwunden war. Erst dann trauten sie sich, die Holzbaracke näher in Augenschein zu nehmen.

Muffiger Geruch schlug ihnen entgegen. Heruntergekommene Boxen reihten sich nebeneinander. Solche uralten Türen, in denen oben nur eine schmale Gitterreihe Licht durchließ, gab es in modernen Ställen kaum mehr. Das ausgetrocknete graue Holz hatte seit Jahren keinen Anstrich mehr gesehen. Ein verbeultes, mehrfach geflicktes Wellblechdach, das sich an einigen Stellen nach unten durchbog, deckte die Bruchbude ab. Schräg gestellte Bretter und Balken stützten das Dach, damit es nicht zusammenbrach.

Leise schlichen Klara und Emma um die verwahrloste Anlage herum. An einer fensterlosen Bretterwand lehnten eine Schubkarre ohne Rad und zwei altersschwache Mistforken. Der schmale Weg mündete in einen engen, ungepflasterten Hof. Aus allen Ritzen spross Unkraut. Zwei alte Autositze mit zerschlissenen Polstern lagen in der Ecke.

»Wieso gibt es keinen Eingang zu den Boxen?«, wisperte Emma.

Klara zuckte die Schultern. »Scheint gar keine geplante Anlage zu sein.« Vorsichtig spähte sie um die Ecke auf den Hof. »Guck mal, das Holz sieht überall anders aus, mal hell, mal dunkel. Man hat wohl ständig etwas angebaut. Darum gibt es auch keine Stallgasse. Wenn ich das richtig sehe, kommt man nur von außen in die einzelnen Boxen.«

Emma zählte die Boxen an der Außenseite. Sie kam auf elf. Außerdem gab es drei weitere, deren Türen auf den Hof hinausgingen. Also insgesamt 14.

»Ich möchte gern wissen, wer einen Stall so dreckig hinterlässt«, sagte Klara angewidert und hob ein zerrissenes Halfter auf. Eine rote Schnecke fühlte sich gestört und kroch unter wuchernden Löwenzahn. Zehn Meter entfernt pickten zwei Möwen in vertrockneten Pferdeäpfeln. Als die Mädchen näher kamen, segelten sie kreischend davon. Neben dem Misthaufen gammelten einige Ballen Stroh vor sich hin, die obere Schicht schwarz vor Schimmel. Aus einem aufgerissenen Rundballen Heu quoll eine faulige Masse schmieriger Halme.

»Hilfe!«

Der plötzliche Klingelton fuhr Emma derart in die Knochen, dass sie mit einem Aufschrei Klaras Arm umklammerte. Das Handy!

Ihre Freundin verzog das Gesicht. »Fetter Sound.« Perfekt ahmte Klara die kratzige Stimme des Tätowierten nach. »Cool bleiben, Emma. Das ist bestimmt der Schlittenhund.«

Schlittenhund nannten sie Emma Hansens Mutter. Den Namen hatten die Mädchen ihr wegen ihrer kühlen gletscherblauen Augen verpasst. Frau Hansen war eine richtige Nervensäge, die ihre einzige Tochter von morgens bis abends über Handy verfolgte.

»Ja, Mama«, sagte Emma ins Handy. »Nein, Mama. Wir machen doch nur eine Fahrrad-Rallye, Mama.«

Frau Hansens Stimme wurde laut, wie immer, wenn sie sich aufregte.

»Geh nicht von den vorgeschriebenen Wegen ab, hörst du, Kind?«

Emma verdrehte die Augen. »Natürlich nicht, Mama.«

»Sonst frisst dich der böse Wolf...«, lästerte Klara leise.

Plötzlich huschte ein dunkler Schatten an Emmas Füßen vorbei. Geduckt schoss eine fette Ratte unter einen Stapel mit Unrat.

»Iiih«, schrie Emma und sprang mit einem Satz hoch.

»Was ist los, Kind? Ist dir was passiert?«

Tapfer schluckte Emma ihren Ekel herunter. »Nein, Mama«, sagte sie. Sicherheitshalber stellte sie sich auf die Zehenspitzen und ließ den Abfallhaufen nicht aus den Augen. »Bin nur gerade durch eine tiefe Pfütze gefahren.«

Emma überlegte kurz, ob sie ihrer Mutter die Wahrheit sagen sollte. Sollte sie von ihrer Irrfahrt erzählen? Von dem tätowierten Seebären? Dem Pferdestall? Eins, zwei, drei würde der Schlittenhund dann die Polizei von Westerbüll verständigen. Und aus war es mit den gemeinsamen Ausflügen.

Argwöhnisch betrachtete Emma den Stapel, unter den der fette Nager verschwunden war. Klara lachte leise, bleckte die Vorderzähne wie eine Ratte und fuchtelte mit gekrümmten Fingern vor Emmas Gesicht herum. Emma schubste sie weg. »Ja, Mama, zum Abendessen bin ich zu Hause.«

Sie steckte ihr Handy weg. »Ehrlich gesagt, ich möchte hier bald verschwinden.«

Klara nickte. »Machen wir. Aber vorher gucken wir in die Boxen. Wehe, hier steht noch ein Pferd, dann gehen wir sofort zum Tierschutzverein.«

Alle Türen waren mit Riegeln gesichert. Die Bolzen machten allerdings den Eindruck, als könne man sie leicht zur Seite schieben. Unschlüssig sahen die Mädchen sich an.

»Aufmachen?«, fragte Klara.

»Lieber nicht, am Ende züchtet hier jemand heimlich Kampfhunde, die uns anfallen.«

»Du spinnst. Die würden wohl kaum so ruhig sein.«

Trotzdem hatte Klara Respekt vor den verschlossenen Türen. Wer konnte wissen, was dahinter versteckt war? Eine entführte Geisel? Rauschgift? Ein Diebeslager? Waffen? Alles war möglich. So beschränkte Klara sich fürs Erste darauf, ihre Hände zu einer Räuberleiter zu falten, um Emma hochsteigen zu lassen.

Doch Emma machte nichts Verdächtiges aus, als sie durch die Stäbe der Tür äugte. Nur verdreckter Beton, wohin sie auch blickte. Kein Pferd, kein Hund, kein Diebeslager. Genau dasselbe – nämlich nichts – erwartete sie in zwei weiteren Boxen, in die Emma mit Klaras Hilfe hineinspähte. Schmutzig und verlassen.

Sie mussten über eine niedrige, eingestürzte Mauer steigen, um zur nächsten Boxengruppe zu gelangen. Abgebrochene Ziegelsteinbrocken häuften sich kreuz und quer im Gras. Die Mauerreste mussten schon lange Zeit hier liegen, denn aus den Fugen wucherten Brennnesseln, die den Mädchen bis an die Knie reichten.

Wieder standen Klara und Emma vor verschlossenen Boxen. Diesmal nahmen sie allen Mut zusammen und beschlossen, die Riegel zu öffnen. Vorsichtshalber zog Emma ihr T-Shirt über den Kopf. »Falls sich drinnen Ratten verstecken. Ich habe gehört, Ratten springen Menschen mitten ins Gesicht, wenn sie in Panik geraten«, flüsterte sie durch die Ärmelöffnung.

Klara zählte leise bis drei, dann riss sie beherzt den Riegel zur Seite. Knarrend sprang die Tür auf.

Mit angehaltenem Atem beugte Klara sich vor. Die Box war unbewohnt, aber auf dem Boden häuften sich alte Einstreu, getrockneter Mist, Reste von Heu. »Sieht so aus, als hätte hier ein Pferd gestanden. Ich schätze mal, das ist noch gar nicht so lange her, wenn ich mir den Mist angucke.«

Nun trauten sie sich auch in die nächsten Boxen. Überall

dasselbe Bild. Alte Einstreu, teilweise verschimmelt. An den Wänden hingen Automatik-Tränken, verstaubte Spinnweben klebten an den Wasserleitungen. Probeweise testete Klara eine Tränke und sofort plätscherte Wasser in das Becken.

»Hm, die Tränke ist kürzlich noch benutzt worden. Sonst wäre das Wasser längst abgestellt. Wer hier wohl Pferde gehalten hat? Ich muss unbedingt Papa fragen, ob er diesen miesen Stall kennt.«

Kaum hatte sie den Satz beendet, krachte und knallte es über ihnen. Unwillkürlich zog Klara den Kopf ein und verbarg ihn zum Schutz in ihren Armen. Auch Emmas Nerven flatterten. Ihre Herzen hämmerten wie wild. Stürzte das Dach ein? Erneut donnerte es. In diesem Moment rollte eine Handvoll trockener Kiefernzapfen vom Dach herunter und kullerte auf den Hof. Erleichtert fielen sich die Freundinnen in die Arme. Wie ein Gewitter hatte es geklungen, als die harten Zapfen auf das Blechdach aufschlugen.

»Puh, noch einmal Glück gehabt«, stöhnte Emma nervös. »Komm, Klara, wir hauen ab. Stell dir vor, der Besitzer kreuzt auf!«

»Ja, der wird garantiert stinkig sein, dass wir seine Bruchbude entdeckt haben.« Auch Klaras Bedarf an Überraschungen war für heute gedeckt. »Der Tätowierte ist mir auch nicht geheuer. Warum treibt der sich hier herum? Nichts wie weg. Zum Glück stehen hier keine verwahrlosten Pferde.«

Doch das war ein verhängnisvoller Irrtum . . .

2. Kapitel
Irgendwas ist faul

Eine Sandwolke stieg vom Feldweg auf und trieb über die verlassene Weide, als Klara und Emma zu ihren Fahrrädern liefen und hastig davonfuhren.

Tief gruben sich die Reifen in den Sand, die Mädchen kamen nur mühsam vorwärts und rechneten mit einer langen Heimfahrt. Umso überraschter waren sie, als bereits nach kurzer Zeit ein glänzendes Ortsschild in der Sonne aufblitzte. Grünhagen! Eine Handvoll verstreuter Häuser duckte sich unter schlanken Ebereschen, in denen Dolden roter Vogelbeeren hingen. Hinter Lattenzäunen kletterten meterhohe Sonnenblumen empor, groß und schwer, mit Blüten, die sich zur Erde neigten.

»Grünhagen – der Ort kommt mir bekannt vor. Schätze, wir sind gar nicht weit vom Friesenhof entfernt«, stellte Klara erfreut fest. Schemenhaft erkannte sie in der Ferne den sanft ansteigenden Nordseedeich. »Wir haben vorhin einen Riesenumweg gemacht. Zurück nach Westerbüll müssen wir nur am Deich entlang.«

Auf dem Radweg blies der Wind von hinten und trieb sie bis zum Leuchtturm, wo sie 20 Minuten später in Richtung Friesenhof abbogen. Am Ahornbaum in der Hofeinfahrt hing eine Papptafel, die den Verlauf der Rallye festhielt. Klara und Emma stiegen ab und suchten auf dem Plan nach der Stelle, wo sie sich verirrt hatten.

Eine Schubkarre mit Mist wurde aus der Stalltür geschoben, dahinter tauchte Markus Eichhorn auf. Verdutzt setzte Klaras Vater seine Fuhre ab und sah auf die Uhr, als er seine Tochter und Emma erblickte. »Schon zurück? Dann fehlen euch aber einige Aufgaben! Sieht nicht gerade nach dem ersten Preis aus.«

Klara lehnte sich über den Sattel. »Stimmt, Papa. Lief gar nicht gut für uns. Wir haben uns total verfranst und sind in Grünhagen gelandet. Kennst du den Pferdestall dort? Hinterm Dorf? Eine richtige Bruchbude.«

Der Hofbesitzer und Tierarzt für Großtiere schüttelte den Kopf. »Bis jetzt bin ich nie nach Grünhagen gerufen worden. Wie viele Pferde stehen denn dort?«

»Gar keine. Alles verwaist. Aber es gibt 14 Boxen. Und die vergammelte Einstreu liegt noch drin.«

Markus Eichhorn runzelte die Stirn. »Das klingt allerdings merkwürdig.«

»Sieht aus, als ob jemand Hals über Kopf ausgezogen ist«, ergänzte Emma. »Im Hof lagen noch Heuballen.« Mit keiner Silbe erwähnte sie den Tätowierten im Wald. Erwachsene neigen zu hysterischen Anfällen, wenn sie so etwas hören. Emma kannte das hinreichend von ihren Eltern. Mund halten, hieß es. Auch wenn Markus Eichhorn cooler war als ihr eigener Vater. Sie wollte trotzdem nicht riskieren, dass er die Ausritte strich, wenn er von dem streunenden Seemann hörte.

Nachdenklich schob Herr Eichhorn die Hemdsärmel hoch. »Wundert mich, dass ich nie von dem Stall gehört habe. 14 Boxen? Nicht gerade eine kleine Anlage.« Er griff erneut zur Schubkarre. »Bin in Eile. Ihr wisst ja, ich habe gleich Dienst als Turnier-Tierarzt. Habt ihr Lust, Tipo auf die große Weide zu bringen? Die Zeit wird mir zu knapp. Bleibt aber in der Nähe, falls es Theater gibt.«

»Klar, Papa, kannst dich auf uns verlassen.«

Die Räder flogen ins Gras und die Mädchen rannten zur kleinen Weide neben dem Reitplatz, der verlassen in der Sonne lag. Erst in den Ferien würde wieder Hochbetrieb herrschen. Bis dahin kamen nur ab und zu Schulklassen, aber im Moment war niemand da.

»Was ist denn mit Tipo?«, erkundigte sich Emma, als sie das Gatter zur kleinen Weide hinter sich schloss, auf dem Tipo mit zwei Shettys und dem Maultier stand.

Sofort fetzten Rambo und Zorro auf die Mädchen zu. Lachend hielt Klara sich die Shettys vom Hals. »Nein, ihr verfressenen Süßen, keine Leckerlis zwischendurch, ihr wisst doch, wie streng der Chef vom Friesenhof ist.«

Ungerührt von der Predigt, stießen Rambo und Zorro ihre Nasen in die Taschen der Mädchen, wühlten die Köpfe hinein, bis die Nähte ächzten. In der Ferne hoben Muli und

Tipo den Kopf und schätzten ab, ob sich der Weg zum Gatter lohnte. Behäbig setzte sich das rotbraune Maultier in Bewegung und der schwarze Tipo folgte ihm.

Zu ihrer Freundin sagte Klara: »Tipo soll in Zukunft zu den anderen Großpferden auf die Weide. Seit ein paar Tagen gewöhnen wir ihn daran.«

»Weg von Muli? Aber der ist doch sein Freund.«

»Bleibt er ja. Sie sehen sich doch über den Zaun. Und im Stall stehen die beiden auch nebeneinander. Aber Tipo ist ein temperamentvolles Rennpferd und Muli ein gemütliches Maultier, das sich nicht grundlos bewegt. ›Tipo braucht Kumpels für schnelle Laufspiele‹, sagt Papa. Und mehr frisches Gras.«

Klara zeigte auf den kargen Boden zu ihren Füßen. »Siehst ja selber, hier wächst kaum etwas. Für die Ponys und Muli ist das ideal, sonst werden sie zu dick und kriegen Hufrehe. Aber Tipo ist ein feuriger Kerl, der braucht viel Futter.«

Emma versuchte, Muli zu kraulen, aber seine langen Ohren pendelten und er wich aus. Das Maultier ließ sich ungern anfassen, höchstens von Klara oder ihrer Freundin Kim. Klara lachte. »Unser Maultier! Muli ist ein Einzelgänger, der hält immer Abstand.«

Von hinten rammte Tipo seine Nase in Klaras Rücken und schwang dann drohend seinen Kopf nach den Shettys, die beleidigt das Weite suchten. Tipo war schrecklich eifersüchtig. Seit Klara ihn von der Rennbahn gerettet hatte, beanspruchte er sie ganz für sich.

Klara tätschelte Tipos Backe und führte ihn zur Nachbarkoppel. Ohne Aufregung registrierten die Pferde den Neuankömmling. Von Weitem trotteten Joker und Bonny herbei, die beiden Haflinger. Mit vorgestrecktem Kopf beschnupperten sie Tipo und alle bliesen sich gegenseitig den Atem in die Nüstern.

»So sagen sich Pferde Guten Tag«, erklärte Klara. »Süß, nicht?«

Von der Seite gesellte Flicka sich dazu, die Fjordstute, aber Tipo verjagte sie sofort mit angelegten Ohren.

»Wieso benimmt er sich so unverschämt?«, fragte Emma empört.

»Das ist eben Pferdeart. Kann man nichts machen. Jede Herde hat eine Rangordnung und Tipo versucht gerade, seinen Platz zu finden. Möglichst weit oben.«

»Höher als Magic? Der ist doch hier der Chef.«

Klara lachte. »Das schafft Tipo wohl nicht. Zumindest im Moment nicht. Da kommt Magic, kannst es selber beobachten, Emma.«

Entschlossen stapfte der mächtige Friese auf Tipo zu, bis er ihm Nase an Nase gegenüberstand. Magic rückte Tipo so dicht auf die Pelle, dass der Traber gezwungen war, drei Schritte rückwärts zu gehen. Und noch einmal vier Schritte. Danach schien Magic zufrieden zu sein, denn er drehte sich schnaubend um und begann zu grasen. Tipo ebenfalls.

»Was war das?«, wollte Emma von Klara wissen.

»War doch klar zu sehen. Magic schickt Tipo rückwärts. Damit zeigt Magic, dass er der Chef auf der Koppel ist. Tipo hat es verstanden und findet es in Ordnung.«

Inzwischen tat sich auf dem Hof etwas. Lautes Geschrei kündete die Heimkehr der anderen Teams an.

»Wer wohl gewonnen hat?« Neugierig beugte Klara sich über den Zaun, um die beiden Radfahrer auszumachen, die jubelnd die Arme hochrissen. Als ersten Preis hatte Markus Eichhorn Eintrittskarten für das Popkonzert des Jahres spendiert.

»Jette und Lea – oder ich fresse einen Ballen Heu«, prophezeite Emma. »Du kennst doch Jette, die findet jede Spur. Und Lea ist auch nicht ohne. Gemein, dass die beiden als Team ausgelost wurden.«

»Dafür haben wir eine superspannende Geschichte mitgebracht«, tröstete Klara sie. »Komm, wir gehen zum Gratulieren hin.«

Klara warf einen kontrollierenden Blick über die Koppel, auf der die Herde sich grummelnd über das Gras hermachte. Würde Tipo sich anständig benehmen oder doch noch Streit mit einem Kumpel anzetteln? Friedvolle Ruhe lag über der Weide. Nein, das müsste schon mit dem Teufel zugehen, wenn es Aufruhr geben sollte.

Der Ballen Heu zum Mittagessen blieb Emma erspart! Wie alle erwartet hatten, staubten Lea und Jette den ersten Preis ab. Ihr Spürsinn war einfach nicht zu übertreffen.

Nach der Siegerehrung, zu der Lea und Jette Apfelsaft aus einem silbernen Pokal tranken, brannte die Clique darauf, Klaras angekündigte Geschichte zu hören. Während ihre Klassenkameraden nach Hause fuhren, verzogen die Mädchen sich auf die Weide. Dicht gedrängt, hockten Lea und Jette, Nelly und Mascha, Emma und Kim auf dem Zaun, während Klara jede Einzelheit ihrer Entdeckung im Wald bei Grünhagen schilderte. Natürlich malte sie das Treffen mit dem Tätowierten besonders geheimnisvoll aus.

Kim bekam nur den Anfang der Geschichte mit, dann musste sie losdüsen. Sie ärgerte sich grün über ihre Mutter, die sie mal wieder zum Helfen im »Seehund« verdonnert hatte; so hieß ihre Pension.

»Bestimmt hat der Besitzer etwas ausgefressen, wenn er so plötzlich weg ist«, überlegte Lea laut, als Kim abgezogen war. »Vielleicht waren seine Pferde gedopt und man ist ihm auf die Schliche gekommen.«

Klara glaubte nicht daran. »Teure Rennpferde oder Turnierpferde stehen niemals in so einem Bretterverschlag. Nein, das war gar kein richtiger Stall. Sah eher aus wie ein Notbehelf. Eventuell für Weidepferde, die nachts in die Boxen gebracht wurden.«

Jettes Backen glühten. Wenn es um Geheimnisse ging, war die zierliche Zwölfjährige voll in ihrem Element. »Hölle, Hölle, das geht nicht mit rechten Dingen zu. Normalerweise lässt man keinen Pferdestall so dreckig zurück. Es sei denn, man muss Hals über Kopf türmen.«

»Unsere Star-Ermittlerin träumt von einem Kriminalfall«, frotzelten die anderen.

»Jette hat recht«, mischte sich nun Mascha ein. »Normale Menschen misten einen Stall aus, sobald keine Pferde mehr darin stehen.«

»Genau. Eins steht fest«, sagte Jette, ohne auf die Sticheleien der anderen einzugehen. »Diesen Geisterstall *muss* ich sehen. Fahren wir morgen hin? Picknick machen? Gebäck kann ich mitbringen. Bei uns im Wattenkrug ist heute eine Hochzeit, bei solchen Feiern bleiben immer Berge von Kuchen übrig. Kirschstreusel, hm.«

»Und wenn der Tätowierte wieder beim Stall herumlungert?«, gab Emma zu bedenken.

Jette winkte ab. »Pah, dann kriegt er es mit uns zu tun! Was will ein einzelner Seemann gegen sieben starke Mädchen machen?« Jette spannte ihren Bizeps an und gab sich Mühe, wie ein Bodybuilder auszusehen.

Nelly lachte schallend. »Ja, vor dir und deinen Muskeln haut er sicher gleich ab vor Angst.« Sie zeigte auf Jettes dünnen Arm, der kaum mehr war als ein Besenstiel.

»Okay, morgen Mittag um zwölf brechen wir auf zum Geisterstall«, verkündete Klara.

3. Kapitel
Horror in der Nacht

Frühstück«, brüllt der Tätowierte und reißt die Tür zum Hafizimmer auf. Mit verschränkten Armen sieht er höhnisch auf Lea und ihre Freundinnen herunter, die bibbernd auf dem nackten Fußboden kauern. Alle Möbelstücke sind spurlos aus dem Ferienzimmer verschwunden. Kein Bett, kein Stuhl, kein Tisch, nur nasser Mist.

»Wird's bald!«, schreit der Tätowierte und lässt drohend seine schweren Ketten kreisen. Zitternd stehen die Mädchen auf und drücken sich an dem furchterregenden Riesen vorbei zum Esszimmer. Plötzlich bewegen sich die Schwalben-Tattoos auf seiner Brust. Im Sturzflug reißen sie ihre Köpfe nach vorn und hacken nach Lea. In letzter Sekunde weicht sie aus und wankt mit weichen Knien ins Esszimmer.

Und auch hier: Tische, Bänke, Blumen, alles ist weg. Gespenstisch wehen Spinnweben unter der Decke. Von den

Wänden sind die Bilder verschwunden, an ihrer Stelle hängen automatische Stalltränken. Da entdeckt Lea Magic. Ganz hinten in der Ecke steht er mit hängendem Kopf, auf seinem Rücken ist ein schimmeliger Ballen Heu festgezurrt. Fauchend huscht ein fette Ratte unter Magics Bauch hindurch.

»Magic«, ruft Lea voller Angst. Sie will zu ihm hin, doch der Tätowierte treibt sie mit den anderen Mädchen an die Tränken. Leas Mund wird immer trockener, die Wasserleitung funktioniert nicht, aber sie tut so, als ob sie trinkt. Verstohlen schielt sie zum Tätowierten hinüber, sieht ihn nur von hinten, starrt auf den eingestochenen Anker an seiner Wade. Je länger Lea hinsieht, umso bedrohlicher wirkt der schwere Eisenanker. Auf einmal macht er sich selbstständig, hechtet nach Magics Halfter und verhakt sich im Riemen. Polternd zerrt der Anker den Friesen hinter sich her zur Tür. »Du gehörst in den Geisterstall im Wald«, krächzt die rostige Stimme des Tätowierten. Stöhnend geht Magic in die Knie und stößt ein schreckliches Wiehern aus.

Da erträgt Lea es nicht länger. Mit gellendem Aufschrei rennt sie Magic nach. Doch der Tätowierte ist schon hinter ihr, hält Lea an den Schultern fest. Wild schlägt sie um sich, kann ihn nicht abschütteln. Seine Hände sind wie Schraubstöcke. Aber Lea kämpft verbissen, sie tritt und schlägt und beißt.

»Hör auf, willst du mich umbringen?«, jault der Seemann auf. Warum hat er auf einmal Klaras helle Stimme?

Aus halb geschlossenen Lidern blinzelte Lea in den Raum. Kein Tätowierter, kein Mist, keine Tränken. Nur fahles graues Morgenlicht, das in ihr Dachzimmer fiel. Abrupt richtete Lea sich im Bett auf.

Auf der Kante saß Klara und rieb sich die Arme. »Morgen bin ich grün und blau«, sagte sie vorwurfsvoll. »Du hast so laut um Hilfe geschrien, dass ich es bis in mein Zimmer gehört habe. Was war denn los? Albtraum?«

Stöhnend fuhr Lea sich durchs Haar und ließ sich zurück auf die Matratze fallen. »Albtraum ist eine milde Untertreibung. Der Tätowierte war hinter mir her. Was heißt hinter mir – hinter uns allen.«

»So schlimm war der Typ gar nicht. Er sah halt nur furchterregend aus«, beschwichtigte Klara ihre Schwester.

»Danke, mir reichte es im Traum.« Lea rollte sich auf die Seite und sprang aus dem Bett. Mit nackten Füßen tappte sie ans Fenster und riss die Flügel auf. Sie lehnte sich heraus und atmete tief ein. Feuchte, kühle Luft schlug ihr entgegen, der schöne Spätsommer ging allmählich zu Ende. Dünner Frühnebel hob sich über den Weiden und hüllte die Zaunpfosten in Watte. Wie immer um diese Jahreszeit würde es mittags warm und sonnig sein, genau wie in den letzten Tagen.

»Hast du Angst, zu dem Geisterstall nach Grünhagen zu fahren?«, wollte Klara wissen. »Willst du lieber hierbleiben?«

»Spinnst du?« Lea drehte sich um und tippte sich an die Stirn. »Jetzt erst recht! Ich wette, da gibt es ein Geheimnis. Findest du nicht, dass mein Traum eine Art Botschaft ist?« Aus dem Klamottenstapel auf dem Boden angelte Lea ihre Jeans hervor.

Klara zuckte die Achseln. »Ich finde, du hast einen Knall. Was denn für eine Botschaft?«

»Ach, ich weiß auch nicht. Nur so ein Gefühl. Ich bin dafür, dass wir sofort losfahren.«

»Jetzt? Um halb sechs? Jette kann sich aber erst um elf loseisen. Kim noch später. Sie helfen ihren Eltern, weißt du doch. Die anderen werden vor Wut kochen, wenn wir allein fahren.«

»Jaja.« Genervt verdrehte Lea die Augen, während sie in ihre Jeans schlüpfte. »Bis zwölf sind wir längst zurück. Natürlich fahren wir mit den anderen noch einmal hin.« Lea wischte alle Zweifel vom Tisch. Wenn sie sich etwas in den Kopf setzte, musste sie es sofort ausführen. Mit einem Ruck riss sie die Schranktür auf, zerrte ihr Lieblings-Sweatshirt aus dem Wäschestapel und streifte es über den Kopf. Warten gehörte nicht zu Lea Eichhorns Stärken. Aber an diesem Tag sollte ihre Ruhelosigkeit sich als Segen erweisen . . .

Seufzend verschwand Klara in ihr Zimmer und zog sich ebenfalls an. Sie wusste genau, ihre Schwester würde keine Ruhe geben. Im Bad hinterließ Klara eine Notiz für ihre Eltern, bevor sie sich durchs Treppenhaus ins Freie stahl.

Durch die schummrige Morgendämmerung radelten die Schwestern kurz darauf zum Deich und weiter nach Grünhagen. Als sie im Ort eintrafen, war es hell, aber alles schlief noch. Die meisten Jalousien waren heruntergelassen und nur ein paar vereinzelte Männer joggten mit Jutebeuteln zum Brötchenholen.

Hinter dem Ortsschild erschwerte wabernder Bodennebel die Suche nach dem verlassenen Stall. Die Mädchen verfuhren sich zunächst in dem Geflecht von Feldwegen, doch schließlich erkannte Klara die Weide an den windschiefen Zaunpfählen.

Sie setzten den Weg zum Stall zu Fuß fort, für Fahrräder war er zu holprig und schmal. Als sie an einer Kieferngruppe entlangkamen, zögerte Klara. Ein kurzes Rascheln im Geäst ließ sie aufhorchen.

»Hier haben wir den Tätowierten getroffen«, sagte sie mit gedämpfter Stimme, als könnte der Seemann hinter einem Stamm lauern. Mit gemischten Gefühlen betrachtete Klara die Wipfel, die sich dunkel wiegten. Was, wenn der Tätowierte in einer Hängematte über ihnen lag? Um dem »fetten Sound« in den Zweigen zu lauschen?

Kopfüber fegte ein Eichhörnchen den Stamm herunter und raste an ihnen vorbei. Dann war alles still. Als sich weiter nichts tat, setzten Klara und Lea ihren Weg fort, allerdings weniger entschlossen als vorher.

Die graue Stallbaracke wirkte im fahlen Licht des frühen Morgens noch schäbiger als gestern. Windböen wirbelten Blätter und Stroh durch die Luft. Weiße Spinnweben schaukelten unter dem Dachüberstand. Lea blinzelte zum Himmel, wo die Sonne sich hinter dem Frühnebel als blasse Scheibe zeigte.

So richtig unternehmungslustig war Lea jetzt gar nicht mehr. Ihr Drang nach Abenteuern ließ in dieser unheimlichen, nebligen Umgebung schnell nach. Wie viel weniger gespenstisch sah die Welt doch bei Sonnenschein aus!

Als Lea sich durchs Gestrüpp zum Hof drückte, hörte sie hinter sich ein Scheppern. Sofort begann ihr Herz, schneller zu pochen. Instinktiv machte sie einen Satz zur Seite und peilte mit flackerndem Blick zurück. Zum Glück war nur die Schubkarre umgekippt. Das Gras unter der verbeulten Wanne war vergilbt und dürr, die Karre musste schon eine Ewigkeit dort gestanden haben. Mit zittrigen Beinen setzten die Mädchen ihren Weg fort.

Sie stiegen über die Steinbrocken der eingestürzten Mauer, um in den Hof zu gelangen. Irgendwo schlug eine Tür und sie fuhren erschreckt zusammen. »Bestimmt war das nur ein Windzug«, flüsterte Lea cool, aber ihre Mundwinkel zuckten. In Leas Augen stand die Furcht, dass es nicht der Wind war, sondern der Tätowierte. Der Albtraum steckte ihr noch in den Gliedern.

Klara legte den Finger auf die Lippen. Auf Zehenspitzen schlichen sie um den Stall herum. An der Vorderseite stand eine Box offen, die vorhin noch geschlossen war. Anklagend klappte die Brettertür auf und zu wie der riesige Flügel eines verletzten Vogels. Hand in Hand näherten die Mädchen sich, zentimeterweise. Doch als sie hineinsahen, war die Box leer.

»Sagte ich doch, nur ein Windstoß.« Lea gewann schon wieder Oberwasser. »Habt ihr euch gestern jede Box angeguckt?«

Klara schüttelte den Kopf. »Ganz hinten gibt es noch einen Anbau im Hof, dahin sind wir nicht gekommen. Dazu muss man ganz um den Stall herumgehen.«

»Also los.«

Auf die hintere Seite der Baracke schien nie Sonne zu gelangen, denn an den Latten hatte sich Moos angesiedelt. Dumpfer, feuchter Modergeruch mischte sich mit dem beißenden Geruch von Mist und Jauche. Unkraut überwucherte den engen Pfad und aus dem nahen Wald griff Efeu nach den grauen Brettern und eroberte das Blechdach.

Die drei Boxentüren am anderen Ende konnte man nur mit viel Spürsinn erahnen, weil alte Bretter hochkant davorstanden. Lea griff nach einem der langen Balken. Aber das Kantholz klemmte fest und bewegte sich keinen Zentimeter. Gleich beim ersten Zupacken riss Lea sich die Hand an einem rostigen Nagel auf. Auch das noch!

»Hier stand sicher seit Jahren kein Pferd mehr«, meinte Lea und drückte ein Taschentuch auf den hässlichen Kratzer. Sie musterte den Holzverschlag. »Wahrscheinlich hat jemand Bretter gegen die Wand gestellt, damit die Bruchbude nicht zusammenbricht.«

Mit beiden Händen rüttelte Klara an dem Verhau, aber nichts tat sich. »Scheint mir auch so. Komm, Lea, ab nach Hause. Um zwölf fahren wir mit den anderen los, dann sehen wir uns hier gründlicher um.«

Sie warfen noch einen letzten Blick zurück, aber außer unzähligen Brennnesseln und kleinen braunen Pfützen vor dem Stall gab es nichts zu sehen. Trotzdem störte Lea irgendetwas. Sie kam nur nicht darauf, was es war.

Der Nebel begann, sich zu lichten, als sie bei ihren zurückgelassenen Fahrrädern anlangten. »Moment«, sagte Lea. An ihren Sportstiefeln lösten sich die Verschlüsse. Sie setzte sich auf den Feldweg und zog das Klettband stärker an. Beim Aufstehen klopfte sie trockenen Sand von den Jeans.

Gut, dass es tagelang nicht geregnet hat, dachte sie, sonst wäre mein Hosenboden jetzt feucht. Der Gedanke an die trockenen Tage ging Lea weiter durch den Kopf, hartnäckig setzte er sich fest und ließ sich nicht abschütteln. Die Pfützen vor den Boxen kamen ihr wieder in den Sinn.

Wie entstanden Pfützen, wenn es nicht regnete? Plötzlich wusste Lea die Antwort: Das Rinnsal kam von innen. Es lief aus den Boxen heraus nach draußen. Wenn das so war, bedeutete das . . .

»Da stehen noch Pferde und niemand mistet aus. Oder in einer Box wird jemand gefangen gehalten!«, sagte Lea aufgeregt. »Eine Geisel! Jemand, der entführt wurde.«

Klara tippte sich gegen die Stirn und griff nach ihrem Fahrrad. »Ein Mensch? Quatsch. Der hätte uns doch gehört und Krach geschlagen.«

»Geknebelt?«

»Hör auf mit deinen Horrorgeschichten, Lea. Wir sind hier nicht in deinem Alptraum. Vielleicht ist nur eine Tränke undicht und läuft über.«

An die Möglichkeit hatte Lea gar nicht gedacht. »Aber es können auch Pferde darin stehen«, beharrte sie stur. »Du weißt doch, wie schlampig manche Reiter sind! Die misten nur einmal im Monat aus.«

Leas scharfsinnige Erkenntnis ließ sich nicht von der Hand weisen. Klara zögerte. Bei genauem Überlegen kamen die kleinen Pfützen auch ihr verdächtig vor. Verdächtig genug, um sie zu überprüfen. Schließlich waren sie extra den ganzen Weg gefahren, um nach dem Rechten zu sehen.

»Okay, wir gehen zurück.«

Klara ließ ihr Rad an den Wiesenrand fallen und lief hinter Lea den Weg zum zweiten Mal hoch, mit klopfendem Herzen. Was erwartete sie im Stall?

4. Kapitel
Das Geheimnis des Geisterstalls

Hallo, ist da jemand?«, rief Lea und starrte auf die verbarrikadierten Boxen. Keine Antwort. Klara lehnte sich an die hochgestellten Kanthölzer und linste durch die Zwischenräume. »Die Pfützen stehen nicht überall, sondern nur vor der letzten Box«, stellte sie fest. »Wir müssen diese verdammten Bretter irgendwie entfernen, um die Tür zu öffnen. Wir brauchen Werkzeug.«

Sie rannten in den Hof und schoben den Stapel mit Abfall und Unrat auseinander, äußerst vorsichtig, sie hatten wenig Lust auf den Kontakt mit einer Ratte. Schließlich zog Lea einen Besenstiel und die Griffrohre einer Schubkarre aus dem Gerümpel und Klara fand eine angerostete Eisenplatte, die sie für den Aufsteigetritt einer Kutsche hielt.

»Okay, damit könnten wir es schaffen«, sagte Lea, als sie die Beute nach hinten trugen.

Mit vereinten Kräften hoben sie die eiserne Platte an und schoben sie zwischen die Kanthölzer, bis es ihnen gelang, drei Balken vor der letzten Box zu lockern und herauszuzerren. Jetzt war die Tür halb frei, doch an dem verrosteten Riegel hing ein massives Vorhängeschloss. Das Metall glänzte neu, sehr lange hing das Schloss offenbar noch nicht dort.

»Zum Teufel!«, sagte Lea finster. »Und nun?«

Klara legte sich flach auf den Boden und versuchte, durch die Ritzen der morschen Holztür ins Innere zu spähen. »Nichts zu erkennen«, gab sie von unten hoch. »Riecht fürchterlich. Die Box ist sicherlich total verdreckt.«

Sie sprang hoch und säuberte ihre Handflächen mit einem Taschentuch, während sie mit gerunzelter Stirn die Boxentür betrachtete. Ganz oben im schmalen Lüftungsgitter hingen einige dünne Halme, als ob jemand von dort Heu in die Box gestopft hätte, was allerdings wenig Sinn machte.

Klara faltete ihre Hände zur Räuberleiter. »Steig hoch und versuch, von oben in die Box zu gucken.«

Lea nickte, stieg in die gefalteten Hände und klammerte sich im verbogenen Gittereinsatz der Tür fest, wo sie ihre Nase an die Stäbe presste. »Kein Pferd. Aber ich kann nur die halbe Box sehen. Einstreu ist nicht drin, bloß ein paar Halme. Alles nass. Und überall Pferdeäpfel.«

»Siehst du eine Tränke? Läuft die über?«

»Kann ich nicht erkennen.«

Vorsichtig ließ Lea sich wieder auf den Erdboden nieder. »Da drinnen muss aber vor Kurzem noch ein Pferd gestanden haben, so nass, wie der Boden aussieht.«

Klara holte tief Luft. »Ehrlich gesagt, ich bin heilfroh, dass wir kein verlassenes Pferd gefunden haben. Wenn ich mir das vorstelle! Jemand lässt sein Pferd einfach zurück ... genauso brutal, wie manche Leute einen Hund an der Autobahn aussetzen! Schrecklich.«

Die Mädchen traten gerade den Rückweg an, als ein leises Geräusch sie jäh stoppte. Ein kraftloses Stöhnen, so grauenvoll, so entsetzlich, dass sie wie gelähmt auf der Stelle verharrten. Noch einmal hörten sie es.

Alle Farbe wich aus Klaras Gesicht. Sie fühlte das Blut in den Adern gefrieren. Sekundenschnell kroch eisige Kälte in ihr hoch, über den Rücken in die Arme, über den Nacken in den Kopf bis unter die Schädeldecke.

Schockiert starrte sie auf die Box. Was spielte sich hinter der verriegelten Tür ab?

Auch Lea stand wie vom Schlag getroffen da, der Schreck durchzuckte sie wie ein mächtiger Blitz. Aber während ihre Schwester sich noch nicht rührte, kam wieder Leben in Lea. Sie musste sich Klarheit verschaffen! Wie eine Besessene stürzte sie sich auf das Schloss und riss mit bloßen Fingern daran herum. »Geh auf, geh doch auf.« Sie achtete nicht auf ihre verletzte Hand, nicht auf ihre Fingerkuppen, die sie fast blau quetschte. Das war alles gleichgültig, sie musste in diese Box.

Leas Gedanken überschlugen sich. Im Geiste malte sie sich aus, was sich da drinnen abspielen mochte. Grauenhafte Bilder tauchten in ihrem Kopf auf, die sie verzweifelt zu verdrängen versuchte. Und doch wusste sie genau: Dieses Röcheln konnte nur etwas Entsetzliches bedeuten.

Langsam löste sich Klaras eisige Schreckstarre. Sie schob Lea zur Seite. »Lass mich.« Mit bebenden Fäusten schlug Klara gegen das Schloss, jaulte auf, weil ihre Knöchel schmerzten, und als sich nichts rührte, hob sie die Eisenplatte auf und hämmerte damit gegen den rostigen Riegel. Lea packte mit an. Keine von beiden sprach ein Wort, als sie verbissen dem Schloss zu Leibe rückten. Lea fühlte sich hundeelend. Was erwartete sie hinter der Tür? Ein Schlag, noch einer, das morsche Holz splitterte. Endlich brach der Riegel aus der Halterung und Klara riss die Tür auf.

Mit einem Aufschrei wich sie zurück.

Direkt hinter der Tür lag eine schwarze Stute auf dem Boden. Abgemagert bis aufs Skelett dämmerte sie dahin. Regungslos stand ein dürres schwarzes Fohlen neben ihr, es bestand nur aus Haut und Knochen. Ein Wunder, dass es sich überhaupt auf den dünnen Beinen halten konnte. Aus großen, angstvollen Augen blickte es zu den Mädchen hoch, es war zu schwach, um sich hinter der Mutter zu verstecken.

Lea war wie betäubt. Wer tat Pferden so etwas an? Überwältigt von Mitgefühl, ging sie in die Knie und kauerte sich neben die Stute auf den schmutzstarrenden Boden. Das abgeschürfte Fell an ihren Schultern sprach eine deutliche Sprache: Wieder und wieder hatte das Pferd versucht aufzustehen und es nicht geschafft. Mit letzter Kraft öffnete die Stute ihre Augen. Mit einem Ausdruck der Hoffnungslosigkeit sah sie Lea an. Sie war nicht einmal fähig, den Kopf zu heben. Es war schrecklich.

Behutsam strich Lea über den schwarzen Nasenrücken

und die Nüstern, während sie ihre aufsteigenden Tränen niederkämpfte. »Ihre Haut fühlt sich an wie Sandpapier, ganz ausgetrocknet«, flüsterte Lea. »Dabei sind Nüstern doch weich wie Samt. Ich glaube, sie ist fast verdurstet, weil sie nicht mehr aufstehen konnte.«

Das magere Fohlen, ein kleiner Hengst, drückte sich an Klaras Knie und sie hockte sich neben ihn und konnte gar nicht anders, als ihn in die Arme zu schließen. Was für ein erbärmlicher Körper! Klara hatte das Gefühl, ein Knochengerüst mit Fell in den Armen zu halten. Ein zitterndes Bündel Leben, das fast verloschen war. Der Kleine ließ Klara nicht aus den Augen. Er sieht aus wie Tipo, ging es ihr durch den Kopf. Das Fohlen war genauso schwarz wie ihr Traberwallach und trug einen weißen Stern auf der Stirn.

Mit aller Kraft riss Lea sich zusammen und erhob sich, um Wasser zu holen. Sie ging zur Tränke an der Wand, aber das Becken starrte vor Schmutz. Mit den Fingern befreite Lea die Metallzunge von fauligen Heuresten, dabei verklemmte das Teil völlig und nun floss nichts mehr.

»Ich besorge woanders Wasser«, flüsterte Lea. Mit steifem Kreuz stolperte sie um die Ecke zu den offenen Boxen und schöpfte mit der hohlen Hand Wasser aus einer Tränke. Als sie zurückhastete, flatterten ihre Hände und sie verschüttete die Hälfte, aber es war noch etwas Wasser übrig, das sie der Stute auf die Lefzen träufelte. Kraftlos tastete die trockene Zunge danach, aber das Pferd war kaum in der Lage, es aufzulecken.

»Wir brauchen mehr.« Verzweifelt sah sie ihre Schwester an. »Hast du Eimer im Hof gesehen?« Klara zuckte hilflos die Achseln. Sie war nicht imstande, sich zu rühren. Lea rannte erneut los, um Wasser zu holen. Sie lief von einer Ecke in die andere, der ganze Hof lag voller Gerümpel, aber nirgends eine Spur von Eimern, Fässern oder Schüsseln. Es war wie verhext.

Kurzerhand zog Lea ihre hohen Sportstiefel aus und füllte sie mit Wasser aus einer Tränke. Barfuß eilte sie mit den Stiefeln zurück, patschte mitten durch die Pferdeäpfel zu der liegenden Stute und flößte ihr etwas ein. Klara hielt dem Fohlen ein wenig Wasser in der Handwölbung hin und es trank begierig.

»Mehr, Lea, wir brauchen mehr.«

Barfuß lief Lea zum dritten Mal los, um den Stall herum, mit suchendem Blick, da entdeckte sie die alte Schubkarre ohne Rad. Die Wanne der Schubkarre! Das war einen Versuch wert! Sie zerrte die Karre durchs Gestrüpp hinter sich her, immer wieder blieb die leere Radaufhängung in Brombeerranken hängen.

»Au.« Lea schrie auf, als sie plötzlich einen stechenden Schmerz im rechten Fuß spürte. Auf einem Bein hüpfend, sah sie sich das Malheur an. Sie hatte sich eine spitze Dorne in die nackte Fußsohle getreten. Egal, das war jetzt nebensächlich, sie brauchte Wasser. Lea riss und zog an der Schubkarre, bis die Blechwanne unter einer Tränke stand. Hektisch schöpfte sie mit der Handkante Wasser aus dem Becken in die Wanne, bis sie halb voll war. Bei jeder Bewegung brannte der Kratzer an ihrer Hand.

Humpelnd bugsierte Lea die schwankende Karre zum hinteren Stall. Auftreten konnte sie kaum. Ihr Fuß tat weh und ihre Hand schmerzte wieder stärker. Aber Lea biss die Zähne zusammen.

»Du bist ein Schatz, Lea«, seufzte Klara, als ihre Schwester mit vor Anstrengung gerötetem Gesicht vor der Box eintraf. Lea setzte die Karre ab und langte nach ihrem pitschnassen rechten Sportstiefel. »Die verflixten Dornen«, murmelte sie, während sie den Schuh über ihren verletzten Fuß zog.

Das Fohlen machte den Hals lang, als es die Wanne erblickte, rührte sich aber keinen Schritt, bis Klara die Schubkarre direkt vor seinen Körper rückte. Behutsam spritzte sie etwas Wasser auf die Lefzen des Fohlens, bis es begriff: Das köstliche Nass in der Blechwanne war zum Trinken da.

Währenddessen flößte Lea der schwachen Stute Tropfen für Tropfen ein, doch es schien, als ob das Pferd zunehmend schwächer wurde. Lea versuchte es mit ihrem linken Sportstiefel, der noch in der Ecke lag. Sie füllte ihn und goss das Wasser langsam aus dem Schaft über das Pferdemaul. Doch die Stute machte nicht einmal mehr den Versuch, es aufzulecken.

»Klara, sie stirbt, wenn keine Hilfe kommt«, sagte Lea verzweifelt. »Ruf Papa an, schnell. Er muss herkommen, mit dem Medizinkoffer. Ach was, am besten gleich mit dem Hänger, damit wir die Pferde mitnehmen können.«

Bestürzt sah Klara auf. »Aber ich habe kein Handy dabei.«

»Oh nein!« Lea biss sich auf die Lippen. »Ich auch nicht. Weißt doch, dass ich diese Woche Handyverbot habe. Wegen der hohen Rechnung letzten Monat.«

Behutsam nahm Klara ihre Arme von dem Fohlen und richtete sich entschlossen auf. »Ich fahre nach Hause und hole Papa. Mit deinem Fuß kommst du nicht schnell genug voran, Lea. Traust du dich, allein Wache bei den Pferden zu halten?«

»Was?« Lea fuhr zusammen. Sie sollte ganz allein in diesem Geisterstall bleiben? Bei dem Gedanken daran sträubten sich Leas Nackenhaare. Sie schaute auf die abgemagerte Stute neben sich, auf ihre leeren Augen, auf den dürren Körper und die Rippen, die sich an der Seite abzeichneten. Bei jedem Atemzug keuchte die Stute vor Anstrengung. Furcht, Ohnmacht und Mitgefühl mischten sich in Leas Herz, während sie den Pferdekopf auf ihre Knie bettete. Angst um die Pferde, Angst um sich selber, aber über allem der übermächtige Wunsch zu helfen. Lea ahnte instinktiv, dass bei der Stute jede Minute zählte. Ja, Klara musste sofort nach Hause, einen anderen Weg gab es nicht.

Tapfer nickte Lea. »Aber beeil dich.«

5. Kapitel
Kann Klara Hilfe holen?

Klara rannte wie nie zuvor in ihrem Leben. Sie sprang über Mauerreste, sprintete vorbei an brüchigen Holzwänden und aufgerissenen Folienballen. Kopflos stürzte sie vorwärts, ohne auf den Weg zu achten. Bei den Baumstümpfen streiften ihre Gedanken den Tätowierten. Reiß dich zusammen, Klara, schimpfte sie mit sich. Was war die unheimliche Begegnung mit dem Seemann gegen das Drama, das sich oben im Pferdestall abspielte?

Klara stürmte auf die Fahrräder zu, so schnell es der holprige Weg erlaubte. Schon sah sie die Räder am Wiesenrain liegen. Auf einmal wurde ihr Lauf jäh gestoppt und sie schlug der Länge nach hin. Jemand hielt sie am Bein fest. Der Tätowierte! Er musste ihr aufgelauert haben. Ganz sicher! Als ob es nicht genug war, dass sie in das Pferdedrama geraten war, jetzt wurde sie auch noch überfallen.

»Hilfe«, wimmerte Klara. Blindlings schlug sie um sich, nach allen Seiten, ohne jemand zu treffen. Sie zerrte und riss an ihrem Fuß, aber sie bekam ihn nicht frei. Wie das stach in ihrem Bein! Da nahm Klara allen Mut zusammen und drehte sich auf die Seite. Überrascht richtete sie sich auf. Kein Mensch weit und breit. Und nun sah sie es: Ihr Bein hing in einer Brombeerranke fest. Kein Überfall! Mit einem Seufzer der Erleichterung wickelte Klara die hartnäckige Ranke ab und sprang auf die Beine.

Sie hastete weiter, schnappte ihr Rad und arbeitete sich, verbissen tretend, durch den tiefen Sand. Schweißgebadet erreichte sie die Stelle, wo der Feldweg in die Asphaltstraße mündete. Die ersten verstreuten Häuser von Grünhagen kamen in Sicht. Das Fahrrad flog nur so an den Vorgärten vorbei. Plötzlich fiel Klara ein: Warum bis zum Friesenhof fahren? Sie konnte irgendwo klingeln und von Grünhagen aus zu Hause anrufen. Aber um diese Uhrzeit? Vor vielen Fenstern waren die Rollläden heruntergelassen, alles schlief noch. Egal. Sie musste es versuchen. Je eher Hilfe kam, umso besser.

Am nächstbesten Zaun stoppte Klara, das Rad flog an die weißen Holzlatten und sie rannte an pieksauberen Dahlienbeeten vorbei zur Haustür, wo sie Sturm klingelte.

Warum öffnete denn keiner? Ungeduldig trat Klara von einem Fuß auf den anderen. Endlich, nach einer Ewigkeit, schlurfte jemand durch den Flur. Die Tür ging einen Spalt auf, hinter einer Sicherheitskette erschien ein verschlafenes Frauengesicht. »Ja?«

»Entschuldigung, darf ich kurz telefonieren? Es ist ein Notfall. Bitte.«

»Hm«, grunzte die rundliche Frau, raffte ihren Bademantel zusammen und ließ Klara in den Flur. Wortlos deutete sie auf das Telefon im angrenzenden Wohnzimmer. Klara griff nach dem Apparat auf dem altmodischen Beistelltisch und wählte mit zitternden Fingern.

»Hier ist der Anrufbeantworter des Friesenhofs. Im Moment sind wir leider . . .«

Klara verdrehte die Augen. Wo zum Teufel steckten ihre Eltern? Sie mussten doch zu Hause sein. Saßen sie beim Frühstück und wollten sich nicht stören lassen? Mit den Fingern trommelte Klara auf die Tischplatte. »Papa, Mama, wir sind in Grünhagen. Bitte koppelt den Hänger an. Ihr müsst uns abholen. Es ist schrecklich, hier ist etwas passiert, das . . .«

»Danke für Ihren Anruf«, schnarrte das Tonband. Mit einem Seufzer der Verzweiflung legte Klara auf.

»Was ist denn passiert?«, fragte die Frau misstrauisch. Sie zog den Bademantel fester um sich und gab sich selber die Antwort. »Wahrscheinlich liegen deine Freunde wieder volltrunken im Wald. Sieh zu, wie du sie nach Hause bekommst. Aber ohne mein Telefon.«

»Wie bitte?«, fragte Klara irritiert.

»Jedes Wochenende derselbe Ärger.« Erregt fuchtelte die Frau herum und bedeutete Klara mit einer Kopfbewegung zu verschwinden. »Ihr lasst euch in unserem Wald volllaufen, verdreckt alles mit leeren Flaschen und dann soll der Herr Papa die saubere Bande auch noch abholen. Nicht mit mir.«

»Aber«, stotterte Klara, doch die resolute Frau schob sie einfach zur Tür hinaus.

Ernüchtert stand Klara auf dem Gartenweg und sah verdattert auf das Dahlienbeet. Was für Erfahrungen hatten die Grünhagener bloß mit Jugendlichen gemacht? Auf jeden Fall schlechte. Die Frau hatte Klaras Anruf gründlich missverstanden.

Klara stieg auf ihr Rad und überlegte fieberhaft. Sollte sie es woanders versuchen? Oder hatte es ohnehin keinen Sinn? Bis sie den Leuten hier die Pferdegeschichte geschildert hatte, verging zu viel Zeit. Und wer wusste, ob ihre Eltern beim nächsten Mal das Telefon hören würden. Nein, es blieb nur eins, so schnell wie möglich heimzufahren.

Klara schlug die Straße entlang dem Deich ein. Sie fröstelte, klamme Nordseeluft kroch unter ihr T-Shirt. Der Wetterbericht gestern hatte einen warmen Samstag versprochen und sie hatte sich entsprechend dünn angezogen.

Die Bänke, die in dichtem Abstand auf dem Bürgersteig aufgestellt waren, lagen verwaist im Morgendunst. Nur auf einer der hinteren Bänke machte Klara eine Gestalt aus. Ein Riesenkerl, der zu essen schien. Klara fuhr rascher und machte einen weiten Sicherheitsschlenker um die Bank, keinesfalls wollte sie dem Mann zu nahe kommen. Wer samstagmorgens auf einer Bank im Freien frühstückte, hatte sicher die Nacht draußen verbracht. Und wer in diesen kalten Nächten draußen schlief, tat das bestimmt nicht freiwillig, sondern war auf der Flucht oder hatte zumindest etwas ausgefressen. Aus dem Augenwinkel peilte sie beim Vorbeifahren zu ihm hinüber. Er trug ein Piratenkopftuch und einen grob gestrickten Seemannspullover, aus dem blau gemusterte Hände herausguckten.

Der Tätowierte! Also trieb er sich doch noch hier herum! Sofort dachte Klara an Leas Albtraum und drehte den Kopf in die andere Richtung, damit er sie nicht erkannte. Aber nach einigen Metern überlegte sie es sich anders. Vielleicht besaß der Mann ein Handy? Jede Minute war kostbar, sie durfte nichts unversucht lassen. Klara biss die Zähne zusammen und kehrte um. Was konnte der Tätowierte für Leas Horrortraum?

»Hallo Herr ... äh ... Tahiti«, sagte sie hastig. »Wir haben Sie gestern am Wald getroffen, erinnern Sie sich? Haben Sie ein Handy?«

»Nee.« Etwas widerwillig hob er den Blick von seinem Frühstück. »So ein neumodischer Kram geht nicht bei mir vor Anker.« Demonstrativ klopfte er mit dem Brötchen in der Hand über seinen Pullover, so wie man Verbrecher nach Waffen abtastet.

In ihrer Aufregung war Klara kurz davor, ihm das Pferdedrama zu schildern, aber dann hätte sie auch berichten müssen, dass ihre Schwester allein im Wald wartete. Was, wenn er hinging, während sie gerade zum Friesenhof fuhr? Selbst wenn der Tätowierte harmlos war, Lea würde sich zu Tode erschrecken, wenn der plötzlich aufkreuzte. Erst recht nach ihrem unheimlichen Traum heute Nacht. Jedenfalls schien der Mann kein Handy zu haben. Sinnlos, ihm etwas zu erzählen.

»Vergessen Sie es. War nicht dringend.«

Schon saß Klara wieder auf dem Sattel und strampelte weiter. Wie mochte es den Pferden gehen? Und Lea? Ihr Magen krampfte sich zusammen, wenn sie daran dachte.

Zum Teufel, warum nahm die Straße kein Ende? Gestern noch war Klara der Weg von Grünhagen nach Westerbüll so kurz erschienen. Aber heute sah alles anders aus, heute lastete ein schweres Gewicht auf ihren Schultern. In ihren Beinen steckte Blei. Jeder Tritt in die Pedale kostete unendlich viel Kraft.

Trotz der morgendlichen Kühle klebte Klaras T-Shirt nun an ihrem Rücken. Die Anstrengung brachte sie aufs Neue ins Schwitzen, immer wieder zupfte sie den nassen Stoff vom Körper. Die ganze Zeit über zermarterte sie sich das Gehirn. Was tat sie, wenn ihre Eltern nicht zu Hause waren? Wer sonst konnte die Pferde abholen? Alle angedachten Möglichkeiten verwarf sie wieder, doch endlich fiel Klara die Lösung ein. Niels! Ihr lieber, süßer, hilfsbereiter Niels. Natürlich! Als sie an ihn dachte, fühlte sie sich gleich besser. Bei seinem Vater in Westerbüll standen Anhänger für Strandkörbe, die man auch für Pferde gebrauchen konnte. Und Niels besaß schon einen Führerschein, obwohl er erst 17 war.

Klara wusste, heute schob er Dienst im DLRG-Turm am Strand. Einer seiner letzten Einsätze, bald war die Badesaison vorbei. Endlich die vertrauten Häuser von Westerbüll! Klara sauste am Wattenkrug vorbei. Eine Rosengirlande vor dem Gasthaus kündete von der gestrigen Hochzeit.

Bei Bäcker Sörensen unterm Leuchtturm stand die Tür weit offen. Der Duft von frischen Brötchen drang nach draußen, aber Klara konnte jetzt nicht ans Frühstücken denken, obwohl sie heute noch keinen Bissen zu sich genommen hatte. Sie trat noch einmal tüchtiger in die Pedale und quälte sich im ersten Gang den Anstieg zum Deich hinauf, überquerte ihn am Leuchtturm und ließ das Rad auf der anderen Seite über den Holzsteg zum Meer hinabrollen. Das war verboten, aber um diese Zeit . . . es war noch nicht einmal neun.

Der Sand wurde schnell zu tief für die Reifen. Klara warf ihr Rad hin und rannte weiter, das ganze Stück durch die Standkörbe bis zur DLRG-Station ohne Pause.

»Niels, Niels«, rief sie schon von Weitem, obwohl sie wusste, er hörte sie nicht, konnte sie gar nicht hören, das Rauschen der Brandung verschluckte jedes Wort. Aber Klara musste einfach schreien, sie hätte nicht stumm bleiben können mit all den entsetzlichen Eindrücken im Kopf.

Keuchend stürzte sie die Eisentreppe hinauf, stolperte auf den schmalen Stufen und musste am Geländer Halt suchen. Oben ging die Tür auf und Niels steckte seinen gebräunten Kopf heraus.

Als sie ihn sah, verlor Klara völlig die Fassung. Weinend warf sie sich in seine Arme. Wie eine Riesenwelle schlug jetzt alles über ihr zusammen. Die Ereignisse der letzten Stunden, die Angst, die Hilflosigkeit.

Niels hielt sie in den Armen, überrascht und ratlos, strich er Klara übers windzerzauste Haar, bis sie aufhörte zu zittern. Er hatte keine Ahnung, was mit ihr los war. »Komm rein.« Er zog sie in den kleinen Aussichtsraum des Wachturms. Glitzernde Helligkeit ergoss sich durch die Panoramafenster. Mit dem Fuß angelte Niels einen Stuhl heran, drückte Klara mit sanfter Gewalt auf den Sitz und setzte sich ihr gegenüber auf den winzigen Tisch. »Was ist denn bloß los, Klara?«

Mit dem Ärmel trocknete sie ihr Gesicht. Zuerst bekam

sie keinen Ton heraus, alles in ihr sträubte sich, die ungeheuerliche Entdeckung in Worte zu fassen. Die ganze Zeit über hielt Niels ihre Hände und streichelte sie, bis Klara sich beruhigte und stockend vom Geisterstall berichtete und dass ihre Eltern nicht zu erreichen waren.

»Natürlich holen wir die Pferde«, sagte Niels spontan, als Klara geendet hatte. »Auf unserem Hof stehen genug Hänger. Ich muss vorher nur Lukas erreichen, der ist wachhabender DLRG-Helfer. Die Station muss ja besetzt sein.« Mit einer Hand blätterte er im Dienstplan nach Namen von Ersatzleuten, während er mit der anderen sein Handy bediente. »Aber vorher probiere ich es noch einmal bei deinen Eltern. Vielleicht sind sie wieder da.«

Ungeduldig trommelte er auf die Tischplatte. Kaum war der Klingelton herausgegangen, da meldete sich schon Markus Eichhorn. »Klara, bist du es?«

»Nein, hier spricht Niels Ingwersen.« Aufatmend lehnte der blonde Junge sich zurück und warf Klara einen aufmunternden Blick zu. »Ein Glück, dass Sie zurück sind. Klara sitzt neben mir. Richtig, im DLRG-Turm. Moment.«

Wortlos übergab er ihr den Hörer.

»Klara, du versetzt uns ja in Angst und Schrecken.« Ihr Vater klang aufgebracht und verstört. »Dein abgebrochener Anruf auf Tonband! Ist etwas mit Lea?«

Mit bebender Stimme wiederholte Klara, was in dem verlassenen Stall passiert war. Immer wieder übermannte sie die Erinnerung an die Bilder und sie brach in Tränen aus.

Während Markus Eichhorn geduldig wartete, bis seine Tochter sich beruhigte, lief in seinem Kopf schon ein ganzes Programm ab. Als Tierarzt stand Markus Eichhorn oft vor schwierigen Entscheidungen, die schnell getroffen werden mussten, da galt es, einen kühlen Kopf zu bewahren. Vom Flur des Friesenhofs, wo das Telefon hing, spähte er ins Esszimmer und warf den Autoschlüssel hinein, um seine Frau auf sich aufmerksam zu machen.

»Klara? Hör zu, du musst mir ein paar wichtige Fragen beantworten. Versuch, dich zu erinnern.«

Im Laufschritt kam Meike Eichhorn um die Ecke, ihr Mann formte mit den Lippen das Wort Klara und drückte auf die Mithör-Taste. Wie in Trance beantwortete Klara die Fragen, die ihr Vater stellte.

»Gut«, sagte er abschließend. »Warte an der Deichstraße unterm Leuchtturm, bei Sörensens Café. Ich bin gleich mit dem Hänger da.«

Markus Eichhorn legte auf und fuhr sich durchs Haar. »Hast ja alles gehört, Meike. Warum finden ausgerechnet unsere Töchter immerzu kranke, verletzte, verstoßene Pferde? Manchmal glaube ich, Klara und Lea haben einen sechsten Sinn dafür.«

Er folgte seiner Frau ins Esszimmer und kippte im Stehen den kalt gewordenen Kaffee hinunter. Meike Eichhorn nahm seine Weste vom Haken und warf sie ihm zu. »Da sagst du was, Markus.« Sie seufzte. »Dabei hatte ich gehofft, auf dem Friesenhof hätten wir mehr Ruhe als vorher in Hamburg. Aber unsere Töchter halten uns ständig auf Trab.« Sachlich fügte sie hinzu: »Wie schätzt du die Chancen für die Pferde ein?«

Achselzuckend hob Markus Eichhorn den Autoschlüssel

vom Fußboden auf. »Schwer zu sagen. Ich muss sie untersuchen. Aber wie es aussieht, kann man sie nicht in Grünhagen lassen.«

»Irgendwann wird unser Friesenhof noch zum reinen Gnadenhof«, prophezeite Meike Eichhorn.

»Scheint mir auch so. Aber in diesem Fall sicher nur vorübergehend. Der Besitzer muss doch zu finden sein. Machst du die Krankenbox neben dem Stall fertig?«

»Sicher. Fahr los, Markus. Ich bereite alles vor und kümmere mich um die Behörden. Polizei, Amtstierarzt, Sachverständiger. Das übliche Programm.«

Gemeinsam verließen sie das Haus und manövrierten den Anhänger hinter den Geländewagen. Routiniert koppelte Meike Eichhorn den Hänger an und verfrachtete etliche Ballen Stroh und Heu in den Innenraum. Durchs Autofenster reichte sie ihrem Mann eine Kamera. »Du weißt doch, die Polizei verlangt Fotos vom Tatort.«

»Mich packt wirklich die Wut«, sagte Markus Eichhorn grimmig, als er den Wagen startete. »Wer eiskalt eine Stute mit Fohlen verhungern lässt, der schreckt auch sonst vor nichts zurück. Was sind das nur für Menschen!«

6. Kapitel
Was passiert mit dem Fohlen?

Vorsichtig ließ Lea den Kopf der Stute von ihren Knien auf den Boden gleiten und erhob sich mit schmerzenden Knochen. Unmöglich, das Pferd die ganze Zeit auf ihre Beine gebettet zu halten, sie musste eine bessere Unterlage finden. Unsicher machte das Fohlen zwei Schritte hinter Lea her, als sie die Box verließ. Als ob es instinktiv wusste, dass sein Leben mehr von dem Mädchen abhing als von seiner sterbenden Mutter.

»Nein, ich lasse dich nicht im Stich, Kleiner«, flüsterte Lea, »keine Angst. Ich hole nur Moos und Zweige.«

Der Waldboden vor den Boxen federte unter Leas Füßen. Die mit Kiefernnadeln bedeckte Erde war locker und leicht. Kurzerhand griff Lea nach der alten Eisenplatte und kratzte damit einen Berg brauner Erde zusammen. Hinter den Bäumen entdeckte sie Moospolster, die weich und kuschelig aussahen. Mit den Fingern hob sie große Platten ab und trug sie zum Stall, wo sie den ganzen Haufen in die Box schob.

Behutsam hob Lea den Kopf der Stute an und verteilte das Moos wie ein Kissen darunter. Den Rest harkte sie zusammen. Sofort senkte das magere Hengstfohlen den Kopf und versuchte, den Waldboden aufzulecken, aber Lea wusste, dass Pferde keine Erde fressen dürfen, und hielt ihn ab. Der Kleine war zu schwach, um es erneut zu versuchen. Nachdem Lea ihn auf die weiche Einstreu geschoben hatte, trat er mit seinen winzigen Hufen langsam hin und her, als wollte er sich vergewissern, dass es so etwas Schönes unter seinen Füßen wirklich gab.

Noch einmal versuchte Lea, der Stute Wasser einzuflößen, aber das Pferd nahm keinen Anteil mehr an seiner Umwelt. »Trink doch, du musst trinken.« Verzweifelt knetete Lea ihre Hände und zuckte zusammen, als sie den Kratzer berührte. Abwesend zog sie ein Papiertaschentuch hervor und wickelte es um die verletzte Hand. Wenn ihr Vater doch endlich käme!

Lea wusste nicht, wie viel Zeit vergangen war, als sie endlich leises Motorgeräusch vernahm. Sofort rannte sie nach draußen zum Beginn des gewundenen Pfades, von wo man den Feldweg überblicken konnte. Unten ruckelte ein grüner Geländewagen mit Hänger heran, der am Zaun stoppte. Klara und ihr Vater sprangen heraus und Lea fiel ein Stein vom Herzen. Jetzt wird alles gut, dachte sie.

»Hallo, hier bin ich!« Sie riss die Arme über den Kopf und winkte, obwohl niemand sie unter den dunklen Kiefernzweigen sehen konnte. Lea lief zu den Pferden zurück, streichelte das Fohlen und kniete sich neben die Stute ins Moos. Sanft strich sie ihr über den Kopf.

»Mein Papa macht dich schnell gesund. Er kann alles, weißt du?«

Lea war so beflügelt von ihrer Vorfreude, dass sie nicht merkte, nicht merken wollte, wie die Mutterstute in ihren Armen immer schwächer wurde. Ihren Atem, der vorhin noch keuchend gegangen war, hörte man kaum noch und die halb geschlossenen Augen nahmen nichts mehr wahr.

Eilige Schritte näherten sich der Box.

In dem Moment, als Tierarzt Dr. Eichhorn und Klara eintrafen, starb die Stute. Es war, als hätte sie sich mit aller Kraft so lange am Leben gehalten, bis jemand sich ihres Fohlens annahm.

Schluchzend barg Lea ihr Gesicht an dem nach hinten gesunkenen Pferdekopf.

»Mein Gott«, sagte Herr Eichhorn erschüttert. Mit einem Blick nahm er das Ausmaß der Katastrophe wahr. Behutsam hob er seine in Tränen aufgelöste Tochter vom Boden hoch.

»Ich dachte, sie würde es schaffen, Papa«, sagte Lea mit erstickter Stimme und lehnte sich an seine Schulter. »Wenn wir sie gestern gefunden hätten, könnte sie noch leben.«

Leichenblass stand Klara in der Tür und umklammerte den Ballen Heu, den sie in den Armen trug. Als sie mit ansehen musste, wie das Leben der Stute erlosch, hatte sie sich schockiert abgewandt. Entsetztes Schweigen lag in der Luft.

»So wie das arme Pferd aussieht, hätte es auch nicht überlebt, wenn wir gestern gekommen wären«, sagte Markus Eichhorn und beugte sich über das abgemagerte Tier.

»Die Stute hat sich wohl verzweifelt auf dem Betonboden gewälzt. Die Abschürfungen am ganzen Körper sprechen dafür. Sicher hatte sie eine schwere Kolik. Darmverschlingung vielleicht.«

Lea schuchzte laut auf.

»Sie ist in deinen Armen gestorben«, tröstete ihr Vater sie. »So war sie wenigstens am Ende ihres Lebens nicht allein.«

Mit zitternden Knien lehnte Lea sich an die schmutzige Wand. Ihr war schlecht, sie presste beide Hände auf den Bauch. Eine Weile hörte man nur das leise Rauschen der Kiefern und das Knistern von Medikamentenfolien, als Herr Eichhorn verschiedene Instrumente aus seiner Arzttasche nahm.

Klara bemühte sich, an der Stute vorbeizusehen und nur das zitternde Fohlen anzuschauen, als sie ihren Vater fragte: »Und ihr kleiner Junge?«

Das winzige Fohlen stand unverändert neben der liegenden Stute. Merkte es nicht, dass es seine Mutter verloren hatte? Klara streckte ihm etwas Heu hin, aber der Kleine reagierte nicht darauf. Gleichgültig ließ das verklebte schwarze Fellbündel Dr. Eichhorns Untersuchung über sich ergehen, auch das Fiebermessen.

»Der kleine Hengst ist vielleicht drei Monate alt«, meinte der Tierarzt abschließend. »Schwer zu sagen, er ist ja total unterernährt und ausgetrocknet. Völlig ausgemergelt. Wer weiß, wie lange er keine Muttermilch mehr bekommen hat.«

Er machte sich erneut an seiner Tasche zu schaffen und hüstelte.

»Klara, Lea, ihr seid doch meine vernünftigen großen Mädchen«, sagte er, ohne die beiden anzusehen. »Ihr wisst beide, wie schwer es mir fällt, euch so etwas zu sagen, aber das Fohlen . . .«

»Nein!«

Der entsetzte Aufschrei der Mädchen kam wie aus einer Kehle. Verstört taumelte das Fohlen rückwärts.

Lea stürzte auf ihren Vater zu und umklammerte seinen Arm. »Nein, Papa, das darfst du nicht tun. Nein, nein, nein.«

Dr. Eichhorns Hand sank hinab. »Ich tue ja nichts. Das heißt, ich darf nichts Endgültiges unternehmen, bevor der Amtstierarzt kommt. Im Moment kann ich nur versuchen, dem kleinen Kerl das Leben erträglicher zu machen. Ich lege ihm eine Infusion zur Stärkung. Aber der Amtstierarzt wird hundertprozentig entscheiden, dass dieses Fohlen eingeschläfert wird.«

»Aber warum denn?«, heulte Lea auf. »Es ist doch nicht krank.«

Markus Eichhorn seufzte und fuhr mit der Hand über den knochigen Rücken des Fohlens, das mit gesenktem Kopf vor ihm stand. »Glaubt mir doch, Kinder, ein Waisenfohlen, noch dazu ein verhungertes wie dieses, hat wirklich kaum eine Überlebenschance. Auch wenn es im Moment so scheint, als sei es zu retten.«

Aufgeregt packte Klara ihren Vater an der Weste. »Papa, wir ziehen ihn mit der Milchflasche auf. Ich schwöre, jede Nacht stehe ich zum Füttern auf. Meinetwegen jede Stunde. Ganz bestimmt, Papa, Ehrenwort.«

In Leas Gesicht machten sich vor Aufregung rote Flecken breit. Ohne Punkt und Komma redete sie auf ihren Vater ein. Alles wollte sie ihm versprechen, wenn nur das Fohlen am Leben blieb. »Ich bleibe nachts auch wach, genau wie Klara! Bis Weihnachten und noch länger und die Fohlenmilch bezahle ich vom Taschengeld und meinen Handy-Vertrag kannst du kündigen und in Mathe nehme ich Nachhilfe, in Physik auch und mein Zimmer räume ich jeden Tag auf und . . . alles, was du willst, Papa.«

Kopfschüttelnd betrachtete der Tierarzt das kümmerliche Fohlen. »Es geht ja nicht nur ums Futter, Kinder. Selbst wenn wir ihn aufpäppeln, was ich stark bezweifle, es geht nicht.«

»Aber warum denn nicht?« Aus roten Augen sah Klara ihren Vater an, der jetzt in der Box auf und ab ging.

»Ein Waisenfohlen kann später nie ein normales Leben führen. Es versteht die Sprache der Pferde nicht, weil es keine Mutter hat, die ihm alles beibringt.«

Dr. Eichhorn nahm eine Flasche mit Nährstofflösung aus der Arzttasche, tätschelte das Fohlen und legte ihm eine Infusion in die Halsvene. Der kleine Kerl hielt ganz still und stützte sein winziges Kinn auf die Schulter des Tierarztes, der fortfuhr, seine Töchter von der Sinnlosigkeit eines Rettungsversuches zu überzeugen. »Ein mutterloses Tier macht in der Herde alles falsch. Es begreift die Drohgebärden nicht und fürchtet sich sein Leben lang vor anderen Pferden. Das ist Stress, nichts als Stress.«

Er reichte Klara die Infusionsflasche zum Festhalten. »Ein Pferd, das Angst vor seinen eigenen Artgenossen hat! Ein Herdentier, das immer allein stehen muss. Ein grausames Leben, findet ihr nicht auch?«

Lea senkte den Blick. Zu ihren Füßen lag die leblose

Mutterstute. Das machte sie noch verzweifelter und Lea fing wieder an zu weinen. »Kann man denn gar nichts machen?«

Dr. Eichhorn schüttelte den Kopf. »Ohne Ersatzmutter nicht. Und eine Mutterstute findet man um diese Jahreszeit nicht mehr. Ist ja schon Ende des Sommers und Fohlen werden im Frühjahr geboren. Nein, jetzt ist das unmöglich. Es sei denn . . .«

»Ja?« Klara und Lea schöpften wieder Mut. Sie hingen an seinen Lippen.

Dr. Eichhorn überlegte jedes Wort, um den Mädchen keine falschen Hoffnungen zu machen. »Es sei denn, wir finden ein Gestüt mit einer Mutterstute, die gerade ihr eigenes Fohlen verloren hat. Und die unseren kleinen Hengst adoptiert.«

Klara und Lea wechselten einen schnellen Blick. Beide dachten dasselbe: Ihr Vater hatte »unseren« kleinen Hengst gesagt. Unseren! Das bedeutete, er hatte ihn auch bereits ins Herz geschlossen.

»Aber so einen Zufall gibt es nicht«, fuhr ihr Vater fort. »Außerdem darf ich gar nicht über das Fohlen verfügen. Schließlich gehört es irgendwem.«

»Soll das heißen, du müsstest es hier umkommen lassen?« Klara war entsetzt.

»Nein, wenn Gefahr droht, wie jetzt, dann kann ich schon eingreifen. Aber heikel ist das immer. Wegen solcher Sachen gibt es oft Scherereien. Ich muss mich absichern. Bevor mich später jemand als Pferdedieb bezichtigt.«

Er richtete sich auf, die Lösung war durchgelaufen. Routiniert entfernte Markus Eichhorn die Kanüle und griff zur Kamera, um das Fohlen zu fotografieren. Aus dunklen Augen sah das dürre Geschöpf ihn an, ernst und still, als ahnte es, wie viel vom Urteil dieses Mannes abhing.

Der Tierarzt fotografierte nun auch die tote Stute. Scheu sahen die Mädchen zu, wie ihr Vater das Fell abtastete. »Sie hat kein Brandzeichen, ihr Fohlen auch nicht. Im Grunde deutet das auf Vollblüter hin. Galopper und Traber bekommen keine Brandzeichen.«

Danach machte Markus Eichhorn Bilder vom Zustand der Box und ging nach draußen, um den herausgeschlagenen Riegel zu fotografieren, das Vorhängeschloss und die Kanthölzer, die die Box in ein tödliches Gefängnis verwandelt hatten. Er machte sich eine Menge Notizen für die Polizei.

Aus seiner Arzttasche holte er eine gefaltete Folie und breitete sie über die Stute aus. Die ganze Zeit hatte Lea insgeheim gehofft, das Pferd am Boden sei nur bewusstlos vor Erschöpfung, würde die Augen wieder aufschlagen und ihr Vater könnte es ins Leben zurückholen. Aber die Decke über der Pferdemutter war so endgültig, dass es nun keine Hoffnung mehr gab.

Schluchzend lief Lea nach draußen und kehrte nach einiger Zeit mit einem Kranz zurück, den sie aus Efeu und Heckenrosen gebunden hatte. Behutsam legte sie das Gebinde auf die Foliendecke. »Damit sie wenigstens einen würdigen Abschied bekommt.«

Nach wie vor stand das Fohlen bewegungslos auf dem kleinen Fleckchen Stroh, das Herr Eichhorn über den Waldboden geschüttet hatte. Klara und Lea blieben bei dem kleinen Hengst, während ihr Vater ins Freie ging, um auf dem Friesenhof anzurufen.

Meike Eichhorn nahm sofort den Hörer ab, die ganze Zeit hatte sie auf glühenden Kohlen gesessen und auf den Anruf gewartet. »Kann ich euch von hier aus helfen?« fragte sie, nachdem ihr Mann seinen Bericht beendet hatte.

»Ja, Meike. Wir brauchen dringend eine Mutterstute.« Mit großen Schritten durchmaß Markus Eichhorn den von schimmeligem Abfall vermüllten Hof. »Eine Stute, die gerade ihr Fohlen verloren hat. In meinem schwarzen Notizbuch stehen die Nummern der norddeutschen Züchter. Machst du einen Rundruf? Ich kann hier nicht weg, bevor die Polizei aufkreuzt.«

Er hörte seine Frau am anderen Ende seufzen. »Um diese Jahreszeit eine Ersatzstute? Oje, das wird schwierig. Aber klar, ich versuche es überall. Was machen wir, wenn ich einen Züchter finde?«

»Wir haben den Hänger hier, ich bringe das Fohlen gleich zu dem entsprechenden Gestüt.«

»Gut. Lass uns keine Zeit verlieren, ich fange sofort mit der Suche an. Schaffst du es überhaupt, zum Westerbüller Reiterverein zu fahren? Die ersten Dressurprüfungen beginnen gleich. Soll ich einen Kollegen besorgen, der für dich als Turnier-Tierarzt einspringt?«

Mit der Hand fuhr Dr. Eichhorn sich durchs Haar. Das Turnier! Daran hatte er im Moment wirklich nicht gedacht. »Ja, das ist besser. Ich kann nicht abschätzen, wie lange ich hier auf die Polizei warten muss. Falls eine aus der Mädchen-Clique bei dir auftaucht, schick sie doch her. Mit etwas Quetschhafer oder Mash für das Fohlen.«

7. Kapitel
SOS – Mutter gesucht

Als Frau Eichhorn den Hörer auflegte, klingelte es draußen Sturm.

Vor der Tür stand Jette und trippelte aufgeregt hin und her. Ungeduldig schlug sie mit der flachen Hand gegen die Mauer, während sie wartete, dass jemand öffnete. Sie musste sofort wissen, was auf dem Friesenhof los war. Dass etwas Ungewöhnliches vorgefallen war, daran zweifelte sie keine Sekunde. Von ihrem Zimmer aus hatte Jette nämlich frühmorgens Klara gesehen, die wie verrückt über die Deichstraße raste. Und eine halbe Stunde später fuhr der Geländewagen des Friesenhofs am Wattenkrug vorbei Richtung Grünhagen. Mit Hänger. Dabei wusste Jette genau, dass Herr Eichhorn heute wieder als Turnierarzt beim Reiterverein sein sollte. Dazu brauchte er keinen Hänger. Aus ihren Beobachtungen zog Jette den messerscharfen

Schluss: Hier stimmte etwas nicht. Unkonzentriert hatte sie ihre Arbeit im Wattenkrug hinter sich gebracht und war danach gleich losgerast.

Und nun stand sie vor der Tür des Friesenhofs und wollte wissen, *was* nicht stimmte.

»Jette, du?« Frau Eichhorn war erstaunt. In diesem Moment schoss ein Fahrrad die Einfahrt hoch. »Nelly Ingwersen! Du auch?«

Mit rasantem Schwung fegte das sommersprossige Mädchen auf den Hof, wo sie ihr Rad ins Zitterpappel-Gebüsch warf. »Niels hat mich angerufen«, rief Nelly schon von weitem. »Können wir helfen?« Nachdem Klara von ihrem Vater abgeholt worden war, hatte Niels seine Schwester aus dem Bett geklingelt. Eigentlich wollte Nelly ausschlafen, aber nach der Nachricht . . .

Jette fuhr herum. »Wieso helfen? Was ist denn passiert?«

Frau Eichhorn zog die beiden ins Haus und berichtete im Esszimmer von der Tragödie in Grünhagen. Als Jette hörte, dass die Mutterstute gestorben war, wurde sie kreidebleich und musste sich hinsetzen. Besorgt betrachtete Frau Eichhorn das zierliche Mädchen, das wie ein Häufchen Elend auf der Bank kauerte.

»Hast du überhaupt schon etwas gegessen?«, fragte sie besorgt.

Jette schüttelte den Kopf.

»Du, Nelly?«

»Nein. Ich kann nicht.«

»Unsinn. Du bist ganz blass um die Nase. Wenn ihr helfen wollt, müsst ihr bei Kräften sein. Ich habe das Gefühl, heute kommt noch einiges auf uns zu. Trinkt erst mal einen Tee, ich habe gerade eine Kanne gekocht.« Frau Eichhorn stellte drei Tassen auf den Tisch und schob einen Korb mit Rosinenbrötchen dazu.

Abwesend griffen Jette und Nelly zu und rührten in ihrem heißen Tee herum, während Frau Eichhorn in der Küche den Körnerbrei für das Fohlen ansetzte. Als sie sich wieder zu den Mädchen an den Tisch gesellte, sprach einige Minuten niemand. Jette und Nelly versuchten zu verarbeiten, was sie gehört hatten. Erst allmählich weckten Brötchen und Tee ihre Lebensgeister wieder, jedenfalls so weit, dass Jette bereits Pläne schmiedete.

»Wir könnten die Leute in Grünhagen ausquetschen, ob die etwas wissen«, schlug sie kauend vor. »Zum Beispiel, wem der Stall gehört. Wann sie dort zuletzt Pferde gesehen haben. Vielleicht gehört die Stute mit Fohlen zu einer Herde, dann könnte man den Kleinen dorthin bringen. Irgendwem muss doch etwas aufgefallen sein.«

»Hm, ist die Vernehmung von Zeugen nicht eher Sache der Polizei?«, fragte Frau Eichhorn.

»So etwas kann man keinem Polizisten überlassen«, antwortete Jette heftig und sprang auf. Leise klirrten die Porzellantassen auf den Untertellern. Von den Ermittlungskünsten der Polizei hielt sie nicht viel. Jedenfalls war sie, Jette Jacobs, es höchstpersönlich gewesen, die im Sommer verschiedene Verbrechen rund um Westerbüll aufgedeckt hatte. Ja, wenn sie selber erst Polizistin war! Dann sahen alle Gauner alt aus, das stand für Jette fest.

Frau Eichhorn nickte. »Okay, düst los. Nehmt etwas für

Lea und Klara mit.« Aus der Küche holte sie Brötchen und eine Edelstahlschüssel, in der brauner Körnerbrei dampfte. Sorgfältig drückte sie einen Deckel obenauf. »Das ist Mash fürs Fohlen.«

Sobald die beiden aufgebrochen waren, setzte Meike Eichhorn sich ans Telefon, schlug das schwarze Notizbuch auf und begann, die Züchter anzurufen.

Es war frustrierend. Oft ging niemand ans Telefon, offenbar arbeiteten alle im Stall. Endlich, nach dem sechsten Anruf, hörte sie von einem Pferdezüchter: »Ja, eins unserer Fohlen ist an Fohlenlähme eingegangen.« Hoffnungsvoll umfasste Meike Eichhorn den Hörer fester. Aber dann kam gleich der Zusatz. »Das war allerdings im Juni. Die Stute nimmt jetzt kein fremdes Tier mehr an.«

Ernüchtert legte sie auf und versuchte es weiter. Bei all den gespeicherten Wahlwiederholungen erwischte Meike Eichhorn einige Male dieselbe Telefonnummer.

Gerade als sie sich über sich selber ärgerte, weil sie keine Liste zum Abhaken angelegt hatte, pochte jemand ans Fenster. Mit erhitzten Gesichtern standen Emma und Mascha draußen. Ohne Zeit zu verlieren, waren sie losgeprescht, als vorhin Jettes Anruf kam: »Alarmstufe Rot! Wir brauchen Hilfe für ein Waisenfohlen. Fahrt sofort zum Friesenhof.«

Mascha balancierte ein ausladendes Backblech Kirschstreusel auf den Armen. »Stand auf Ihrer Treppe, Frau Eichhorn. Sicher von Jette.«

Durch den Flur polterten sie ins Esszimmer, wo ihnen Frau Eichhorn erklärte, warum sie nach einer Mutterstute suchte. »Ich fürchte, inzwischen habe ich den Überblick verloren.«

Wortlos trat Emma an den alten Bauernschrank neben der Standuhr und nahm einen Block aus der Schublade – Emma kannte den Friesenhof wie ihre Westentasche. Sie setzte sich ans Fenster und legte zwei Tabellen an. Eine hieß »Züchter erreicht«, die andere »Keiner da, noch einmal anrufen«.

»Jetzt geht es viel schneller«, lobte Frau Eichhorn.

Zu dritt setzten sie sich auf die lange Bank an den Shettytisch. Beklemmende Stille lag im Raum, in dem sonst ausgelassene Ferienkinder lärmten.

Adresse für Adresse wurde von Emma und Mascha abgehakt. Leider gab es von den Zuchtbetrieben nur negative Antworten. Doch dann machte Frau Eichhorn plötzlich eine viel sagende Handbewegung.

»Wann? Ende August?«, fragte sie in den Hörer. Ihrem Tonfall nach sprach sie mit einem Kind. »Wie heißt du? Sarah! Ach, du bist ein Voltikind. Schön! Und du weißt genau, dass das Fohlen gestorben ist, Sarah? Wann ist denn der Stallbesitzer da? Gut, er soll mich gleich zurückrufen.«

Rasch berichtete Frau Eichhorn von Sarah und dem toten Fohlen in ihrem Stall. Das Voltigiermädchen wusste das Datum von der Totgeburt so genau, weil es ihr Geburtstag war.

Beschwörend drückten sie sich gegenseitig die Hände. Emma starrte unentwegt auf den knallroten amerikanischen Kühlschrank an der Esszimmerwand, als könnte von ihm Hilfe kommen. Mit ihrem schwarzen Stift umkringelte

Meike Eichhorn den Namen des Züchters, wieder und wieder, bis er fast zugekritzelt war. »Mein Gott, wenn das klappt.«

Als gleich darauf das Telefon klingelte, riss Frau Eichhorn sofort den Hörer herunter: »Ja?« Aber welche Enttäuschung! Es war nur der Schlittenhund, Emmas Mutter. Unbemerkt hatte Emma sich morgens aus dem Haus geschlichen und nun war Frau Hansen in heller Aufregung. Dabei hatte Emma einen Zettel hinterlassen: »Bin auf dem Friesenhof.« Nach einigen beruhigenden Worten von Frau Eichhorn gab der Schlittenhund Ruhe.

Kurze Zeit später meldete sich der Stallbesitzer. Tatsächlich war das Fohlen an Sarahs Geburtstag gestorben – aber vor einem Jahr! Die kleine Sarah war erst sechs und brachte Zahlen und Jahre noch durcheinander.

Also erneut eine niederschmetternde Nachricht! Hatte es überhaupt Zweck, noch stundenlang nach einer Stute zu forschen? Keiner mochte es laut sagen, aber jedem ging derselbe Gedanke durch den Kopf: Alles war sinnlos. Mit hängenden Köpfen saßen sie über der Liste und wurden zunehmend wortkarger.

Es wurde immer enger für das verlassene Fohlen.

8. Kapitel
Jette ermittelt

Das Fohlen hatte aufgehört zu zittern, nachdem die Nährlösung in seinen schwachen Körper gelaufen war. Inzwischen stand es in der Nebenbox, die Lea mit Stroh wohnlich hergerichtet hatte. Doch der kleine Hengst ließ sich nicht in die trockene Einstreu fallen. Obwohl er zu Tode erschöpft war, legte er sich nicht nieder. Als habe er Angst, vor Schwäche nicht wieder auf die Beine zu kommen.

Jette und Nelly schossen Tränen des Mitleids in die Augen, als sie im Stall eintrafen und das erbärmliche kleine Wesen sahen. Sofort packte Jette die Schüssel mit Mash aus.

»Darf ich?«, fragte sie und sah Herrn Eichhorn flehend an. Er nickte und Jette hielt dem Fohlen das Futter hin. Zunächst geschah nichts, doch dann senkte es seinen Kopf und tunkte sein winziges Maul in den warmen Brei. »Wenn er frisst, ist das ein gutes Zeichen«, sagte Markus Eichhorn erfreut. »Dann hat er Lebenswillen.«

Aber das Fohlen fraß nicht. Es war zu schwach, um das Futter zu schlucken. Schwankend stand es vor der Schüssel und kämpfte mit der Müdigkeit.

»Ich schwöre euch, wir finden den Verbrecher, der schuld an allem ist.« Jette bebte vor Zorn, als sie das Futter auf den Boden stellte. »Wir quetschen die Leute in Grünhagen aus. Wer unten an der Deichstraße wohnt, muss doch etwas Verdächtiges gesehen haben. Schließlich gelangt man nur über die Deichstraße auf den Feldweg. Zumindest mit dem Auto.«

»Falls ihr etwas herausfindet, ruft gleich an. Hier und auf dem Friesenhof«, bat Herr Eichhorn. »Vielleicht kann meine Frau damit etwas anfangen. Mir sind ja hier die Hände gebunden, bis die Polizei eintrifft.«

Auf dem Rückweg zu den Fahrrädern hatten Jette und Nelly keine Lust zu reden. Zu sehr verfolgte sie das Bild des Fohlens. Niedergeschlagen durchkämmten sie den Kiefernwald. Vielleicht fanden sie eine Spur? Doch außer Bäumen, Efeu und ein paar wilden Rosen, in denen Spinnweben hingen, schien der Wald nichts herzugeben.

Aber dann machte Jette eine Entdeckung, aus der sie nicht schlau wurde. Auf dem Waldboden lagen ein paar auseinandergerissene Heuballen, deren Halme sich in alle Himmelsrichtungen verteilten. Jette bückte sich danach.

»Sieht aus, als ob Tiere daran gezerrt haben, Rehe oder Wildschweine. Aber um diese Zeit legt der Förster doch kein Heu für das Wild aus. Erst im Winter. Ob die Ballen aus dem Stall stammen?«

Nelly hob die Schultern. »Dort war doch alles verschimmelt. Dieses hier sieht frisch aus.« Sie zupfte eine Handvoll Halme heraus und schnupperte daran. »Duftet toll. Wer wirft denn gutes Heu weg?«

Eine filterlose Zigarette, aus der oben und unten Tabakkrümel guckten, zog Jettes Blick auf sich. »Selbst gedreht«, murmelte sie fachmännisch. Wer wie sie im Wirtshaus groß geworden war, kannte sich mit Tabak jeder Art aus. Manchmal durfte Jette für einen Gast Zigaretten drehen, leicht war das nicht, meistens wurden sie zu locker. Für alle Fälle steckte sie die Zigarette vom Waldboden ein. Sie war ungebraucht, offenbar jemandem aus der Tasche gerutscht.

Im Moment schien es, als führten die Spuren ins Nichts. Selbst bei gründlichem Nachdenken fand Jette keinen Anhaltspunkt für eine kriminelle Tat. Unnötig lange wollten die Mädchen nicht im Wald bleiben und sie machten, dass sie zurück zum Feldweg kamen.

Am Zaun stolperte Nelly über ein umgestürztes Schild, das im hohen Gras verborgen lag. Jette half ihr auf und lehnte den Pfahl mit der Tafel »Wildtollwut – gefährdeter Bezirk« gegen die Latten.

»Komisch, dass der Mast nicht tiefer eingegraben ist. Sieh mal, Nelly, nur ein kleines Loch im Boden. Und das Schild . . .«, Jette fuhr mit der Hand über einen vorstehenden Nagel, »hat auch kein Fachmann angebracht.«

Nelly wurde hellhörig. »Du meinst, es war nicht der Förster, der dieses Schild aufgestellt hat? Sondern irgendwer, der . . .

». . . der Spaziergängern Angst einjagen wollte«, fiel Jette ihr ins Wort. »Da wollte irgendwer verhindern, dass jemand zum Stall ging und die Pferde sah. Hölle, Hölle.«

Während sie sich das Hirn zermarterten, wer warum Pferde verstecken wollte, arbeiteten sie sich auf ihren Rädern über den Sandweg zur Deichstraße vor.

In Grünhagen herrschte jetzt emsiger Samstagmorgenbetrieb. Männer im Jogginganzug fegten den Bürgersteig, auf dem es gar nichts zu fegen gab. Einige Frauen schrubbten ihre Treppen oder jäteten in Blumenbeeten, in denen man jedes winzige Unkraut mit der Lupe suchen musste.

Auf ihre Fragen nach Pferden ernteten die Mädchen nur Schulterzucken oder mürrische Antworten. Jette dachte an Klaras Erfahrung mit der unfreundlichen Frau, die sie hochkant rausgeworfen hatte. Nach der vierten Abfuhr trauten die Mädchen sich kaum noch, die Leute anzusprechen.

Unschlüssig ließen sie ihre Räder weiterrollen, aber vor Haus Nr. 61 traten sie in die Bremse. Der erste Garten, der fröhlich und bunt blühte und nicht wie geleckt aussah. In stillschweigendem Einvernehmen stiegen Jette und Nelly ab und liefen den Bruchsteinweg hinauf. Zwei rote Kinderschaukeln dümpelten vor einem noch unfertigen gläsernen Anbau, neben dem eine Reihe von Rosenstöcken auf dem Boden lag. Eine junge Frau in Lederhose und T-Shirt hob Pflanzlöcher aus. Als sie die Mädchen entdeckte, stellte sie den Spaten weg. »Sucht ihr jemand?«

»Allerdings.« Jette übernahm das Gespräch. Als die Frau von dem Waisenfohlen hörte, ließ sie spontan alles liegen und bat die Mädchen ins Haus.

Nelly und Jette drückten sich fest die Hände, als sie ins

Wohnzimmer traten. Endlich hörte ihnen jemand zu. Mit einer einladenden Geste zeigte die Hausbesitzerin auf die Couch. Vor dem laufenden Fernseher lagen zwei Kinder in Schlafanzügen platt auf dem Bauch, zwischen sich hatten sie einen kleinen Hund. Der Terrier sprang sofort vom Teppich auf und bellte den Besuch an.

»Aus, Bauer«, sagte die blonde Frau bestimmt und zog ihre Arbeitshandschuhe aus. Knurrend drehte der Hund seinen Kopf zur Seite und warf sich wieder neben die Kinder auf den Teppich. »Vincent, Carla, den Ton aus. Sonst kann ich mich nicht unterhalten.«

»Die Tiersendung hast du uns aber erlaubt«, maulte der Junge, tastete jedoch nach der Fernbedienung und beendete das Bellen und Fauchen. Während Jette ihre Fragen stellte und sich Notizen machte, flimmerten Löwen, Hyänen und Giraffen stumm über den Bildschirm.

Die Deichstraße 61 entpuppte sich als Glücksfall. In den letzten Monaten war Frau Sommer, so stellte sie sich vor, häufig draußen gewesen, weil sie einen Wintergarten bauten. Ja, sie habe vor einiger Zeit mehrmals große Lastwagen Richtung Feldweg zuckeln sehen, einmal schon bei Sonnenaufgang, möglicherweise Pferdetransporter, so genau habe sie nicht darauf geachtet.

Bedauernd breitete sie die Arme aus. »Wisst ihr, am Ende des Feldwegs werden gern Filme gedreht. Kommt nicht selten vor, dass Tiere hierher transportiert werden, Ponys, Schafe, Hunde. Die Filmleute sind dort total ungestört. Hier wundert sich niemand über Lastwagen.«

Diese Antwort stellte Jette nicht zufrieden. »Aber der

Stall wurde benutzt, längere Zeit, nicht nur einen Tag lang. Haben Ihre Kinder denn nichts bemerkt? Die spielen doch bestimmt oben am Wald.«

Frau Sommer schüttelte den Kopf und räumte umherliegende Plüschtiere in einen Kasten. »Nein, unsere Kinder dürfen dort seit Monaten nicht mehr spielen. Zu gefährlich, wegen der Tollwut. Nicht auszudenken, wenn ein kranker Fuchs sie beißt.«

Das Wort Tollwut unterstrich Jette doppelt auf ihrem Block. Komisch, dachte sie, Lea und Klara haben nie etwas von Tollwut gesagt.

Durchs offene Fenster schweifte Frau Sommers Blick über die Deichstraße, als wollte sie sich ins Gedächtnis rufen, was sie dort gesehen hatte. »Wenn ich genau überlege, sind hier in den letzten Wochen öfter Autos mit Pferdehängern gefahren. Vielleicht wird im Moment die Stalleinrichtung verkauft? Futtertröge, Tränken, Schubkarren, das ganze Zeug. Der verlotterte Stall soll bald abgerissen werden, der alte Landwirt ist letztes Jahr gestorben. Die Baubehörde will die Bruchbude weghaben.«

»Kann es sein, dass auch die letzten Pferde verkauft wurden?« Eifrig ging Nelly dazwischen. »Und die Mutterstute mit Fohlen hat man einfach vergessen?«

Frau Sommer winkte ab. »Nein. Der Landwirt hielt schon lange keine Pferde mehr.« Sie ging in die Küche und kam mit einer Handvoll Müsliriegel zurück, die sie an alle verteilte. Hechelnd äugte der Terrier hoch und fing gekonnt ein Leckerli auf, das Frau Sommer ihm zuwarf. »Warum jemand heimlich Pferde in den Stall bringt und sie dort verhungern lässt, ist mir ein Rätsel. Man darf gar nicht darüber nachdenken, das ist brutal. Sagt mal, wie zieht man eigentlich ein Waisenfohlen groß?«

Jette sah zu Boden. Bloß nicht an das arme Fohlen denken, sonst heulte sie gleich wieder los. »Wir suchen eine Ersatzmutter«, war alles, was sie herausbrachte.

Frau Sommer fragte nicht weiter und brachte das Gespräch wieder auf ihre Beobachtungen. »Ein Auto ist mir besonders aufgefallen, weil es mehrmals am Ende der Straße parkte. Flacher silberner Sportflitzer, nichts für Sandwege. Kann natürlich sein, dass die Kiste überhaupt nichts mit den Pferden zu tun hat.« Sie lächelte. »Vielleicht ein Liebespaar, das allein sein wollte. Der Wagen kam aus Flensburg, daran erinnere ich mich. Seit einiger Zeit sehe ich das Auto allerdings nicht mehr. Wohin, Carla?«

Der letzte Satz galt ihrer Tochter, die plötzlich vom Boden aufgesprungen war und auf den Flur rannte.

Jettes Stift flog nur so übers Papier. Ein Verdächtiger! Andererseits: Pferdebesitzer fuhren selten Sportwagen, damit konnte man keine Hänger ziehen.

Da sauste das blonde Mädchen im Schlafanzug schon wieder herein. Unterm Arm trug sie ein riesiges Fotoalbum. Damit düste sie zum Tisch und knallte es vor ihrer Mutter auf die Platte. Aufgeregt blätterte Carla ein paar Seiten um, dann tippte sie mit dem Zeigefinger auf ein Foto. »Da!«

Jette beugte sich über das Bild. Eine Gruppe ausgelassener Kinder ließ Luftballons steigen, die Aufnahme war am Ende der Straße gemacht worden.

»Was soll das sein?«, fragte Nelly.

»Carlas Geburtstag«, stellte Frau Sommer fest, »aber warum ...«

Carla verdrehte die Augen. »Ihr sucht doch ein silbernes Auto. Seid ihr blind? Dahinten auf dem Bild.«

»Ich werd verrückt«, entfuhr es Jette. »Klasse, Carla. Du willst sicher später mal zur Polizei?«

»Mal sehn.«

Frau Sommer besorgte eine Lupe und sie beugten sich über das Foto. Gemeinsam starrten sie durch das Vergrößerungsglas auf den silbernen Sportwagen, der deutlich zu erkennen war. Das Nummernschild verschwamm, aber mit einer stärkeren Lupe konnte man garantiert das komplette Kfz-Zeichen entziffern. Frau Sommer wollte sich gleich als Zeugin bei der Polizei melden.

Entschlossen schlug Jette ihren Block zu und stand auf. »Ich rufe Frau Eichhorn an und erzähle ihr, was Sie gesehen haben.«

Erstaunt zog Frau Sommer die Augenbrauen hoch. »Die Tierärztin vom Friesenhof? Erst letzte Woche war ich mit unserem Hund bei ihr. Anständig von Frau Eichhorn, dass sie sich um das verlassene Pferdekind kümmert. Kannst unser Telefon benutzen, Mädchen.«

Während Jette und Nelly sich wieder auf den Weg machten, wurde auf dem Friesenhof heftig über die Neuigkeiten aus Grünhagen nachgegrübelt.

»Jettes Nachforschungen klingen, als hätte jemand den Stall nur kurz benutzt, um Pferde zu verkaufen«, reimte Meike Eichhorn sich zusammen. »Doch warum wollte der Verkäufer kein Aufsehen erregen? Das Tollwut-Schild muss von ihm stammen und nicht vom Förster. Hier gibt es keine Wildtollwut. Mit der Warntafel sollten wohl Neugierige fern gehalten werden. Waren die Pferde gestohlen? Oder heimlich aus dem Ausland herangeschafft, ohne Pferdepass? «

Emma fasste sich an den Kopf. »Aber warum lässt man eine Mutterstute mit Fohlen zurück? Die hätte der Pferdehändler doch auch verkaufen können.«

»Möglich, dass er gestört wurde. Dass ihm jemand auf die Schliche kam. Und er musste Hals über Kopf flüchten.«

Noch eine weitere Möglichkeit ging Frau Eichhorn durch den Kopf. »Die Pferde könnten auch von Züchtern stammen, die Pleite gegangen sind«, überlegte sie laut. »Es gibt viele Händler, die solche Pferde billig kaufen und teuer weiterverkaufen. Vorübergehend bringen sie die Tiere in alten Ställen unter und geben Verkaufsanzeigen in Pferdezeitschriften auf.«

Sie zeigte auf einen Stapel Reitermagazine, der sich auf dem Beistelltisch türmte.

»Ist das verboten?«, erkundigte sich Mascha.

»Nein, natürlich nicht. Deshalb gibt mir diese Heimlichtuerei Rätsel auf. Es sei denn ...« Einen Augenblick sinnierte Frau Eichhorn und fand schließlich einen logischen Grund. »Es sei denn, der Verkäufer musste das Geld mit irgendwem teilen. Und verschwand, bevor der Partner seinen Anteil forderte.«

»Die Sache ist oberfaul«, fand Mascha.

Brütend starrte Frau Eichhorn auf die Zeitschriften. »Wenn wir nur wüssten, wohin die anderen Pferde verkauft worden sind! Vor allem, ob Stuten dabei waren, mit denen unser Fohlen groß geworden ist. Natürlich wären das ideale Ersatzmütter.«

Hoffnungsvoll schaute Emma sie an. »Wie kriegt man heraus, von welchem Züchter die Pferde stammen?«

»Über die Zuchtverbände. Die wissen, welche Höfe verkauft wurden. Und wo Pferde gestohlen wurden.« Meike Eichhorn seufzte. »Hätte die Stute in Grünhagen ein Brandzeichen, ginge alles fixer. Aber ohne Brandzeichen ... könnte ein Vollblut sein, meint mein Mann. Galopper, Traber.«

Erneut nahm sie sich die Liste der Gestüte vor. »Ich werde das Gefühl nicht los, der Pferdeverkäufer in Grünhagen kennt sich kaum mit Pferden aus. Sonst wüsste er, wie gut man neuerdings zurückverfolgen kann, woher ein Pferd stammt. Da wollte einer das dicke Geld machen ohne Ahnung und ohne viel Arbeit.«

Plötzlich schoss Emma etwas durch den Kopf und sie musste es sofort loswerden. Mascha bekam einen heftigen Knuff. »Der Tätowierte! Der braucht bestimmt Geld und als wir ihn gestern nach dem Stall fragten, hat er sich komisch benommen.« Mit glühendem Gesicht haspelte Emma die Worte hervor. »Mit Pferden kennt der sich auch nie im Leben aus – der als Seemann!«

Als Mascha ihr unterm Tisch ans Schienbein trat, war es zu spät. Argwöhnisch sah Frau Eichhorn auf.

»Welcher Tätowierte?«

Als die Antwort ausblieb, sagte sie streng: »Heraus mit der Sprache, Emma Hansen. Das ist nun wirklich nicht der richtige Moment für Geheimnisse.«

Emma vermied es, Mascha anzusehen. Wie sauer ihre Freundin über den blöden Patzer war, konnte sie sich lebhaft vorstellen. Zögernd gab Emma Auskunft.

»Der Tätowierte lungerte gestern am Stall in Grünhagen herum, als ich mit Klara auf der Fahrrad-Rallye war. Klara und ich haben es mit der Angst bekommen, so wild, wie der aussah.«

»Wieso habt ihr nichts davon gesagt?«

Kläglich verzog Emma das Gesicht. »Sie kennen doch meine Mutter.«

»Kein Grund, es *mir* zu verschweigen!«

»Wir hatten Angst, Sie würden uns nie mehr allein ins Gelände reiten lassen.«

»So ist es.« Frau Eichhorn nickte. »Genau das ist ab sofort verboten. Bis wir mehr über euren Fremden wissen.«

»Ich habe es geahnt«, murmelte Mascha. »Zum Teufel.« Verärgert griff sie zum obersten Pferdemagazin und schlug heftig die Seiten um, um ihren Groll herauszulassen. Auf einmal kam ihr dabei die zündende Idee. Aufgeregt sprang Mascha auf. »Wir müssen nach Anzeigen suchen. Nach Anzeigen, die auf den Stall in Grünhagen passen! Dann rufen wir an und tun so, als ob wir ein Pferd kaufen wollen. Wenn wir die Adresse haben, drohen wir dem Typ mit der Polizei. Bis er gesteht, wohin er die anderen Stuten verkauft hat.«

Kopfschüttelnd wählte Frau Eichhorn das nächste Gestüt an. »Du bist vielleicht ein Früchtchen. Das grenzt ja an Erpressung!«

»Wer Pferde umbringt, den kann man doch wohl ein bisschen erpressen.« Mascha war empört.

Seufzend verdrehte Meike Eichhorn die Augen. War das der richtige Moment, mit den Mädchen eine Diskussion über Moral anzufangen? Wohl kaum. »Außerdem – in welchem Heft wollt ihr nachsehen?«, fragte sie. Ihr Hörer wies zum offenen Wandschrank hinüber. »Da liegen mindestens 30 aktuelle Pferdezeitschriften mit Hunderten von Anzeigen. Wie sollen wir das schaffen? Im Übrigen habe ich längst die Polizei alarmiert.«

Den Einwand mit der Polizei überhörte Mascha, sie ließ nicht locker. »Kim kann die Hefte durchgucken. Bis ihre Mutter vom Einkaufen zurück ist, sitzt sie sowieso nur im Seehund herum.« Schon sprang Mascha auf und türmte alle Zeitschriften aufeinander. »Ich bringe ihr die Hefte rüber.«

Frau Eichhorn horchte in den Hörer. Niemand meldete sich. Mit der Hand deckte sie die Sprechmuschel ab. »In Ordnung, Mascha. Aber keine Erpressung! Bleib doch bei Kim und hilf ihr.«

Gemeinsam mit Emma schleppte Mascha die Hefte nach draußen und schichtete den ganzen Stoß in ihren Fahrradkorb. Beim Aufsteigen bekam sie fast Schlagseite, so viel Gewicht brachten die Magazine auf den Gepäckträger. Langsamer als gewöhnlich fuhr Mascha mit ihrer Fracht zum Seehundweg Nr. 6.

9. Kapitel
Fieberhafte Suche

Vor dem lang gestreckten Pensionshaus »Seehund« stand ein grüner Mercedes mit Pferdehänger. Ein Turnierreiter, der hier wohnte, schätzte Mascha. Mit beiden Händen wuchtete sie den Korb vom Gepäckträger und zerrte ihn über den Rasen zum Eingang.

Durch die breite Glastür äugte sie ins Frühstückszimmer. Ein lichter, gemütlicher Raum, rotbraune Bodenfliesen, blau lackierte Fensterrahmen, blaue Vorhänge. In der Ecke, die auf den Garten und die Nachbarweide mit schwarz-weißen Kühen hinausging, saß ein gut aussehender, dunkelhaariger Mann und las die Husumer Nachrichten.

Der ist aber spät dran mit dem Frühstück, dachte Mascha, als sie den Korb mit Fußtritten durch die Türöffnung stieß. Der Mann blickte von der Zeitung auf und warf einen Blick auf die Magazine, obenauf lag der aktuelle »Pferdehandel«.

»Ah, eine Kollegin, nehme ich an.«

»Na ja«, sagte Mascha geschmeichelt und musterte sein weißes Reiter-Oberhemd. »Starten Sie auf dem Turnier?«

Sie räumte den Korb aus und sortierte die Magazine auf einem leeren Frühstückstisch.

»Gut erkannt.« Schmunzelnd faltete er die Zeitung zusammen und lehnte sich zurück. Er war in Plauderlaune.

Kim kam um die Ecke gerannt, nachdem sie Maschas Stimme im Büro gehört hatte. »Ich weiß alles von Jette. Ist das nicht schrecklich?«

Sie umarmten sich, obwohl das gar nicht Kims Art war. Aber das Unglück der Pferde ging Kim so nahe, dass sie einfach jemand zum Festhalten brauchte. Verlegen griff der Turnierreiter zur Kaffeetasse und schaute aus dem Fenster. Er wusste nicht recht, wie er sich verhalten sollte.

Nachdem Kim sich wieder beruhigt hatte, fing sie an, benutztes Frühstücksgeschirr auf ein Tablett zu laden, während Mascha neben ihr herhüpfte und erklärte, was sie mit den Anzeigen planten.

»Hört sich spannend an, was ihr vorhabt.« Der Reiter, der die Unterhaltung zwangsläufig mithörte, meldete sich aus der Ecke.

»Ist leider nicht lustig, Herr Drodtloff«, sagte Kim und beugte sich über seinen Tisch. »Darf ich abräumen?« Er behielt die Kaffeetasse und Kim packte den Rest auf das Tablett, das sie auf die Durchreiche zur Küche schob. »Irgendein Unbekannter hat eine Mutterstute verhungern lassen, wir suchen dringend eine Ersatzmutter für das Fohlen. Vielleicht finden wir den Verkäufer in den Anzeigen.«

»Wie entsetzlich!«, sagte Herr Drodtloff bestürzt. Er schob seine Tasse weg, um Platz zu machen, und bot spontan seine Hilfe an. »Her mit den Heften, ich helfe euch. Ich starte erst heute Nachmittag. Worauf soll ich achten?«

»Wer ist das?«, fragte Mascha im Flüsterton.

»J. A. Drodtloff, der Springreiter. Der ist doch bekannt.«

»*Der* Drodtloff? Echt? Den kenne ich nur von Fotos. Mit Reithelm.« Verstohlen äugte Mascha zu dem dunkelhaarigen Mann hinüber. »Wahnsinn.«

Nachdem J. A. Drodtloff über das Wichtigste informiert war, griff sich jeder verschiedene Hefte von Mai bis August. Als Besichtigungsort suchten sie nach »Raum Grünhagen, St. Peter-Ording, Husum oder Flensburg«.

Mit dem Finger unter den Zeilen gingen sie Anzeige für Anzeige durch. Zusätzlich überflog Kim die Fotoangebote. Sie wusste ja, das Fohlen sah aus »wie Tipo in Klein«. »Schwarz mit weißem Sternchen auf der Stirn«, hatte Jette gesagt. Tatsächlich entdeckte Kim ein solches Fohlen mit seiner Mutter, es war drei Monate alt, aber englisches Vollblut, außerdem ein Stutfohlen. Fehlanzeige.

»Hört mal.« Herr Drodtloff las eine interessante Anzeige vor: »Aus Lettland: Zwölf Stuten und Wallache eingetroffen, beste Abstammung. Raum Rostock, Transport bis nach Hamburg und Kiel möglich.«

»Anrufen«, sagte Kim sofort. Auf Anhieb erreichte J. A. Drodtloff den Händler und erfuhr, dass die Anzeige ganz frisch war. Erst zwei Wallache waren verkauft. Der Rest stand in Mecklenburg. Unverdächtig.

Dann stolperte Kim über ein Angebot mit acht Pferden

aus dem Raum Flensburg. Der entpuppte sich als Zuchtbetrieb für Vollblüter. Herr Drodtloff kannte den Stall, er hatte einen guten Ruf. Wieder nichts.

Kims Mutter steckte kurz den Kopf ins Frühstückszimmer, grüßte den Springreiter und rief ihrer Tochter zu: »Du kannst losfahren, wenn du willst.«

»Mache ich. Später.« Wenn Kim sich den Zeitschriftenstoß ansah, wusste sie, womit sie die nächsten Stunden beschäftigt war. Sie verzichtete darauf, ihre Mutter einzuweihen, das hielt nur auf.

Mascha nahm sich die dicken Hefte des »Pferdehandels« vor. Klein gedruckte Spalten und kein Ende. Holsteiner, Haflinger, Fjordpferde, Freiberger, Friesen . . . Einzelpferde, nichts als Einzelpferde. Ungeduldig fuhr Mascha sich durchs Haar. Sie ertappte sich dabei, einige Anzeigen einfach zu überlesen. Nein, so hatte das keinen Sinn. Sie begann die Seite noch mal von vorn.

Plötzlich stockte Mascha der Atem. Wie elektrisiert blieb ihr Blick an einer unscheinbaren, schmalen Anzeige hängen. Nur vier Zeilen: »Aus aufgelöster Traberzucht zu verkaufen: Ausgesuchte Spitzentiere, elf Wallache, zwei Stuten. Nordseeküste Raum Husum.« Dann eine Handy-Nummer.

»Kim«, ihre Stimme klang heiser, als sie ihrer Freundin den aufgeschlagenen »Pferdehandel« zuschob. »Lies mal.«

»Zum Teufel, das könnte unser Verkäufer sein.«

J. A. Drodtloff beugte sich herüber und überflog den Text. Dann schlug er mit der Hand auf den Tisch und griff zum Telefon. »Soll ich? Ein Erwachsener hört sich als Kaufinteressent glaubwürdiger an.«

Kim und Mascha nickten heftig. Logisch, ein Profi fragte gezielter, raffinierter. Außerdem hätten sie selber vor Aufregung keinen vernünftigen Satz herausgekriegt.

»Die Nummer ist nicht mehr erreichbar.«

Enttäuscht legte der Reiter auf. Man sah ihm an, wie gern er den Mädchen einen Täter präsentiert hätte. »Aber die Polizei findet heraus, wer sich hinter der Nummer verbirgt«, fügte er aufmunternd hinzu. »Das dauert natürlich.«

J. A. Drodtloff sah auf die Uhr und fuhr sich mit den Händen durchs Haar. »Ich muss los! Mein Wallach ist noch nicht einmal eingeflochten, er steht beim Reiterverein.« Mit einem Satz sprang er auf und durchquerte den Raum mit langen Schritten. »Drückt mir die Daumen, dass ich unter die Ersten komme. Starkes Feld.«

10. Kapitel
Auf den Spuren des Täters

Inzwischen machten Jette und Nelly eine verdächtige Entdeckung.

Kaum waren sie von Frau Sommer aufgebrochen, um beim Turnier in Westerbüll weiterzufahnden, da musste Jette auf der Straße hinter Grünhagen plötzlich stoppen. Eine Windbö wirbelte ihr eine rundliche Packung vor die Räder, die sich als Tabakbeutel entpuppte. Dann trudelten zwei herrenlose Zigaretten an Jettes Nase vorüber, so dicht, dass sie die hervorlugenden Tabakkrümel bemerkte.

»Selbstgedrehte«, rief Jette aufgeregt und haschte in der Luft nach den Zigaretten, die jedoch zu Boden segelten. »Genau wie oben am Stall.« Sie machte eine Vollbremsung, bückte sich nach dem Fund und verglich die Glimmstängel mit dem aus dem Wald.

»Na bitte. Haargenau gleich.« Triumphierend drehte sie

sich nach Nelly um. »Ich habe das dumpfe Gefühl, alles hängt zusammen. Die Zigaretten, die Heuballen und die Pferde.«

Nelly verdrehte die Augen. »Und ich habe das dumpfe Gefühl, Jette Jacobs sieht Gespenster.« Mit einer Hand rieb sie sich die schmerzenden Rippen. »Ich bin auf den Lenker geknallt, weil du wie eine Irre gebremst hast. Was sollen denn Zigaretten mit Pferden zu tun haben?«

Jette reagierte gereizt, wie immer, wenn jemand an ihrem scharfen Verstand zweifelte. »Weiß ich noch nicht. Aber ich finde es heraus.«

Zwei abgestellte Wohnmobile versperrten ihnen die Sicht. Beim Überholen entdeckten sie ein Stück weiter vorn auf der anderen Straßenseite einen breitschultrigen Mann mit im Nacken verknotetem Piratenkopftuch. Mit gesenktem Blick ging er in ihre Richtung, anscheinend suchte er etwas. Er bewegte sich mit dem kraftstrotzenden Schaukelgang von Bodybuildern, die vor lauter Muskeln nicht mehr normal gehen können. Obwohl er allerhand Sachen über der Schulter trug, war sein nackter Oberkörper zu sehen, über und über mit Tattoos bedeckt.

»Der Tätowierte!«, stieß Jette hervor und schwenkte ihren Lenker nach rechts, um zwischen den Campingwagen Deckung zu suchen.

»Du meinst – der aus dem Wald?«, flüsterte Nelly.

Zentimeterweise schob Jette ihren Kopf vor und spähte vorsichtig hinter dem Wagen hervor.

»Klar«, wisperte sie. »Es müsste schon mit dem Teufel zugehen, wenn in Grünhagen mehr als ein Tätowierter herumläuft. Das Piratenkopftuch trägt er auch. Und die Silberketten, genau wie Klara erzählt hat. Mann, der sieht wirklich wild aus. Komm, wir verstecken uns.«

Hastig zogen sie ihre Räder hinter einen Streifen wild wuchernder Heckenrosen. Ein Kerl wie ein Baum, das sah man, als er näher kam. In geduckter Haltung äugten die Mädchen aus ihrem Versteck auf die Straße. Mit einem Feuerzeug, das er in kurzen Abständen spielerisch aufflammen ließ, ging der Tätowierte ahnungslos vorüber. Sein Blick wanderte nach rechts und links.

Jette kombinierte messerscharf: »Sicher wollte der sich eine Zigarette anzünden. Die hat er fallen lassen, mit dem Tabakbeutel, und jetzt sucht er danach. Hundertprozentig war der Tätowierte im Wald. Denk an die Zigarette. Sollen wir ihn ansprechen? Ob er etwas bemerkt hat?«

Nelly fühlte sich nicht wohl bei der Sache. Vorsichtig, um sich keine Stacheln in die Haut zu reißen, bog sie die Triebe zurück und spähte die menschenleere Deichstraße entlang. Nicht ein einziges Auto war unterwegs. »Er sieht so unheimlich aus. Hier ist weit und breit niemand, der uns helfen könnte. Und was ist, wenn er der Täter ist?«

Unschlüssig kaute Jette auf ihren Handknöcheln, während tausend Gedanken vorüberblitzten. Wenn sie den Tätowierten jetzt gehen ließ, ohne ihn anzusprechen, war vielleicht die einzige Möglichkeit vertan, mehr über den Stall zu erfahren. Ob man den Mann je wieder sah?

»Quatsch, Nelly, das ist bloß ein Seemann. Die sind doch alle tätowiert bis zum Abwinken.«

Mutig gab Jette die Deckung auf. Während Nelly bei den

Rädern verharrte, bahnte sie sich eine Schneise durch die Büsche und sprang mit einem Satz mitten auf die Straße.

Überrascht fuhr der Muskelmann herum, als Jette aus dem Gebüsch schoss. Mit verschränkten Armen baute sie sich vor ihm auf und ging gleich zum Angriff über. Bloß nicht den Eindruck erwecken, dass ihr Herz bis zum Hals klopfte.

»Heißen Sie Tahiti? Was geht im Abbruchstall vor? Wir wissen, dass Sie sich dort rumtreiben.«

Der vierschrötige Mann plinkerte zuerst erstaunt mit den Augen, doch dann lachte er heiser. »Seit gestern werde ich von einer Mädchenbande terrorisiert«, krächzte er.

»Ist das Ihr Tabak?« Mit strenger Miene hielt Jette ihm den Beutel und eine der zerdrückten Zigaretten hin. Nur eine, denn sie hatte keinesfalls vor, ihm alle Beweisstücke auszuhändigen.

»Jau.« Der tätowierte Mann griff nach der Selbstgedrehten und zündete sie an. In alter Seemannsgewohnheit drehte er seinen Rücken gegen den Wind und obwohl die Flamme sich duckte, erstarb sie nicht. »Ich dachte schon, der Nordseewind hätte meine Frühstückszigarette gekapert.«

Langsam blies er den Rauch aus, der sich weiß in der Luft kringelte.

Jette musterte den Seemann aus zusammengekniffenen Lidern. Unter seinem Kopftuch leuchteten wasserblaue Augen, in denen Abenteuerlust blitzte und die nun erstaunt auf sie herabblickten. Ein Gewirr von kleinen Fältchen hatte sich in sein sonnengegerbtes Gesicht gegraben. Die herbe braune Haut zeugte von der Arbeit in Wind und Wetter. Der Tätowierte wechselte den Seesack auf die andere

Schulter und lehnte sich an das Wohnmobil neben ihm. »Wie wär's mit einer Erklärung?«

»Gehören Ihnen die Pferde, die in dem Stall hinter Grünhagen stehen?«, fragte Jette ohne Umschweife.

»Hä? Sehe ich aus, als ob ich Pferde besitze? Nein.«

Amüsiert betrachtete der Mann das kämpferische Mädchen, das ihm vorlaute Fragen stellte. Gutmütig gab er Auskunft. Sicher ging es um eine Wette, eine Schnitzeljagd, eine Fahrrad-Rallye oder dergleichen, für die die Kleine mit den Zöpfen Antworten brauchte. »Allerdings sagte mir mein Navigationssystem«, schmunzelnd tippte er sich an den Kopf, »dass es dort Pferde gab. Schätze, der Stall wurde aufgelöst, ständig kamen Leute, die Pferde abholten.«

»Was? Meiner Freundin Klara haben Sie aber vorgelogen, Sie wüssten überhaupt nichts von Pferden. Wieso?«

Jette merkte dem Mann an, dass ihre strenge Fragerei einen Punkt erreichte, wo sie ihm auf den Geist ging. Unwillig schnipste er Asche auf den Boden. »Was soll das sein, ein Verhör? Stehe ich hier vor dem Seegerichtshof? Ich wüsste nicht, warum ich dir Rede und Antwort stehen sollte.«

»Warum? Weil dort oben ein Pferd gestorben ist«, sagte Jette heftig. »Irgendwer hat eine Stute mit Fohlen in die Box gesperrt und verhungern lassen. In der Nähe fanden wir eine verlorene Zigarette.« Sie zeigte auf die Kippe in seiner Hand. »Eine Selbstgedrehte wie Ihre.«

Zögernd hatte sich auch Nelly schrittweise aus ihrer Deckung hervorgetraut und jetzt stand sie neben Jette. Mit finsterer Miene taxierte sie den Unbekannten. »Neben der

Zigarette lagen Heuballen. Wofür braucht man Heu, wenn nicht als Futter?«

Wie drohende Racheengel verharrten die Mädchen auf der menschenleeren Straße. Obwohl der Tätowierte sie gut und gerne um zwei Köpfe überragte, wirkte er auf einmal nicht mehr wie ein bedrohlicher Riese, sondern ganz normal, ja sogar erschüttert.

»Was sagt ihr da? Jemand hat Pferde verhungern lassen?«

Er ließ sich auf die Stoßstange des Wohnmobils gleiten und stützte sich schwer auf seinen Seesack. Nachdenklich zertrat er die hingeworfene Kippe mit dem Schuh, länger als nötig, als wolle er Zeit gewinnen. Jette und Nelly beobachteten ihn scharf, bis er mit seiner rauchigen Stimme zu reden anfing.

»Ich habe nichts zu verbergen, Mädels. Eine Zeit lang habe ich im Wald geschlafen. Es war schon lausig kalt nachts. Ich besorgte mir deshalb sieben oder acht Ballen Heu aus einer Scheune. Als Unterlage für den Schlafsack.«

Mit schiefem Lächeln hob er die Schultern. »Wenn du auf See monatelang in engen Kajüten liegst, brauchst du mal wieder totale Weite um dich herum und das Rauschen der Bäume. Das Heu wollte ich nicht vergammeln lassen, habe es durch die Gitterstäbe der Boxen geworfen. Als die Mädchen mich gestern danach fragten, dachte ich, sei lieber still, vielleicht hat sich der Besitzer beschwert. Mein Gott, wenn ich gewusst hätte . . .!«

Klang seine Antwort einleuchtend?

Mit einem raschen Blick verständigten sich Jette und Nelly, dem Seemann zu trauen. Auf keinen Fall durften sie ihn jetzt gehen lassen. Vielleicht fielen ihm Einzelheiten ein. Sie beschworen ihn nachzudenken, genau nachzudenken, um sich an Details zu erinnern. Jede Kleinigkeit zählte.

»Da tauchten ständig andere Leute auf«, sagte er zögernd. »Wieso sollte ich das auffällig finden?« Seine gewaltige Pranke strich übers Kopftuch, als ob ihm das beim Nachdenken helfen könnte. »Doch, wartet.« Jetzt schien ihm doch etwas Besonderes einzufallen. »Einer kam öfter. Ein Sportwagen. Parkte mehrmals am Feldweg. Während die Autos mit Hänger immer bis an die Weide fuhren.«

»Silber?«, fragte Jette atemlos. »Aus Flensburg?«

Der Tätowierte zuckte die Schultern. »Eine Autonummer von der Küste war es auf jeden Fall. Silberner Lack stimmt. Komisch fand ich, dass im Wagen immer ein dunkler Anzug lag. Der Fahrer muss sich umgezogen haben, bevor er zum Stall ging.«

Ihn fröstelte auf einmal. Er kreuzte die Arme vor der Brust und rieb seine Schultern. »Wenn ich mir vorstelle, ich hätte helfen können . . . das geht mir richtig unter die Haut.«

»Vielleicht hat das Fohlen ja nur deshalb überlebt, weil es Ihr Heu fand«, sagte Nelly tröstend.

Überrascht sah er auf. »Das Fohlen lebt noch?«

»Ja, aber es ist total schwach.« Nelly nickte unglücklich. »Wir suchen nach einer Ersatzmutter. Am besten wäre es, der Kleine könnte zurück in seine alte Herde.«

»Darum müssen wir den Besitzer so dringend finden«, warf Jette ein. »Wenn wir wissen, an wen die Pferde verkauft wurden, können wir das Fohlen zu einer vertrauten Stute bringen.« Jedes Mal, wenn Jette das Wort Fohlen aussprach, verkrampfte sich ihr Magen und sie fühlte sich elend. Vielleicht lebte der winzige Hengst schon gar nicht mehr? So armselig, wie sie ihn in Erinnerung hatte, war es eine Frage der Zeit, bis er . . . Nein, nur nicht daran denken. Jette riss sich zusammen und sah den Tätowierten flehend an.

»Können Sie zum Stall gehen? Wir wollen weiter zum Turnierplatz und dort nachforschen. Erzählen Sie Herrn Eichhorn alles. Das ist der Tierarzt, der dort das Fohlen betreut. Vielleicht reimt er sich etwas zusammen. Tun Sie's für den Kleinen. Bitte!«

Der Tätowierte zierte sich nicht lange, er stand auf und schulterte seine Habseligkeiten. »Mache ich. Und was wollt ihr am Turnierplatz herauskriegen?«

»Vielleicht weiß einer der Reiter, wer Pferde aus dieser Gegend gekauft hat«, entgegnete Jette.

»Das müsste schon großer Zufall sein.«

»Die Reiter kommen von überall«, gab Nelly zu bedenken. Sie hatte ihr Fahrrad hinter der Hecke hervorgezogen und schob Jettes Rad neben sich. »So viele Pferdeleute hat man selten auf einem Haufen.«

»Viel Glück«, röhrte der Tätowierte, als er aufbrach.

Am frühen Nachmittag trafen Jette und Nelly am Turnierplatz ein. Man konnte nicht behaupten, dass sie gern hinfuhren. Eigentlich wollten sie Hanno Ohlsen, dem Vorsitzenden des Reitervereins, nicht dringend unter die Augen treten, denn erst kürzlich hatte es Ärger mit ihm gegeben. Bloß nicht daran denken. Das Fohlen ging vor und sie durften nichts unversucht lassen. Vielleicht kam der entscheidende Hinweis von einem der Turnierreiter.

Schon weit vor dem Platz trug der Wind Musikfetzen zu ihnen herüber. Auf der Straße war kaum noch ein Durchkommen. Dicht an dicht parkten Autos mit Pferdehängern am Randstreifen. Dumpfes Poltern drang aus einigen Hängern, sie gerieten ins Schaukeln, wenn nervöse Pferde gegen die Innenwände traten. Vor herabgelassenen Ladeklappen wuselten Reiter umher, sie nutzten die Zeit bis zum Start, um ihre Stiefel zu polieren.

Jette und Nelly mussten keinen Eintritt zahlen. Zum Glück kannten sie das Mädchen an der Kasse, das sie durchwinkte. Die Fahrräder blieben an der Meldestelle und sie rannten Richtung Tribüne.

Auf dem Abreiteplatz herrschte ziemlicher Andrang. Weil das Feld so groß war, gab es keine Mittagspause. Die meisten Teilnehmer ritten wegen der Sonne in luftigen weißen Hemden, die schwarzen Jacken ließen sie sich erst kurz vor dem Start in den Sattel reichen.

Unter glänzenden Baldachinen schenkten vier Kellner in festlichen Anzügen Getränke aus. Besucher und Reiter drängten sich um weiß gedeckte Bistrotische. Ausladende Blumenkübel säumten die Sandwege. Allein an der eleganten Dekoration merkte man, dieser Wettkampf war außergewöhnlich edel und wurde von Spitzenreitern besucht. Am liebsten wären Jette und Nelly gerannt, aber im Dressurviereck zeigte eine Reiterin ihre Prüfungsaufgabe. Ihr Pferd spielte ohnehin nervös mit den Ohren und achtete mehr auf die Zuschauer als auf seine Reiterin.

Auf einem geschmückten Podest machte Hanno Ohlsen eine Ansage durchs Mikrofon. Der massige Mann wurde flankiert von zwei Turnierrichtern. Ohlsen zog die Augenbrauen hoch, als er Jette und Nelly erkannte. Natürlich erinnerte auch er sich an den fiesen Streit mit den Mädchen. Andererseits lief das Turnier prächtig, was ihn in großartige Stimmung versetzte.

»Ich reiße mich nicht gerade darum, Ohlsen zu sprechen«, sagte Jette halblaut, »aber es geht nun mal nicht anders.«

Vor dem nächsten Ritt war eine fünfminütige Pause angesetzt. »Können wir kurz hochkommen, Herr Ohlsen?«, fragte Jette, bemüht, die übliche Kratzbürstigkeit aus der Stimme zu lassen. »Es geht um das Waisenfohlen. Frau Eichhorn hat Sie heute Morgen deswegen angerufen.«

Mit einer Handbewegung winkte Ohlsen sie zu sich herauf und ließ sich den aktuellen Stand der Dinge schildern. Mit schief gelegtem Kopf hörte Hanno Ohlsen zu. Einiges kannte er bereits, die neuesten Nachforschungen allerdings nicht. Jette schob ihm ein voll gekritzeltes Papiertaschentuch zu. Der Anzeigentext mit der Handy-Nummer aus dem »Pferdehandel«. Kim hatte ihr diese Information per SMS geschickt. Die Richter beugten sich vor und lauschten ebenfalls.

»So eine Schweinerei«, schimpfte Herr Ohlsen leise und glättete das Taschentuch mit dem Text. Dann griff er zum Mikrofon und gab die Geschichte an die Besucher weiter. »Kennt jemand von Ihnen irgendwen, der ein Pferd in Grünhagen gekauft hat? Vielleicht ein Kollege aus Ihrem Reitstall zu Hause? Bei den Pferden handelt es sich wahrscheinlich um Vollblüter oder Traber.«

Empörtes Raunen ging über die Tribüne. Die Leute steckten ihre Köpfe zusammen. Erregt unterhielten sie sich und beratschlagten, wie man Näheres herausfinden könnte, um das Fohlen zu retten. Jeder wollte helfen.

11. Kapitel
Der Tätowierte springt ein

Unbeweglich verharrte das Fohlen nach wie vor auf seinem Fleckchen Stroh. Den warmen Körnerbrei rührte es nicht an, obwohl es halb tot vor Hunger sein musste.

Die Untätigkeit zerrte an den Nerven. Man konnte nicht viel tun, während man auf die Polizei wartete. Markus Eichhorn durchsuchte seine Arzttasche nach Putzzeug und förderte eine kleine Bürste zutage, die er Klara reichte. »Bürsten regt den Kreislauf an.«

Behutsam begann Klara, das verklebte Fell zu säubern. Aus Sorge, dem Fohlen wehzutun, mochte sie die Kardätsche gar nicht richtig aufsetzen. Mit der Hand fuhr sie leicht über die Wirbelsäule und zuckte zurück. Sein Rückgrat fühlte sich an wie ein zerbrechliches Stöckchen. Schrecklich. Das struppige schwarze Fell schlackerte wie eine Decke um die Knochen.

»Mach weiter so, Klara, das tut ihm gut«, sagte Dr. Eichhorn, nachdem er seine Instrumente wieder eingepackt hatte. Über die Schulter wandte er sich an Lea. »Wir versuchen es noch mal mit Wasser. Holst du den sauberen Eimer? Steht vorn bei den ersten Boxen.«

Lea sprang sofort zur Tür. »Klar.«

Endlich wieder ein Grund, ins Freie zu fliehen. Sie war jedes Mal heilfroh, wenn sie eine Möglichkeit fand, dem Anblick der zugedeckten Stute zu entgehen. Seit Stunden harrten sie nun im Geisterstall aus. Wenn doch endlich eine Ersatzstute gefunden wurde, damit sie von hier wegkonnten! Die Ungewissheit machte sie krank.

Unter freiem Himmel erschien Lea die Szene jedes Mal eigenartig. Unwirklich. Als ob sie sich alles eingebildet hätte. Auch jetzt glaubte sie wieder zu träumen. Mit brennenden Augen starrte sie auf ihre Schuhe. Berührten diese Füße tatsächlich den Boden? Oder lag sie, Lea, in Wirklichkeit im Bett? Und erwachte gleich auf dem Friesenhof? Ach, wäre das schön.

Ein Windzug strich über Leas verletzte Hand und sekundenlang loderte heller Schmerz auf, trotz des Pflasters. Lea verzog das Gesicht. Nein, dieses war keine Phantasie, sondern die Realität.

Während sie eilig am Stall entlanglief, versuchte sie zu verhindern, dass sich der nächtliche Alptraum erneut in ihr Gedächtnis schob. Vergeblich. Schon tauchten die hässlichen Traumbilder auf: Der Tätowierte, der sie lachend an die Tränke scheuchte. Die ausgeräumten Ferienzimmer. Magic, der von dem schweren Anker zu Boden gerissen wurde. Gruselig.

Wie vom Blitz getroffen zuckte Lea plötzlich zusammen. Bewegte sich hinter der Kieferngruppe etwas? Oder war es nur der Wind in den Ästen? Sie hielt den Atem an und trat ein paar Schritte zurück. Kaum dachte Lea an den Tätowierten, meinte sie schon, ihn zwischen den Stämmen zu erspähen. Spielte die Fantasie ihr einen Streich?

Hastig schnappte Lea den leeren Eimer und rannte, ohne sich umzublicken, davon, bis ein brummendes Geräusch sie anhalten und zurückschauen ließ. Ihr Blick folgte den Windungen des Pfades und sie erkannte im aufwirbelnden Staub einen Streifenwagen. Über den Feldweg holperte er bis zum Pferdehänger des Friesenhofs und parkte dahinter. Lea atmete tief durch. Endlich! Ein langer Polizist stieg aus, beugte sich noch einmal ins Auto, holte etwas hervor und ging den unebenen Pfad zum Stall hoch.

»Papa, die Polizei kommt«, rief Lea schon von Weitem, während sie eine Tränke ansteuerte, den Eimer füllte und nach hinten schleppte.

Kurz darauf traf der Polizist in der Box ein. Ein schlanker Blonder in Uniform mit Digitalkamera in der Hand. Grüßend tippte er an die Dienstmütze und wandte sich an Dr. Eichhorn. »Polizeihauptmeister Baust. Haben Sie angerufen?«

Dann erst entdeckte der Polizist das Fohlen, dieses erbärmliche Häufchen Elend, das zwischen Herrn Eichhorn und Klara fast unterging. »Das ist wohl das arme Würmchen?« In seinem Gesicht arbeitete es. Man konnte ahnen, was Polizeihauptmeister Baust von Menschen hielt, die ein hilfloses Fohlen verhungern lassen, obwohl er seine Abscheu so gut es ging zu verbergen suchte. Der Polizist zog ein Notizbuch aus der Brusttasche und schrieb alle Aussagen auf. Auch die Namen der jugendlichen Zeugen notierte er.

»Ich gebe Ihnen später Adressen, bei denen Sie mehr Informationen bekommen«, sagte Markus Eichhorn. »Zuchtverbände für Vollblut, Anglo-Araber, Traber und so weiter. Übrigens: Da war eine auffällige Anzeige in einer Pferdezeitschrift – 13 Traber aus aufgelöster Zucht. Die hätten hier gut Platz gehabt.« Er nannte die Handy-Nummer der Anzeige, die Kim vorhin durchgegeben hatte.

Am Ende unterschrieb Herr Eichhorn seine Aussagen und Polizeihauptmeister Baust machte Fotos von der gesamten Anlage, um die Lage zu dokumentieren. »Der Amtstierarzt ist schon bestellt«, sagte er, als er zurückkam. »Wegen des Gutachtens. Normalerweise bringen wir gefundene Tiere ins Tierheim, aber in dieser Gegend gibt es kein Asyl für Pferde. Wir brauchen einen Stall, wo das Fohlen gut versorgt wird. Haben Sie eine Idee?«

Furchtsam zog der kleine Hengst den Kopf ein. Es strengte ihn an, so viele fremde Menschen in der Box zu ertragen. Deshalb gingen sie nach draußen vor die Tür, behielten das Fohlen aber im Auge.

»Der ganze Friesenhof ist auf der Suche nach einer Mutterstute«, berichtete Lea stolz. »Meine Mutter ruft alle Züchter an.«

»Sehr nobel«, nickte der Polizist und schrieb die neuen Informationen auf. Plötzlich stutzte er und blinzelte mit zusammengekniffenen Augen in die Baumgruppe. »Hallo Sie! Ja, ich meine Sie!« Herr Baust lief ein paar Schritte Richtung Wald und winkte jemand heran, den die anderen nicht sahen. »Würden Sie bitte mal herkommen?«

Zögernd trat ein Bär von einem Mann zwischen den Kiefern hervor. Der Tätowierte!

»Ich würde gern Ihren Ausweis sehen«, sagte Herr Baust und betrachtete die wilden Tattoos auf der nackten Brust seines Gegenübers. Schweigend warf der Tätowierte den Seesack zu Boden, kramte darin herum und holte schließlich einen Personalausweis heraus, den Herr Baust sich ansah. »Sie wohnen in Hamburg? In welcher Pension sind Sie hier abgestiegen?«

»Er haust im Wald«, sagte Lea schnell, noch gefangen von den scheußlichen Traumbildern, und kassierte dafür von Klara einen heftigen Rippenstoß. Warum musste Lea das sagen?

»Stimmt das, schlafen Sie im Wald?«, fragte der Polizist.

»Ist das verboten?«, röhrte der Tätowierte angriffslustig.

»Er schläft nur wegen des fetten Sounds im Wald«, warf Klara ein. »Und weil die Schiffskajüten so stickig sind.« Sie wusste selber nicht, warum sie für den Tätowierten in die Bresche sprang. Irgendwie mochte sie den Seemann, obwohl sie ihn gleichzeitig unheimlich fand.

»Nein, das ist nicht verboten«, entgegnete der Polizist, ohne auf Klaras fetten Sound einzugehen. »Keine Sorge. Sie kommen als Zeuge in Frage. Haben Sie hier in letzter Zeit etwas Ungewöhnliches beobachtet?«

Der Tätowierte taute langsam auf, nachdem der Polizist ruhig mit ihm sprach. Er berichtete von dem silbernen Sportwagen, von Frau Sommer in Grünhagen, von Nelly, Jette und ihren Ermittlungen. Mitten im Schreiben stockte der Polizist.

»Sprechen Sie von Jette Jacobs? Aus dem Wattenkrug in Westerbüll?« Er unterdrückte ein Schmunzeln. »Das Mädchen macht uns echte Konkurrenz. Ich erinnere mich an zwei Fälle . . . Wenn diese Jette so weitermacht, muss die Polizei bald schließen.«

Alle lachten. Endlich mal wieder lachen! Das tat gut.

Als ob das Lachen die Wende gebracht hätte, klingelte Dr. Eichhorns Handy und er war ganz aus dem Häuschen, während er telefonierte. Grenzenlose Erleichterung erhellte sein Gesicht, als er fertig war. Endlich war vom Friesenhof die ersehnte Nachricht gekommen: »Wir haben eine neue Mutter für das Waisenfohlen.«

Bei einem Holsteiner Züchter in Neustadt stand eine einsame Mutterstute; ihr Fohlen war bei einem Weideunfall ums Leben gekommen. Die Stute gelte als besonders fürsorglich, hatte die Pferdepflegerin versichert.

Auf eine pure Telefonauskunft wollte Meike Eichhorn sich jedoch nicht verlassen. Nur nicht wieder einer falschen Nachricht aufsitzen!

Leider war der Chef des Gestütes nicht erreichbar, er hielt sich irgendwo auf dem Hof auf. Frau Eichhorn wollte gleich mit Emma hinfahren und alles regeln, zumal Neustadt nicht weit von Westerbüll lag.

Nach dem sensationellen Telefongespräch fielen Lea und Klara sich lachend um den Hals. Sie waren außer sich vor Glück und alberten vor Freude herum, bis Polizeihauptmeister Baust sich räusperte und daran erinnerte, dass hinter ihnen die gestorbene Stute lag, um die sich der Amtstierarzt noch kümmern musste.

Beschämt schwiegen die Mädchen. Wie nahe Freude und Leid doch beieinanderlagen.

Herr Eichhorn schlug dem Polizisten vor, das Fohlen jetzt gleich zum Friesenhof zu transportieren. »Dort machen wir Pause, sonst wird die Fahrt bis nach Neustadt zu lang für den Kleinen. Sobald meine Frau mit dem Okay vom Züchter zurück ist, bringen wir das Fohlen zu ihm.«

Sie kehrten in die Box zurück, wo das Fohlen an derselben Stelle stand wie zuvor. Zwar hatte die Infusion das Zittern gestoppt, aber noch immer war der winzige, knochige Hengst dem Tod näher als dem Leben.

»Auf keinen Fall kann er allein im Hänger stehen«, stellte Herr Eichhorn fest. »Selbst wenn wir den Innenraum mit Stroh auspolstern. In der ersten Kurve fällt er um. Jemand muss ihn stützen und beruhigen, also im Hänger mitfahren.« Er sah Polizeihauptmeister Baust an. »Das ist verboten, ich weiß.«

Der Polizist lächelte. »Bei so einem armen Wurm kann man das ausnahmsweise erlauben.« Als Lea und Klara ihn hoffnungsvoll anschauten, schüttelte er jedoch den Kopf. »Nein, Mädchen, ihr nicht, das wäre leichtsinnig. Hm, ich sehe sonst keinen Erwachsenen hier.«

Da richtete sich der Tätowierte zu seiner ganzen imposanten Größe von einem Meter fünfundneunzig auf und warf sich in die Brust, dass die Ketten klirrten. »Und was bin ich? Ein Klabautermann?«, beschwerte er sich heiser. »Ich fahre mit. An dieser breiten Brust passiert dem Tier nichts.«

»Einverstanden«, sagte Herr Eichhorn sofort. »Dann nichts wie los.«

Obwohl die Sonne mittlerweile vom wolkenlosen Himmel strahlte, hüllte Klara das winzige Pferd in eine Decke, damit es im Fahrtwind auf dem Hänger nicht fror.

Sie beugte sich über das Fohlen und bewegte es dazu, vorwärts zu gehen. Unsicher machte es die ersten Schritte. Aus großen, angstvollen Augen blickte der kleine Hengst um sich, als sie aus dem Schatten des Stalls zur Sonnenseite gingen. Mit wackeligen Beinen stakste das Fohlen ins Licht, blinzelte erschrocken von der plötzlichen Helligkeit und drängte sich eng an Klara.

Über den holprigen Pfad geleiteten sie das geschwächte Tier zum Feldweg. Auf halbem Weg blieb es erschöpft stehen und ließ den Kopf hängen. Die Strecke kostete Kraft, Kraft, die es nicht mehr besaß. Das Tier war ausgelaugt, müde und zermürbt. Und in diesem schlechten Zustand stürmten so viele neue, verwirrende Eindrücke auf das Fohlen ein und ängstigten es. Klara ging neben dem kleinen Hengst in die Knie und redete auf ihn ein, diesmal ohne Erfolg. Hilflos sah sie hoch.

»Er schafft es nicht bis zum Parkplatz.«

Da ließ der Tätowierte einfach den Seesack fallen, schlang seine Arme um Brust und Hinterteil des Fohlens und trug es über den beschwerlichen Weg bis zum Hänger und auch die Rampe hinauf, ganz selbstverständlich, als hätte er sein Leben lang nichts anderes getan, als verlassene Fohlen zu tragen.

Ohne seine Hilfe hätten sie das Fohlen niemals bis zum Parkplatz gebracht! Klara und Lea kämpften mit den Tränen, als sie dem Seemann folgten, seinen Beutel trugen sie zwischen sich. »Toller Typ«, murmelte ihr Vater, während er nach einem Kontrollblick in den Hänger die Ladeklappe schloss und zu den Mädchen in den Wagen stieg. Polizeihauptmeister Baust begleitete das Gespann ein Stück mit dem Streifenwagen.

In Grünhagen kam ihnen das Auto des Amtstierarztes entgegen, der unterwegs zum Abbruchstall war. Beide Wagen stoppten, der Amtstierarzt sprach mit Dr. Eichhorn und dem Polizisten, danach begutachtete er das Fohlen im Hänger.

Als er seine Fahrt fortsetzte, sahen Lea und Klara ihm durch die Seitenscheibe nach, wie er den Weg zum Stall einschlug. Obwohl keine der Schwestern sprach, wusste jede, was die andere dachte: Gut, dass die tote Stute nicht länger allein dort liegen muss.

12. Kapitel
Die Löwenflasche

Umringt von Pferdezeitschriften, kauerten Kim und Mascha auf der Treppe vor dem Friesenhof. Frau Eichhorn hatte die Mädchen zur »Stallwache« ernannt, solange sie selber nach Neustadt unterwegs war. Im Stall gab es nichts mehr zu tun, seit Kim und Mascha die Krankenbox eingestreut hatten. Nun saßen sie vorm Haus, bewachten die Einfahrt und forsteten Anzeigenseiten durch.

»Mittlerweile kenne ich sämtliche Verkaufspferde zwischen Flensburg und Garmisch-Partenkirchen«, stöhnte Kim. Ihre Augen brannten. Kein Wunder, denn bei Kim und Mascha stand seit dem Vormittag nichts anderes auf dem Programm als lesen, lesen, lesen. Fast alle Magazine hatten sie durchgefilzt. Aber kein Inserat passte so gut wie das von der aufgelösten Traberzucht.

»Ich bin so gespannt auf das Fohlen«, sagte Mascha und

legte eine ausgelesene Zeitschrift zur Seite. Gedankenverloren betrachtete sie die Krone des Ahorns und verschränkte die Arme im Nacken. »Was hat Klara bloß damit gemeint – ihr werdet staunen, wer mitkommt?«

Seit Klaras Anruf vor zehn Minuten konnte Mascha nicht mehr still sitzen. Bei jedem Geräusch horchte sie auf. Jede Minute konnte das Fohlen eintreffen. Da! Ein Auto näherte sich und Mascha sprang auf. »Das sind sie.«

Aufgeregt zog Mascha ihre Freundin hinter sich her, als der grüne Geländewagen um die Ecke bog. Das Auto stand noch nicht richtig, da stürzten Kim und Mascha zur Rückseite des Hängers und hopsten hinter der Klappe hoch, um einen Blick ins Innere zu erhaschen.

»Was meinst du damit, wir werden staunen? Sag doch«, quengelte Mascha, als Lea und Klara aus dem Wagen sprangen. Die Schwestern entriegelten die Ladeklappe und Mascha konnte endlich in den Hänger hineinsehen. »Nein!« Vor Überraschung schlug sie beide Hände vor den Mund. »Der Tätowierte? Seid ihr verrückt?«

Mit seinem breiten Kreuz beugte der Seemann sich über die Trennwand und hielt das Fohlen umschlungen. Kaum war die Ladeklappe herabgelassen, kroch er auf die andere Seite der Abtrennung, nahm das Fohlen in seine Arme und trug es nach unten.

»Wohin?«, krächzte er und sah sich um. »Backbord oder steuerbord?« Dr. Eichhorn wies auf die Außenbox neben dem Stall. »In unsere Krankenbox. Rechts, ich meine steuerbord.«

Fassungslos starrte Mascha dem Tätowierten nach, als er

das magere Pferdchen in seinen Armen über den Hof trug. Mit allem hatte sie gerechnet, aber nicht mit dem unheimlichen Seemann namens Tahiti. Zögernd folgten sie dem Mann. Die ganze Zeit rührte das Fohlen sich nicht, aber sein Blick flackerte furchtsam, die fremde Umgebung versetzte es in Angst und Schrecken.

Als der Mann es absetzte, verharrte es stocksteif im Stroh und zog den Kopf ein, bis es noch unscheinbarer wirkte. Nur der winzige weiße Stern auf der Stirn leuchtete. Klara griff nach ein paar Bündeln Heu, die sie dem Fohlen hinhielt, aber vor lauter Schwäche und Erregung nahm es keine Notiz davon.

»Oje, der ist ja spindeldürr«, flüsterte Kim mitleidig. »Und voller Angst. Wird Zeit, dass er eine neue Mutter kriegt.«

Dr. Eichhorns Handy klingelte. »Bestimmt Mama aus Neustadt«, hoffte Klara, aber im nächsten Moment sagte sie in dunkler Ahnung: »Da ist doch wohl nichts schief gegangen?«

Dr. Eichhorn drückte die Empfangstaste. »Mal nicht den Teufel an die Wand, Klara.«

Tatsächlich meldete Frau Eichhorn sich aus Neustadt, direkt vom Hof des Züchters. Wie gebannt starrten die vier Mädchen Herrn Eichhorn an. Während er zunächst normal sprach, wurde er im Laufe des Gesprächs immer einsilbiger. Mehrmals fuhr er sich übers Gesicht und begann, hin und her zu wandern.

Unentschlossen stand der Tätowierte auf dem Hof herum und wusste nicht, was er hier noch sollte. Zumal der Tierarzt nun lange telefonierte und die Mädchen ihn nicht beachteten. Also holte der Seemann seine Habseligkeiten aus dem Wagen und verschwand.

Nachdem Herr Eichhorn das Handy eingesteckt hatte, hängte Lea sich an seinen Arm und sah ihn flehend an. »Sag bloß nicht, dass in Neustadt etwas dazwischengekommen ist.«

Resigniert hob ihr Vater die Schultern. »Leider doch. Die Holsteiner Stute wurde an einen Holländer verkauft. Im Moment steht das Pferd zwar noch beim Züchter in Neustadt – aber wie lange noch? Geplant war die Übergabe im Dezember, sobald das Fohlen abgesetzt gewesen wäre. Aber eventuell will der Käufer die Stute sofort haben. Nun hat sie ja kein Fohlen mehr.«

»Aber sie hat doch ein neues Fohlen – unseren kleinen Hengst«, warf Lea aufgeregt ein. »Das muss der Käufer begreifen.«

Dr. Eichhorn lachte kurz und bitter auf. »Meinst du, der stellt seine Wünsche zurück, um einem fremden Pferdekind zu helfen? So mitfühlend ist niemand.«

»Ich würde es tun«, murmelte Lea.

Immer noch hielt Klara das Heu in den Fingern, ohne hinzusehen. Auf einmal bewegten sich die Halme in ihrer Hand und sie fuhr herum. Da stand das Fohlen neben ihr und zog Heu aus dem Bündel. Mühsam bewegte es sein Mäulchen und kaute angestrengt auf den Halmen herum. Eine Welle des Mitgefühls durchflutete Klara.

»Sieh doch, Papa!«, flüsterte sie. »Er frisst! Er will leben!«

Markus Eichhorn betrachtete die mitleiderregende Gestalt aus Haut und Knochen. Das Fohlen brauchte seine letzte Kraft, um das Heu zwischen den Zähnen zu bewegen, doch tatsächlich schien es, als habe es einen unbändigen Lebenswillen. Er seufzte. »Ein starker Bursche. Hoffentlich hat er Glück und die Stute in Neustadt bleibt bis zum Winter. Der Züchter will den Käufer überreden.«

Das Fohlen begann zu schwanken und nutzte Lea als Stütze. Sein Kopf sank gegen ihre Beine, die Müdigkeit stand ihm ins Gesicht geschrieben. Manchmal fielen seine Augen zu, doch mit großer Anstrengung riss der kleine Kerl sie jedes Mal wieder auf. Wie gern hätte er sich wohl einfach ins Stroh fallen lassen und geschlafen. Doch zu viel stürmte auf ihn ein und er traute sich nicht.

»Können wir das Fohlen nicht inzwischen mit der Flasche füttern?«, fragte Klara. »Wer weiß, wann Mama sich wieder meldet.« Sie brannte darauf, irgendetwas zu tun, um das Fohlen zu bemuttern.

»Wäre gut«, stimmte ihr Vater zu. »Aber ich habe keine Milch da.«

»Milch? Kein Problem«, sagte Mascha eifrig. »Bei uns steht der ganze Kühlschrank voll damit. Ich fahre schnell nach Hause und hole ein paar Packungen.«

Markus Eichhorn lachte. »Nett von dir, Mascha, aber Fohlen vertragen keine Kuhmilch. Was wir brauchen, ist Stutenmilchersatz. Gibt's als Pulver, so ähnlich wie fertige Babymilch.«

Er sah auf die Uhr. Solange Feriensaison war, öffneten die Geschäfte samstags länger, sogar der Futterhandel. Wenn er gleich losfuhr, konnte er noch einen Eimer Milchpulver besorgen. Es empfahl sich ohnehin, Milchersatz nach Neustadt mitzunehmen. Wer weiß, ob der Züchter noch Vorrat hatte, schließlich war die Hauptgeburtszeit für Fohlen vorbei.

Markus Eichhorn schickte Klara mit Kim zur Apotheke, um zwei Babyfläschchen zu kaufen, inzwischen wollte er zum Futterhandel fahren. »Lea und Mascha, ihr passt auf den Hof auf«, bestimmte er, als er zum Auto ging. »Ich bin schnell zurück.« Suchend blickte er sich auf dem Hof um. »Wo ist denn Herr ... Tahiti geblieben? Ich wollte ihn überreden, ein paar Tage auf dem Hof zu helfen, bis er auf dem nächsten Schiff anheuert. Schade.«

Die Apotheke in Westerbüll wollte soeben schließen, als Klara und Kim auf die Glastür zustürmten. »Nicht zumachen, wir brauchen noch etwas«, rief Kim und fuchtelte mit den Armen. Die Frau im weißen Kittel, die gerade den Schlüssel zückte, öffnete die Tür und ließ die Mädchen herein. »Hat ja noch geklappt«, lächelte sie und ging hinter den Verkaufstresen. »Wo fehlt's denn?«

»Eine Babyflasche«, stieß Klara atemlos hervor. »Nein, zwei.«

Verwundert zog die Apothekerin eine Augenbraue hoch. Wem fiel samstags bei Ladenschluss ein, dass ein Baby zu versorgen war? Sie holte verschiedene Kunststoffflaschen mit bunten Bildern hervor und stellte sie auf den Tresen. Klara entschied sich für eine mit aufgemalten Löwen und eine mit Leoparden.

»Den Sauger für welches Alter?«

»Wie?«

Die Frau griff ins Regal hinter sich und legte mehrere hellbraune Sauger hin. »Es gibt Sauger für Babys bis sechs

Monate und ab sechs oder sieben Monaten.« Fragend musterte sie Klara. »Wie alt ist denn dein Brüderchen? Oder ist es ein Schwesterchen?«

Die Mädchen tauschten einen verdutzten Blick und prusteten los. Das erste Mal, dass sie heute herzhaft lachten.

»Eher ein Brüderchen«, sagte Kim und kicherte.

Irritiert guckte die Apothekerin von einer zur anderen.

»Sie halten uns wohl für verrückt«, sagte Klara schnell. »Nein, es ist gar kein Kind. Es ist ein . . .« Ihre Stimme begann zu zittern, als sie an das Pferd dachte, und sie musste sich räuspern. »Es ist ein verhungertes Fohlen, das mit der Flasche großgezogen wird. Ein kleiner Hengst. Ein Waisenkind. «

Spontan legte die Apothekerin ihre Hand auf Klaras und drückte sie. »Wie schrecklich! Ist die Mutter bei der Geburt gestorben?«

Kim schielte zu Klara hinüber und weil sie merkte, dass ihre Freundin mit einem Kloß im Hals kämpfte, erzählte Kim die traurige Geschichte.

»Unfassbar«, sagte die Apothekerin, als sie die zwei Fläschchen einpackte. Kurzerhand legte sie alle Sauger dazu. »Die schenke ich euch, damit ihr mehr Auswahl habt. Ich weiß nicht, wie dickflüssig Fohlenmilch ist. Alles Gute für . . . euren kleinen Bruder.«

Beim Herausgehen konnte sich Kim nicht verkneifen zu flüstern: »Wenn du nicht alle Sauger für das Fohlen brauchst, hast du schon einen Vorrat für später. Für deine Babys von Niels.«

»Sehr witzig.« Klara errötete heftig und rammte ihrer

Freundin den Ellenbogen in die Seite. »Wehe, du sagst so etwas zu Niels. Dann ist es aus mit unserer Freundschaft, Kim Behrens.«

Markus Eichhorn wartete schon in der Küche und las den Zubereitungstext für Fohlennahrung, als Klara und Kim heimkehrten. Er rührte das Milchpulver mit warmem Wasser an, füllte die Löwen-Babyflasche und schraubte einen Sauger auf. Dann hielt er die Flasche nach unten und ließ ein paar Tropfen auf sein Handgelenk fallen. »Darf nicht zu heiß sein. Und jetzt raus zum Füttern. Klara, du übernimmst das bestimmt gerne, oder?«

Was für eine Frage!

Ungeduldig warteten Lea und Mascha vor der Fohlenbox. Als Lea die Milchflasche in Klaras Hand sah, verdrehte sie die Augen und zeigte auf das Bild. »Löwen! Hast du sie noch alle? Das sind doch Feinde für jedes Pferd. Das Fohlen kriegt ja einen Schock fürs Leben, wenn es beim Trinken Löwen sieht.«

Ärgerlich hielt Klara ihr die Flasche unter die Nase. »Okay, du Klugscheißer, geh los und kauf eine bessere.«

Lea winkte ab und verzog dabei das Gesicht, weil ihre Hand schmerzte. »War nicht so gemeint.« Doch, es war so gemeint, dachte Lea insgeheim und schämte sich ein bisschen. Die Bemerkung sollte ihre Schwester ärgern. Lea kochte vor Eifersucht, weil Klara das Fohlen füttern durfte.

Mit klopfendem Herzen betrat Klara die Box und kniete sich neben das Fohlen ins Stroh. Erwartungsvoll lehnte die ganze Gesellschaft über der Tür, sehr bemüht, keinen überflüssigen Mucks zu tun. Klara versuchte vergebens, ihre Vorfreude zu unterdrücken. Das Fläschchen zitterte mit ihr, als sie es dem Fohlen vors Maul hielt.

»Komm, trink schön«, lockte sie mit vor Aufregung heiserer Stimme. Erschreckt wich das Fohlen vor dem Sauger nach hinten. Klara zog die Hand zurück und schluckte enttäuscht. Wieso stürzte das ausgehungerte Pferdekind sich nicht auf die Milch? Erneut probierte sie es, doch sobald das Fläschchen zu nahe kam, zuckte das Fohlen furchtsam zurück.

»Halt die Flasche fast senkrecht«, sagte ihr Vater halblaut. »Der Sauger muss schräg nach unten zeigen. Denk dran, wie ein Fohlen bei der Mutter trinkt.«

Klara drehte die Flasche um, ein paar Tropfen liefen heraus. Da tastete die kleine Zunge sich vor, beleckte suchend den Gummisauger und dann begriff das Fohlen – es war auf eine gute, warme Milchquelle gestoßen. Jetzt konnte es gar nicht so schnell trinken, wie es wollte, weiße Tropfen rannen rechts und links am Maul entlang. Zuerst behielt der kleine Hengst die Flasche fest im Blick, dann suchten seine Augen Klara. Ein warmes Gefühl der Zuneigung durchströmte sie.

»Am liebsten möchte ich ihn mit in mein Zimmer nehmen«, flüsterte Klara gerührt, »bis er groß ist.«

»Ich auch«, kam es einstimmig von der Tür zurück. Sehnsüchtig starrten die Mädchen auf das winzige Pferd in der Box. Jede Einzelne hätte liebend gern mit Klara getauscht.

»Wie oft braucht er die Flasche?«, fragte Lea leise.

»In seinem Alter und in seinem miserablen Zustand möglichst häufig«, sagte Herr Eichhorn. »Ich denke, tagsüber fünf- bis sechsmal. Nachts möglichst zweimal. Man kann ihm auch eine Infusion legen, natürlich, aber das Saugen gibt ihm Zutrauen.«

»Bekommt er noch eine Flasche, bevor wir ihn nach Neustadt bringen? Darf ich dann füttern?«

Auf ihre Fragen bekam Lea keine Antwort, weil Markus Eichhorns Handy klingelte. Wie elektrisiert zuckten alle zusammen. Sogar das Fohlen. Wusste es, dass es um sein Leben ging?

Frau Eichhorn meldete sich aus dem Auto, sie musste fast schreien, um das laute Rauschen der Freisprechanlage zu übertönen. Jedes der Mädchen auf dem Hof hörte, was sie zu sagen hatte.

»Morgen wird die Stute nach Holland gebracht. Es klappt nicht. «

Nach einigen knappen Worten beendete Herr Eichhorn das Gespräch. Mit einem ernsten Gesichtsausdruck sah er über die Mädchen hinweg auf das Fohlen und schwieg. Was hätte er erklären sollen? Alles war gesagt.

Für die Mädchen brach eine Welt zusammen. Lea wurde schwindelig. Die Worte ihres Vaters von heute früh gingen ihr durch den Kopf: »Ohne wachsame Mutter hat ein Fohlen keine Chance.«

Lea griff nach der Boxentür, sie musste sich festhalten. Unter ihren Füßen schwankte der Boden und sie schloss die Augen. Was passierte jetzt? War das das Ende?

Da hörte sie ihren Vater sagen: »Es ist Irrsinn, ich weiß! Aber wir müssen es wagen, das Fohlen in unsere Herde zu bringen.«

Ungläubig riss Lea die Augen auf, als ihr Vater fortfuhr: »Wir stellen es auf die Weide. Vielleicht haben wir Glück und eine unserer freundlichen Stuten kümmert sich um den kleinen Hengst. Luna oder Flicka oder Bonny.«

Ein Freudensturm brach los. Lachend wehrte Herr Eichhorn die Mädchenhände ab, die ihm gleichzeitig um den Hals fallen wollten. »Freut euch nicht zu früh«, warnte er. »Wer weiß, ob die männlichen Pferde ihn dulden. Habe schon manchen Wallach erlebt, der Fohlen in die Zäune gejagt hat.«

13. Kapitel
Tipos große Stunde

Während Klara gerade die letzten Tropfen aus der Babyflasche verfütterte, rasten Jette und Nelly keuchend die Einfahrt des Friesenhofs hinauf. Bloß nichts verpassen! Atemlos umkurvten sie Eichhorns Pferdehänger auf dem Parkplatz.

»Ist das Fohlen etwa hier?«, schrie Jette gespannt, als sie Markus Eichhorn am Auto entdeckte. Nur ein Hechtsprung bewahrte ihn davor, Bekanntschaft mit Jettes Vorderreifen zu machen, das Mädchen schoss mit dem Rad um die Ecke wie die Feuerwehr.

»Wenn du mich umbringst, wirst du das nie erfahren«, knurrte der Tierarzt und griff nach seiner Arzttasche, die er aus dem Wagen geholt hatte. Jette sprang ab und schnappte nach Luft.

»Nicht schimpfen, Herr Eichhorn, wir sind mordsmäßig aufgeregt. Sagen Sie doch, ist das Fohlen hier?«

»Ja, ist es. Drüben in der Außenbox. Wir versuchen gleich, es in die Herde einzugliedern. Ihr habt also nichts verpasst.«

»Was?« Vor Überraschung ließ Jette ihr Rad einfach zu Boden fallen. »Sie haben doch gesagt – das mit der Herde machen Sie nur, wenn alle Stricke reißen.«

»Sie sind gerissen . . .«

»Das bedeutet: Sie haben keine Ersatzmutter gefunden«, folgerte Jette richtig.

Statt einer Antwort seufzte Markus Eichhorn. »Habt ihr etwas herausbekommen?«

»Tolle Neuigkeiten!«, verkündete Nelly stolz.

»Ja, und ob. Auf dem Foto von Frau Sommer erkennt man einen Sportwagen«, sprudelte Jette hervor und hüpfte neben Herrn Eichhorn zum Stall. »Die Polizei will herausfinden, wem das Auto gehört. Vielleicht dem Typ, der die Pferde im Geisterstall untergestellt hat. Super, was?«

»Ich weiß zwar nicht, wer Frau Sommer ist und was für ein Auto du meinst, aber bestimmt verfolgst du eine heiße Spur«, schmunzelte Markus Eichhorn, als sie beim Krankenstall anlangten. »Doch jetzt helft uns erst einmal, das Fohlen auf die Weide zu bringen.« Er zeigte zum Himmel, der sich in makellosem Blau über dem Friesenhof wölbte. »Den sonnigen Nachmittagsrest müssen wir ausnutzen. Der Kleine kennt nur ungesunden Stallmief.«

Lea drehte sich nach Jette und Nelly um, als die herankamen, und legte den Finger auf die Lippen. Auf Zehenspitzen traten die Mädchen näher und sahen noch die letzten Züge, die das Pferdebaby nahm. Es wollte die leere Milchflasche gar nicht mehr hergeben und hörte nicht auf, am Sauger zu nuckeln.

»Oh, wie süß«, wisperte Jette.

Erst als Herr Eichhorn die Tür öffnete, ließ das Fohlen die Flasche los und schielte scheu nach den vielen Mädchen.

»Wir legen ihm kein Halfter an, sondern führen es zwischen uns«, entschied Markus Eichhorn. Behutsam holte er das Fohlen aus der Box und schob es sanft auf den Hof.

Die Mädchen bildeten ein Spalier, als sie den Weg zur Weide einschlugen. Zwischen sich nahmen sie das aufgeregte Pferdekind. Unsicher und schwankend, taumelte das Fohlen vorwärts, die Beine gehorchten ihm nicht richtig. Kaum bogen sie um die Ecke des Stalls, da stieß der kleine Hengst ein helles Wiehern aus, er schrie erbärmlich mit seiner hohen Stimme. Ein verzweifelter Ruf nach der Mutter, die er verloren hatte.

Auf der Weide entstand Unruhe. Mehrstimmig kam die Antwort zurück, das lang gezogene Wiehern der Friesen und die kurzen, hellen Rufe der Haflinger und Fjordpferde.

Das Fohlen wollte schneller vorwärts, es witterte die Artgenossen, aber der abgezehrte Körper schaffte es nicht, immer wieder knickten seine Beine ein. Schließlich trugen die Mädchen das Tier fast auf die Weide. Herr Eichhorn lief vor und öffnete das Gatter für den Neuankömmling.

Augenblicklich hörten die Pferde auf zu fressen und äugten mit gespitzten Ohren herüber. Mit hochgereckten Nasen nahmen sie Witterung auf und strebten von allen Seiten nach vorne zum Gatter.

Verstört blieb das Fohlen auf dem saftigen Gras stehen

und suchte Klaras Nähe. Flicka, die Fjordstute, und Luna, die Friesenstute, marschierten entschlossen auf das neue Herdenmitglied zu, ihren Gesichtern sah man die Neugierde an. Ohne Eile trotteten die Friesenwallache herbei, Magic, Friso und Willem, aber die aufgestellten Ohren verrieten größtes Interesse an dem neuen Wesen. Einige Pferde kümmerten sich um nichts, blickten nur kurz auf und grasten am Ende der Weide weiter. Es sah so aus, als ginge alles ruhig und gesittet über die Bühne.

Doch zu früh gefreut!

Plötzlich zitterte der Boden unter ihnen. Und dann passierte das, was Dr. Eichhorn befürchtet hatte! Von hinten stürmte ein Pferd im gestreckten Galopp heran. Unter seinen trommelnden Hufen bebte die Weide. Erregtes Wiehern durchschnitt die Stille, als der große Schwarze wie ein Orkan herbeistürmte. Mit hochgerissenem Kopf jagte er geradewegs auf das Fohlen zu.

Tipo!

Vor Schreck stockte allen der Atem.

»Pass auf, Klara«, rief Markus Eichhorn. Wollte der Traberwallach das schwache Fohlen angreifen? Schlagen? Verjagen? Tipo war selber ein Problemfall, seit seiner Zeit auf der Rennbahn misstrauisch und nicht besonders verträglich.

»Schirmt den Kleinen ab«, rief Markus Eichhorn. Von allen Seiten gingen sie auf das zitternde Fohlen zu, bildeten einen Kreis, breiteten die Arme aus und wedelten den Traber mit erhobenen Händen zurück.

Aber Tipo ließ sich nicht verdrängen. Aufgeregt tänzelte er vor der Menschenmauer, schlug Haken, wenn ihn jemand wegscheuchen wollte. Mit geblähten Nüstern und spielenden Ohren trabte er um die Gruppe herum. Klara, die im ersten Schreck nur Augen für das Fohlen hatte, blickte jetzt zu Tipo hinüber. Den sensiblen schwarzen Wallach kannte sie besser als jeder andere. Warum ging er so aggressiv gegen das Fohlen vor? Ausgerechnet gegen ein Pferdekind, das ihm absolut ähnlich sah?

Mit gebeugtem Nacken trabte Tipo über die Weide, schnaubend und schnorchelnd. Hartnäckig blieb er den Menschen und dem Fohlen nahe, auch wenn er noch so oft wegbeordert wurde. Immer wieder schickte er ein kurzes, ungewohntes Wiehern herüber, tiefe, kehlige Laute, lockende Töne, wie Klara sie nur von Mutterstuten kannte. Tipos Augen, die sonst Misstrauen und Distanz ausstrahlten, glänzten jetzt voller mütterlicher Wärme. Plötzlich durchzuckte Klara die Erkenntnis: Tipo will das Fohlen nicht jagen, er will es beschützen.

»Sieh doch, Papa, Tipo will dem Fohlen helfen.«

Überrascht zeigte Klara auf das schwarze Pferd und bedrängte ihren Vater aufgeregt, den Weg zum Waisenkind freizugeben. Aber der schüttelte den Kopf. »Ich lasse doch keinen Wallach an das schwache Fohlen heran.« Klara setzte ihm weiter zu, sie war völlig überzeugt, Tipo richtig einzuschätzen. Doch Dr. Eichhorn sträubte sich hartnäckig. »Und wenn es schiefgeht? Wenn er den Kleinen jagt?« Im Flüsterton verteidigte er seinen Entschluss, das Fohlen abzuschirmen. »Es verträgt keine Belastung mehr. Stress kann sein Todesurteil sein.«

Klara setzte ihm weiter zu, so lange, bis auch ihr Vater Tipo mit anderen Augen beobachtete. Und da musste er, der erfahrene Tierarzt, zugeben: Klara beurteilte die ungewöhnliche Erregung des Trabers richtig.

»Alle Mann zurück, aber langsam«, ordnete er an. In atemloser Spannung traten die Mädchen Schritt für Schritt nach hinten. Tänzelnd und schnaubend, drängte der schwarze Traber herbei, bis er ein Schlupfloch in der Menschengruppe fand.

Mit vorgestrecktem Kopf kam Tipo näher, tippelte nahe an das Fohlen heran und begrüßte es mit kaum hörbarer, tiefer Stimme. Dann beugte er sich zu dem mageren Tierchen hinab und begann, es abzulecken, liebevoll und zärtlich. Wie eine Mutterstute, die den ersten Kontakt zu ihrem neugeborenen Kind aufnimmt, wenn sie sein Fell trockenleckt, bis sie jeden Zentimeter an ihm kennt, so kümmerte der Traber sich um das Waisenfohlen.

Tipo ließ keinen Zweifel daran, dass er das verlassene Kerlchen adoptieren wollte.

Sanft kraulte er seinen Rücken und stupste ihn immer wieder aufmunternd mit dem Kopf an. Anfangs stand der kleine Hengst vor Schreck wie erstarrt da, doch es dauerte nur wenige Momente, bis er zaghaftes Vertrauen fasste. Seine Augen, die so kummervoll und ernst in die Welt geblickt hatten, nahmen einen anderen Ausdruck an. Das kleine Gesicht entspannte sich und jeder konnte sehen, was das Fohlen dachte: Endlich ist einer da, der mich beschützt. Der auf mich aufpasst. Der große Schwarze an meiner Seite, der wird mich bewachen.

Und nun wagte das Fohlen, das so müde war, so schrecklich müde, die Augen zu schließen. Schon knickten seine dünnen Beine ein, es ließ sich einfach ins weiche Gras fallen und schlief auf der Stelle ein. Total erschöpft, lag es mit lang ausgestreckten Beinen vor Tipos Hufen und der Traber ließ kein anderes Pferd heran.

Mit verhaltenem Atem standen die Zuschauer am Rand, ungläubig und staunend, und erlebten das Wunder mit. Tipo war hellwach, seine Augen blitzten und er passte eifersüchtig auf, dass kein Vierbeiner zu nahe kam. Obwohl Luna und Flicka hartnäckig in der Nähe blieben, bekamen sie keine Chance, das Pferdekind zu beschnuppern. Wenn sie nur einen Huf in Tipos Richtung setzten, schwenkte er heftig den Kopf nach den Stuten und drohte ihnen. Schließlich verloren Flicka und Luna das Interesse und trollten sich.

Selbst Magic wollte Tipo nicht an das Fohlen lassen. Der große Friese wirkte verwirrt und begann, unschlüssig auf und ab zu marschieren. Normalerweise ließ er sich von einem Rangniederen nichts sagen.

»Wieso lässt Magic sich das gefallen? Als Boss der Herde?«, flüsterte Lea ihrem Vater zu.

»Ich schätze, Magic merkt, dass Tipo sich wie eine Mutterstute aufführt. Stuten mit Fohlen genießen in jeder Herde besondere Rechte.«

»Aber Tipo ist doch ein Wallach und keine Stute.«

»Genau das irritiert Magic wahrscheinlich, darum läuft er so unruhig hin und her.« Der Tierarzt rieb sich das Kinn. »Sicher weiß ich es auch nicht, so einen Fall habe ich noch nie erlebt. Dass Stuten ein Waisenfohlen aufnehmen, passiert öfter, aber Wallache . . .«

Mit schlafwandlerischer Sicherheit benahm Tipo sich richtig. Er führte sich auf wie eine Mutterstute, denn auch die hält jedes Pferd von ihrem Neugeborenen fern. In den ersten Tagen muss das Pferdekind sich seine Mutter gut einprägen – ihre Stimme, ihre Größe, ihren Geruch –, damit es die Stute in der Herde wiederfindet. Und in diesem Fall musste das Waisenfohlen eben seine »männliche Mutter« kennenlernen . . .

Erst als alle Pferde ihre Nasen wieder ins Gras steckten, verlor Tipo die Anspannung. Er senkte den Kopf und seine Nüstern schnoberten über den Rücken des Fohlens. Dann sah er auf, direkt zu Klara hinüber. Sein Gesicht leuchtete und sie verstand, was er ihr sagen wollte: »Sieh doch, ich habe jetzt einen Sohn.«

Verstohlen wischte Klara sich über die Augen. »Ein alleinerziehender Wallach«, flüsterte sie und verzog das Gesicht, um nicht vor lauter Rührung in Tränen auszubrechen.

Mit einer Handbewegung bedeutete Dr. Eichhorn den Mädchen, ihm auf den Hof zu folgen. »Wir verkrümeln uns, hier stören wir nur. Wenn ich mich nicht irre, wartet im Haus ein Kuchenblech mit Kirschstreusel.«

Er legte Klara und Nelly die Hände auf die Schultern. »Ihr bleibt noch und behaltet die Herde im Auge. Keine Ahnung, ob der Frieden anhält. Manchmal dauert es eine Weile, bis Pferde sich besinnen und einen Neuling verjagen.«

Sie warfen noch einen Blick auf das schlafende Fohlen und zogen sich leise von der Weide zurück.

14. Kapitel
Hinter Gittern

Der Geisterstall und der skrupellose Täter waren das Topthema auf dem Friesenhof. Es ging hoch her in der Küche, wo die Mädchen sich lautstark über den Tierquäler ereiferten, was sie allerdings nicht davon abhielt, nebenbei 20 Stück Kirschstreusel zu verdrücken. Bis auf ein paar Krümel war das Blech leer geputzt, als Frau Eichhorn und Emma zurückkehrten. Auf dem Heimweg waren sie noch ohne Erfolg zu zwei weiteren Züchtern gefahren. Ungläubig hörten sie sich die rührende Geschichte von dem »alleinerziehenden Wallach« an.

Der frisch gebackene Pferdevater Tipo wurde so freudig gefeiert, dass Emma darüber fast vergaß, Kim einen Brief zu geben. »Habe ich vorhin hinterm Scheibenwischer von Eichhorns Wagen entdeckt.« Ein weißer Umschlag wanderte über den Tisch.

Kim riss Emma die Notiz aus den Händen und überflog die eilig hingeworfenen Zeilen. »Von J. A. Drodtloff«, sagte sie erstaunt und wechselte einen Blick mit Mascha. »Der Turnierreiter, der bei uns wohnt. Der hat uns heute geholfen, die Anzeigenseiten zu durchkämmen.«

»Zeig her«, drängte Lea und haschte nach dem Blatt. »Mach schon.«

Kim legte den Brief auf den Tisch, alle Köpfe beugten sich darüber.

»Liebe Kim«, stand da. »Deine Mutter gab mir den Tipp, dich auf dem Friesenhof zu suchen. Bin in Eile wegen meines nächsten Starts. Auf dem Turnier wissen inzwischen alle Bescheid über den Stall in Grünhagen und über die verdächtige Anzeige in der Pferdezeitschrift. Achtung: Ich habe eine Spur! Ein Reiterkamerad hat sich gemeldet – in seinem Reitstall hat jemand kürzlich einen Traber in Grünhagen gekauft. Das Pferd sollte wegen eines Sehnenschadens zurückgegeben werden. Näheres wusste der Reiter leider nicht, er will aber bis morgen mehr herausfinden. Sonntag weitere Informationen, heute Abend wird es spät. Mit reiterlichem Gruß J. A. Drodtloff.«

»Super. Hat sich also gelohnt, die halbe Welt einzuweihen«, sagte Mascha. »Den Schurken kriegen wir, jede Wette.«

Bevor sie sich weiter über den Tierquäler ereifern konnten, stand der Schlittenhund vor der Tür, tadelnd wie immer, um Emma nach Hause zu holen. Kaum rauschte Emmas Mutter mit ihrer Beute ab, rief Maschas Vater an und verlangte seine Tochter zurück.

Danach verabschiedeten sich auch die anderen und auf

dem Friesenhof kehrte zum ersten Mal an diesem Tag Ruhe ein.

»Wir holen Tipo und das Fohlen in den Stall«, verkündete Herr Eichhorn, als die Besucher gegangen waren. »Abends wird es kühl und der abgemagerte Kleine darf nicht frieren. Das bringt ihn noch mehr herunter. Macht ihr Tipos Box fertig?«

Nichts lieber als das.

Lea und Klara rannten zum Stall, wo sie in Rekordzeit die Traberbox komplett ausräumten und frisch einstreuten. Lea kämpfte mit der Versuchung, sich zum Wälzen in das einladende Stroh zu werfen. Natürlich widerstand sie dem Drang. Mit zwölf verkniff man sich solche Kinderfreuden, stattdessen wischte Lea mit dem Schwamm durch Krippe und Tränke. Fertig.

Die Stalltür wurde aufgestoßen und Herr Eichhorn erschien mit Tipo am Strick. Vorneweg stakste das Fohlen. Sanft von Tipo geschoben, tippelte es über die Stallgasse und der Traber stupste es mit der Nase sachte in seine Box.

Mit halb geschlossenen Augen stelzte das Fohlen hinein, voll bleierner Müdigkeit. Die Umgebung nahm es kaum wahr, nur das herrlich trockene Stroh. So viel Aufregung an einem Tag! Die Mutter nicht mehr da, die Fahrt im Hänger, der Tätowierte, die neuen Pferde und dann dieser nette, unbekannte Traber. Unvermittelt ließ der kleine Hengst sich auf die Seite fallen, streckte sich aus und schlummerte sofort ein.

Liebevoll grummelnd, beugte Tipo sich über ihn und schaute mehrmals mahnend zur Tür. »Wir brauchen jetzt Ruhe«, hieß das.

Auf Zehenspitzen entfernten die drei sich und erst abends kehrte Lea mit dem warmen Milchfläschchen zurück. Diesmal war sie es, die den Kleinen füttern durfte. Kaum öffnete Lea die Boxentür, reckte er den Kopf und wollte an die Flasche. Dieses Mal fand er den Sauger gleich und ohne zu zögern fing er an zu trinken.

Aufmerksam wachte Tipo daneben, während das Fohlen sich vertrauensvoll an seinen Bauch lehnte. Tipo überwachte jeden Schluck und rührte die ganze Zeit sein Heu nicht an, obwohl die Halme vor seiner Nase verführerisch dufteten.

Klara erschien mit einem Stundenplan vor der Box und klebte ihn an die Tür. Jedem in der Familie hatte sie Fütterungsstunden zugeteilt: Den Löwenanteil übernahmen sie und Lea.

»Wer von uns hat nun eigentlich das Fohlen gerettet?«, fragte Lea halblaut aus der Box.

»Das war eine Gemeinschaftsleistung«, entschied Klara nach kurzem Überlegen und Lea nickte zufrieden. Es war eine großartige Erfahrung, dass man ein Leben retten konnte, wenn nur alle am selben Strang zogen und Himmel und Hölle in Bewegung setzten.

Die letzten Tropfen rannen aus der Flasche. Lea erhob sich, tätschelte dem Fohlen die milchweiße Nase und verschwand leise aus der Box.

»Wann bin ich wieder dran?«, fragte sie und studierte den Plan an der Tür. »Ah, morgen früh um fünf.«

»Papa meint, die Milch braucht er nur ein paar Wochen«, sagte Klara, als sie den Stall verließen. »Er hat ja schon Zähne und kann Gras und Heu fressen. Aber das Füttern mit der Flasche ist gut für seine Seele.«

Um fünf Uhr morgens schreckte Lea vom Piepsen ihres Weckers hoch. Sofort wusste sie, was los war: Milchdienst. Glücklich seufzend, reckte sie sich. Das Fohlen war gerettet, was machte es da schon aus, so früh aus dem warmen Bett zu kriechen?

Im Halbdunkel zog Lea sich an, dabei stieß sie an die gestrige Wunde und schrie leise auf. »Verdammt, tut das weh.« Unter der Lampe sah sie die Bescherung – die rechte Hand war von den Fingern bis zum Unterarm geschwollen. War der Kratzer aus dem Geisterstall schuld?

Aus der Hausapotheke holte Lea eine Binde und wickelte ihre Hand ein. Obwohl der Druck höllisch schmerzte, biss Lea die Zähne zusammen. Was war sie – eine Memme oder ein taffes Pferdemädchen?

Draußen umfing Lea bläuliche Morgendämmerung, als sie sich mit dem Fläschchen zum Stall aufmachte. Kein Blättchen rührte sich, nicht einmal die Zitterpappeln regten sich. Aber hoch über ihr brausten Höhenwinde dahin. Violett und schwarz jagten die letzten Nachtwolken über den Himmel.

Unvermittelt blieb Lea stehen und schaute hinauf. Wie wilde, galoppierende Pferde stürmten die Wolken vorüber, die zerzausten Ränder glichen wehenden Mähnen.

Lea liebte diesen Anblick, sie stellte sich vor, dass alle gestorbenen Pferde sich dort oben am Himmel trafen, als ungezähmte Sturmwolken. Durch die Wolkenbilder zuckten schwankende Lichter. Sterne? Der Mond? Das Bild der toten Stute drängte sich in Leas Gedächtnis. Schaute sie von oben auf ihr Fohlen herab? »Dein kleiner Junge ist gerettet«, flüsterte Lea und hielt das Fläschchen hoch. Ein wenig getröstet lief sie weiter zum Stall.

Leise schlüpfte Lea durch die Tür und knipste die Notbeleuchtung an, um die Pferde nicht zu stören. Dösend lag das Fohlen vor Tipos Hufen, ganz selbstverständlich genoss es die Geborgenheit. Was für eine innige Beziehung nach einem einzigen Tag!

Als der Kleine die Milchflasche sah, rappelte er sich auf und drängte sofort zum Sauger. Es fiel Lea schwer, die Flasche zu halten, die Hand schmerzte bei jeder Berührung. Aber die Freude über das schmatzende Fohlen schob alles andere in den Hintergrund.

Als Lea wieder im Bett lag, war an Schlaf nicht mehr zu denken. Wie ein Fremdkörper lag die verletzte Hand auf der Bettdecke, als gehörte sie nicht zu ihr. Das darf nicht schlimmer werden, dachte Lea bange. Schließlich hatten sie ihren Eltern hoch und heilig versprochen, alle Zusatzarbeiten für das Fohlen zu übernehmen. Wenn sie, Lea, ausfiel, blieb alles an Klara hängen. Unmöglich. Gleich nach dem Frühstück wollte Lea in einem Medizinbuch nachsehen, was zu tun war.

Am späten Morgen fiel Lea endlich in einen unruhigen Schlaf, aus dem sie am Vormittag erwachte, als ihre Mutter verwundert ins Zimmer schaute. Blitzschnell zog Lea ihren unförmigen Arm unter die Decke, doch da stand ihre Mutter schon am Bett. Sie bekam einen Riesenschreck, als sie Leas Hand abtastete.

»Meine Güte, Kind«, sagte sie entsetzt. »Das sieht nach Blutvergiftung aus. Zieh dich sofort an, wir fahren zum Notarzt.« Sie ließ keine Proteste gelten und kurz darauf saßen Mutter und Tochter im Auto auf dem Weg nach St. Peter-Ording.

Als sie zwei Stunden später heimfuhren, Lea mit schwarzer Binde um den Hals, die den Arm ruhig hielt, kam ihnen auf dem Leuchtturmweg ein grüner Mercedes entgegen. Leider kannte Lea den Wagen nicht, sonst hätte sie ihn gestoppt.

Auf dem Friesenhof wurden sie schon erwartet. Auf der Treppe harrte ein alter Bekannter aus: Tahiti. Zu seinen abgeschnittenen Jeans trug er diesmal ein ärmelloses Shirt, aus dem seine muskelbepackten Arme hervorguckten.

»Der Tätowierte«, flüsterte Lea.

»Habe ich mir gedacht«, gab ihre Mutter, leise lachend, zurück.

Ein Meter fünfundneunzig richteten sich zu voller Größe auf. »Moin, moin«, röhrte der Tätowierte, als die beiden auf ihn zugingen. »Gerade war so ein Typ da. J. A. Drodtloff nannte der sich. Grüner Mercedes, ist soeben weg, hatte wenig Zeit. Ich soll etwas ausrichten.«

Lea war sofort im Bild.

»Hat er herausgekriegt, wer der miese Pferdehändler ist?«

Tahiti nickte und tat sehr geheimnisvoll.

»Echt?« Mit einem Schlag war Leas schmerzende Hand vergessen. Atemlos fragte sie: »Wo steckt er denn?«

Der Tätowierte machte eine Pause, um die Antwort besser wirken zu lassen. Dann krächzte er: »Hinter Gittern.«

»Was? Sie spinnen doch Seemannsgarn!«

Empört schlug der Mann sich auf die Schenkel. »Damit scherze ich nicht. Der sitzt im Knast.«

Zweifelnd sah Lea ihn an. »So schnell? Kann doch gar nicht sein!«

»Er sitzt ja auch nicht wegen der Pferde. Ich versuche mal, die Story zusammenzukriegen. Es fing damit an . . .«

Ungeduldig fiel Lea ihm ins Wort. »Zuerst alles über die Pferde.«

»Also gut.« Er seufzte. »Ein Reiterkollege von Herrn Drodtloff hat in Grünhagen einen Traber gekauft. Weil das Pferd verletzt war, wollte er es zurückgeben. Passiert ist das alles erst vor wenigen Tagen.« Er brach kurz ab, um eine Zigarette aufzuheben, die ihm hinterm Ohr weggerutscht und zu Boden gefallen war.

»Weiter, weiter«, drängte Lea.

»Die Anschrift des Verkäufers stimmte nicht. Aber die Reiter waren pfiffig, sie haben die richtige Adresse herausgefunden. Über irgendwelche Pferdeausweise und eingetragene Nummern.«

»Pferdepass und Eigentumsurkunde?«

»Genau, das hat dieser Drodtloff gesagt. Jedenfalls fand man heraus, dass der Verkäufer in Flensburg wohnt. Besser gesagt: *wohnte*. Denn er war gerade in Untersuchungshaft gekommen.«

Kopfschüttelnd sah Meike Eichhorn den Tätowierten an. »Und warum sitzt er im Gefängnis?«

Der Seemann breitete die Arme aus. »Der hat viel Geld unterschlagen. Geklaut. Ein junger Bankangestellter mit riesigen Schulden.« Das Wort Bank-an-ge-stell-ter sprach er gespreizt aus, wie man etwas Widerliches wie Schimmelpilzbefall ausspricht. »Ein Spieler. Hatte viel Kohle im Spielkasino verloren. Und bei Pferdewetten. Dieser Bankmann meinte wohl, er wäre schon ein Pferdeexperte, nur weil er sich ständig auf Rennbahnen herumtrieb«, fuhr Tahiti fort. »Der Pferdehandel war nur einer seiner zahlreichen Versuche, Geld zu beschaffen. Euer Herr Drodtloff meint, so dämlich würde sich ein echter Pferdekenner nie anstellen.«

Der Seemann zeigte seine Genugtuung ganz offen. Ein Banker war also der miese Verbrecher. Ein feiner Anzugträger – nicht etwa ein Kerl wie er, den man oft wegen seiner Tätowierungen schief ansah. »Als die Polizei ihn verhaftete, hatte er bereits alle Traber verkauft; nur nicht die Stute mit dem Fohlen.«

Lea kniff die Augen zusammen und starrte ihn an. »Warum hat er denn im Gefängnis keinem gesagt, dass in Grünhagen noch Pferde stehen? Die niemand füttert?«

Tahiti zuckte die Schultern. »Wenn du mich fragst – das ist ein gewissenloser Hund. Dem waren die Pferde völlig gleichgültig. Dem ging es nur ums Geld.« Unvermittelt sah der Tätowierte Lea an. »Gib zu, du hast *mich* verdächtigt! Jedenfalls am Anfang.«

Lea errötete und schlug den Blick zu Boden. Sie murmelte etwas von einem Albtraum und war heilfroh, als in diesem Moment Klara und ihr Vater aus der Haustür kamen. Klara drückte eine Milchflasche an die Backe. Fütterungszeit.

»Der Pferdeschänder sitzt im Knast«, rief Lea ihnen sofort entgegen und nun musste Tahiti die Geschichte zum zweiten Mal erzählen. Dadurch wurde Lea zwar um die Bemitleidung gebracht, die ihr eigentlich wegen der Blutvergiftung zustand, aber sie trug es mit Fassung.

»Wollen Sie nicht ein paar Tage auf dem Friesenhof vor Anker gehen? Bis zur nächsten großen Reise?«, fragte Markus Eichhorn schnell, als der Tätowierte sich zum Gehen wandte. »Als Sie gestern das Fohlen so leicht trugen ... Donnerwetter, so einen starken Mann braucht unsere Besatzung.«

Zögernd blieb der Tätowierte stehen. Offensichtlich freute er sich über das Angebot, aber ganz wohl fühlte er sich nicht in seiner Haut. »Ich kenne mich nur mit Seepferdchen aus«, wandte er ein. »Bin zwar seediensttauglich – aber ob ich auch stalldiensttauglich bin?«

»Keine Sorge, mit den Pferden haben Sie nichts zu tun.« Herr Eichhorn winkte ab. »Die versorge ich selber, ich brauche Sie eher beim Ausbau der Boxen.«

»Aye, aye, Sir«, sagte der Tätowierte schmunzelnd und grüßte zackig mit der Hand am Kopftuch.

Lea musterte ihn nachdenklich. Eine Idee formte sich in ihrem Kopf und plötzlich hatte sie einen Geistesblitz. »Und wir brauchen Sie für das Fohlen. Einer fehlt uns jetzt zum Füttern. Idiotischerweise falle ich aus.« Sie hielt den Arm in der Schlinge hoch. »Haben Sie Lust?«

Der Seebär fiel aus allen Wolken. »Ihr habt das Fohlen behalten? Sollte es nicht zu einem Züchter?«

»Ist schiefgegangen«, sagte Klara und drängte ihn zum Stall hinüber. Mit sanfter Gewalt schob sie den Hünen auf die Stallgasse. Die Türen der Boxen standen offen, die Pferde des Friesenhofs vergnügten sich seit dem frühen Morgen auf der Weide. Für das Fohlen war es allerdings draußen noch zu frisch, der Kleine sollte erst am Nachmittag in die Sonne. Im Moment hatten Tipo und sein Pflegekind den Stall für sich allein und sie genossen die Zweisamkeit.

»Wollen Sie es gleich mit dem Füttern probieren?«, fragte Lea den Tätowierten.

Etwas linkisch näherte er sich der Box und als er hineinsah, wurden seine Züge ganz weich. Gerührt strich der Seebär sich übers Kinn. »Neben dem Großen sieht der Winzling aus wie ein kleines Beiboot«, flüsterte er. Tipo legte drohend die Ohren an und baute sich schützend vor seinem Pferdekind auf.

»Tja, ich weiß nicht, ob ich mit so einem klitzekleinen Fohlen umgehen kann!« Unschlüssig blieb der Mann stehen und betrachtete seine klobigen Hände. »Außerdem – das große Pferd daneben sieht so unfreundlich aus. Beißt das?«

»Dummes Zeug«, antwortete Klara lachend. »Tipo hat nur schlechte Erfahrungen mit Männern gemacht und ist vorsichtig.«

Sie ging in die Box und streckte eine Hand nach dem Tätowierten aus. »Der Mann gehört zu uns, Tipo. Entspann dich, mein Freund.«

Halb besänftigt, richtete Tipo ein Ohr nach vorn und duldete es, dass der Riese näher kam. Bedächtig faltete der Mann seine Einsfünfundneunzig zusammen und ging neben dem Fohlen in die Hocke.

Klara reichte ihm die Milchflasche. Der Tätowierte hatte Hände wie Schaufeln. Seemannspranken, die normalerweise armdicke Schiffstaue hielten. Aber der bullige Mann stellte sich überraschend geschickt an und fasste das

Fläschchen so behutsam an, als hielte er kostbares Glas in der Hand, das um keinen Preis zerbrechen durfte.

Aufmerksam musterte das Fohlen die Gestalt neben sich im Stroh, hob den schmalen Kopf, schnappte entschlossen nach dem Sauger und trank, ohne abzusetzen, bis ihm eine weiße Milchspur an den Maulwinkeln entlanglief. Es ließ den Seemann nicht aus den Augen und schmatzte und schmatzte.

»Fetter Sound«, murmelte der Tätowierte und schüttelte ergriffen den Kopf. »Komplett fetter Sound.«

Klara und Lea ließen sich auf einen Strohballen fallen und sahen zu. Wie sanft der Koloss mit dem zerbrechlichen Fohlen umging! Und diesen Mann hatten sie verdächtigt! Nur weil er so ungewöhnlich aussah. Wie konnten sie ihr grundloses Misstrauen wiedergutmachen?

Da kam Klara plötzlich eine Idee. »Ich weiß einen Namen für unser Waisenfohlen. Den perfekten Namen.« Sie lehnte sich zu Lea hinüber und wisperte ihr etwas ins Ohr.

Lea lauschte, während sie Tahiti betrachtete, der das Pferdekind liebevoll fütterte. »Dass wir nicht eher darauf gekommen sind.« Sie zog ihre Armbinde zurecht und seufzte. »Schließlich verdankt das Fohlen ihm sein Leben, weil er Heu in den Stall geworfen hat.«

Klara nickte. Aus der Box flüsterte der Tätowierte mit seiner rauchigen Stimme: »Ist das kleine Beiboot schon getauft? Ich meine – hat das Fohlen schon einen Namen?«

»Ja«, gab Klara zurück und drückte Leas gesunde Hand. »Tahiti. Es soll Tahiti heißen.«

Rettung aus der Flut

Inhalt

1.	Geheimnis um den Reitlehrer	146
2.	Blei in den Hufen	156
3.	Schlechte Karten bei Westwind	170
4.	Das Rennen	176
5.	Pferd in Gefahr	187
6.	Wilde Jagd im Watt	196
7.	Die Flut kommt!	204
8.	Volle Kraft voraus!	213
9.	Gefangen in der Fluthölle	219
10.	Die Rettung naht im Galopp	228
11.	In tosendem Wasser	239
12.	Der Rettungseinsatz geht weiter	248
13.	Neuer Besitzer für Speedy?	263

1. Kapitel
Geheimnis um den Reitlehrer

Mit zusammengekniffenen Augen spähten Lea und Jette zum Reitplatz des Friesenhofs hinüber. Das Fell der Pferde glänzte in der Sonne. Hin und wieder drang entspanntes Schnauben in das gut getarnte Versteck, das die Mädchen sich inmitten grüner Büsche eingerichtet hatten.

Wer die beiden hinter dem dichten Blättervorhang erkennen wollte, musste schon gezielt suchen. Es bestand keine Gefahr für Lea und Jette, entdeckt zu werden. Wenn der neue Reitlehrer sie beim Bespitzeln erwischt hätte, wäre das peinlich geworden. Andererseits – war dieser Benny Kanter nicht selber schuld daran, dass man ihn beschattete? Was zum Teufel sollte man von einem Reitlehrer halten, der nie im Sattel saß? Und der sich auch sonst höchst auffällig benahm?

»Jetzt wohnt der Typ schon eine Woche bei euch auf dem

Friesenhof und wir haben immer noch nichts über ihn herausgekriegt«, flüsterte Jette ihrer Freundin Lea zu. »Warum ist der so zugeknöpft? Irgendetwas stimmt mit dem nicht!«

Der fragliche Reitlehrer, ein schmaler Mann von Mitte dreißig, setzte seinen Unterricht fort, ohne zu ahnen, dass zwei Augenpaare ihn auf Schritt und Tritt verfolgten.

»Ich finde, er sieht nicht wie die meisten Reitlehrer aus. Ich meine, nicht energisch«, stellte Lea Eichhorn fest. »Eher wie ein verträumter Hirtenjunge aus dem Märchenbuch.«

Tatsächlich war Benny Kanter schwer einzuschätzen. Einerseits machte er einen handfesten und bestimmten Eindruck, andererseits verlieh ihm sein feines Gesicht unter einer Fülle ungebändigter dunkler Locken einen zarten, fast romantischen Ausdruck. Doch verträumt war der zierliche Mann ganz und gar nicht. Ausgesprochen selbstsicher und ohne Angst ging er mit den größten Vierbeinern um. Und die respektierten ihn absolut.

Seit Leas Vater ihn auf den Friesenhof geholt hatte, nahm das Tuscheln und Rätselraten kein Ende. Woher kam Benny Kanter? Was hatte er vorher gemacht? Markus Eichhorn sprach nicht darüber. Da konnten die Mädchen ihn noch so sehr löchern. Nur einmal ließ Herr Eichhorn durchblicken, dass sein Vertreter ein exzellenter Pferdemann sei.

Offenbar überließ Markus Eichhorn dem neuen Mann auf dem Friesenhof beruhigt seinen geheiligten Reitunterricht. Das tat er normalerweise nicht so schnell und war ein Zeichen dafür, dass er Benny Kanter voll und ganz vertraute. Allerdings blieb ihm auch nichts anderes übrig. Denn Herr Eichhorn hatte einen herabstürzenden Ast auf den

Kopf bekommen und musste sich wegen einer Gehirnerschütterung schonen. Aber auch ohne den Brummschädel hätte er Entlastung gebraucht. Zurzeit beschäftigte Markus Eichhorn sich nämlich mit anderen Dingen: Er organisierte einen großen Reiterwettkampf am Strand. Nicht eins der üblichen, langweiligen Turniere, sondern ein echtes Pferderennen.

Morgen bei Ebbe sollte das glühend herbeigesehnte Rennen stattfinden. Bis dahin gab es noch viel zu tun und das war auch der Grund, warum seit dem frühen Sonntagmorgen Reiterkinder auf dem Friesenhof herumwuselten.

In der Einfahrt, nicht weit von Jettes und Leas Versteck, arbeitete Markus Eichhorn. Der Arzt hatte ihm zwar jede Anstrengung verboten, aber er ließ sich einfach nichts sagen. Im Moment belud er einen Anhänger mit Stangen und Eichenpfählen, die am Strand die Rennstrecke markieren sollten.

Mit unwilligem Knurren beugte Jette sich vor, um bessere Sicht auf den Reitplatz zu haben. »Jeder Zaunpfahl ist gesprächiger als euer Kanter.«

Jette empfand es als herbe Niederlage, nie brauchbare Antworten von Benny Kanter zu bekommen. Was hatte sie ihm mit ihren Fragen zugesetzt! Doch es war ein hoffnungsloses Unterfangen, dem Mann mehr zu entlocken als knappe Reitanweisungen. Genauso gut hätte sie versuchen können, mit der Stallgasse einen Plausch zu halten. Wie oft hatte sie ihn gebeten, einmal vorzureiten. Doch darauf reagierte Kanter jedes Mal schroff und lehnte ab. Nie bekam man ihn zu fassen. Er war ruhelos, immer auf dem Sprung.

Nein, wie ein normaler Mensch benahm der Reitlehrer

sich nicht. Da war Lea ganz Jettes Meinung. Oder war es etwa normal, jede Nacht schlaflos über den Hof zu tigern? Und massenhaft Tabletten zu schlucken? Beides hatte Lea beobachtet, drei- oder viermal. Womöglich nahm er Drogen? Lea fand das nicht abwegig; jedenfalls erschien Benny Kanter morgens oft aschfahl und mit dunkel umrandeten Augen zum Frühstück.

»Irgendwie muss doch etwas über seine Vergangenheit rauszukriegen sein.« Ungnädig stieß Jette ihre Stiefelspitze in die Erde.

Eine Bewegung am Fuß des Baumstamms ließ die Mädchen herumfahren. Aus den Augenwinkeln nahmen sie etwas Schlängelndes mit Zickzackmuster wahr. Husch, war das Tier unter einem Holzstapel verschwunden.

»Eine Schlange! Bloß weg!« In fliegender Hast teilte Lea die Zweige und sprang auf den Weg, wo sie den Holzstoß argwöhnisch beäugte. »Das war garantiert die Kreuzotter, von der mein Vater uns vorhin erzählt hat. Bin nicht scharf darauf, eine Giftschlange zu treffen. Schließlich will ich morgen beim Friesenrennen mitmachen.«

Jette beeilte sich, hinter ihrer Freundin aus dem Gebüsch zu kriechen. »Und ich will das Shettyrennen gewinnen.«

Mit spitzen Fingern zupfte Lea Blätter aus ihren Haaren und musterte die Gegend, wo die Schlange verschwunden war. Eine plötzliche Windböe trieb Blätter gegen die Holzscheite. Vom Leuchtturm her zog eine violette Wolkenbank heran. Wetterwechsel? Besorgt betrachtete Lea den Himmel und auch ihr Vater warf einen Blick nach oben, bevor er sich den Kopf rieb und mit dem Wagen wegfuhr.

Schmuddelwetter konnten sie beim Reiterwettkampf so wenig gebrauchen wie Pferde mit Koliken. So überraschend, wie die Wolken gekommen waren, verzogen sie sich jedoch auch wieder.

Lea versetzte Jette einen Knuff. »Wir sollten lieber trainieren, anstatt uns über Benny Kanter den Kopf zu zerbrechen. Papa kennt ihn von früher und findet ihn okay. Er sagt, wir müssen akzeptieren, dass er nicht über sich reden will.«

»Du hast sie wohl nicht alle!« Entschlossen ballte Jette die Fäuste. »Sein Schweigen macht mich wahnsinnig. Ich finde schon heraus, was der Kanter früher gemacht hat.«

Lea lachte. Ihre Freundin hatte sich noch mehr in die Sache verbissen als sie und die anderen aus der Clique. Wenn Jette einer undurchsichtigen Geschichte auf der Spur war, verfolgte sie jede Fährte, nahm Witterung in alle Richtungen auf, bis der Fall geklärt war. Mit Begeisterung spielte Jette Detektiv. So hartnäckig, dass sie ihre Umgebung manchmal nervte.

Sie liefen am Garten entlang zum Stall. In der Vormittagssonne standen einige Pferde nebeneinander angebunden und dösten mit halb geschlossenen Augen. Lea steuerte den größten Friesen an.

»Magic!«

Der schwarze Wallach spitzte die Ohren und drehte ihr den Kopf zu. Lea strich Magic übers Maul und drückte ihr Gesicht in das warme Fell. »Bist du fit für morgen, Magic? Ich bin sicher, wir hängen alle ab!«

»Warum verrät dein Vater nicht, woher er Benny Kanter

kennt?«, bohrte Jette weiter. Jede Menge Möglichkeiten fielen ihr ein. War Kanter ein Tierarztkollege von Markus Eichhorn? Einer, der Mist gebaut hatte und seinen Beruf an den Nagel hängen musste? Oder ein Pferdebesitzer, der alle Pferde verloren hatte? Durch Seuchen? Diebstahl? Bei Unfällen? Vielleicht besaß Kanter früher ein Gestüt, das in Brand gesteckt worden war? Für seine Verbitterung und Unnahbarkeit musste es doch triftige Gründe geben.

Im Stall hörte man Schaufeln über Beton kreischen. Jette hielt sich die Ohren zu.

»Hört auf! Klara! Kim!«, schrie sie durch die offenen Fenster nach innen. »Soll mein Trommelfell platzen?«

Die Stalltür flog auf. Mit geschulterten Schaufeln und Mistforken erschienen Klara und Kim auf dem Hof.

»Wir schuften, um alle Boxen bis zum Schluss der Reitstunde sauber zu kriegen, und ihr macht dumme Sprüche«, beschwerte sich Leas Schwester Klara.

Kim nickte. »Stimmt, ihr hättet euch gern nützlich machen können.«

»Pah, haben wir ja.« Jette warf die Zöpfe zurück und sah Klara triumphierend an. »Wir haben Benny Kanter observiert.«

»Was?«

Jette benutzte gern die Sprache der Polizei, jeden Fachbegriff saugte sie aus Zeitungen oder Krimis auf.

»Wir haben ihn beschattet«, übersetzte sie geduldig. Jette war daran gewöhnt, nicht verstanden zu werden. »Ich dachte, unser neuer Reitlehrer steigt vielleicht aufs Pferd, wenn er sich von uns unbeobachtet fühlt. Aber nix.«

»Wisst ihr, was mir heute eingefallen ist?«, fragte Kim, während sie ihre Arbeitsgeräte gegen die Stallwand lehnte. »Vielleicht hat Benny Kanter ein Handicap und reitet deshalb nicht. Kaputtes Knie, künstliche Hüfte, was weiß ich. Eine Behinderung eben.«

Jette starrte ihre hoch aufgeschossene Freundin an. »Dazu ist er doch viel zu jung. Außerdem kann man auch mit kaputten Knien aufs Pferd.«

»Was du alles weißt«, murmelte Kim ironisch.

Klara lief am Stall entlang zu ihrer schwarzen Friesenstute Luna. Liebevoll schlang sie die Arme um ihren Hals. »Manche Pferdepfleger sind zwar begnadete Pferdeflüsterer, aber lausige Reiter«, warf Klara in die Debatte. »Vielleicht macht Kanter im Sattel eine schlechte Figur und er will sich vor uns nicht blamieren.«

»Wenn das so ist, soll er es gefälligst zugeben.« Jette kannte kein Erbarmen.

Inzwischen hatte Kim ihr Fahrrad geholt und wollte los. »Nach dem Mittagessen bin ich wieder da.« In einer plötzlichen Eingebung fragte sie beim Aufsteigen: »Was haltet ihr davon, wenn ich im Internet nach Benny Kanter suche? Große Chancen sehe ich zwar nicht, aber wenn er früher ein Gestüt hatte oder etwas Ähnliches, taucht er vielleicht auf. Wer weiß . . .«

»Genial, Kim!« Aufgekratzt lief Jette neben dem Fahrrad her und beschwor Kim, alle Suchmaschinen einzuschalten. »Dass wir nicht eher darauf gekommen sind! Übermorgen ist Kanter wieder weg und wir ärgern uns die Krätze, wenn er sein Geheimnis mitnimmt.«

Keuchend und schwatzend rannte Jette neben Kim her, erst am Seehundweg gab sie auf.

Kim Behrens schlug den kurzen Heimweg zur Ferienpension ihrer Mutter ein. Leise stellte sie das Rad vorm *Seehund* ab und schlich auf Socken am Frühstückszimmer vorbei in den Anbau, wo ihr Zimmer lag. Vorsichtig linste sie um die Ecke des Flurs. Alle Gäste waren ausgeflogen. Ohne ein verräterisches Geräusch zu machen, huschte Kim in ihr Zimmer und setzte sich vor den Computer. Auf keinen Fall wollte sie ihre Mutter auf sich aufmerksam machen. Garantiert hatte die eine lange Auftragsliste für ihre Tochter parat und darauf konnte Kim gut verzichten.

Die Suchmaschine fahndete nach dem Namen Benny Kanter. Magere Ausbeute. Die meisten Seiten kamen aus Amerika, nur zwei deutsche Seiten erschienen und nichts deutete auf ein Gestüt hin.

Kim lehnte sich zurück und ließ ihren Blick über die Weide vor dem Fenster wandern. War Benny eine Abkürzung?, grübelte sie. Und wenn, wofür? Benjamin? Natürlich. Kim hackte Benjamin Kanter in die Tasten. Das Ergebnis: ein Herzspezialist, ein Filmproduzent, ein Münzhändler. Lauter Nieten.

Gerade wollte Kim die Internet-Verbindung beenden, da fiel ihr noch eine Möglichkeit ein. Benny – vielleicht ein Kosename für Bernhard?

»Volltreffer«, murmelte Kim, als vier Seiten »Bernhard Kanter« angekündigt wurden. Aber dann kamen doch nur unwahrscheinliche Berufe: Schachmeister, Buchautor, Tischtennissportler, Immobilienmakler, Jongleur, Artist.

Kim hatte gehofft, den Namen eines Gestüts, eines Reiterhofs oder etwas Ähnliches zu finden. Aber nichts. Doch ganz zum Schluss, Kim wollte sich schon ausklicken, tauchte doch noch eine aufregende Zeile auf: Internationale Galopprennen. Nicht mehr als ein nackter Hinweis.

»Kim, kommst du zum Essen?« Die Stimme ihrer Mutter riss Kim aus den Gedanken. Bestimmt hatte sie ihr Fahrrad vor dem Haus erspäht. Ausgerechnet jetzt! Wo sie gerade eine heiße Spur gefunden hatte. Kim brannte darauf, die Fährte weiterzuverfolgen.

»Ich suche im Internet etwas für die Schule«, rief sie zurück. »Wartest du noch ein bisschen?«

Kim rief die Seite »Internationale Galopprennen« auf. Ungeduldig klickte sie sich durch Pferdewetten, Verkaufspferde, Rennergebnisse, Trainingsställe.

Plötzlich schlug Kims Herz schneller und sie beugte sich vor. Auf dem Bildschirm entfaltete sich eine winzig kleine gedruckte Liste mit dem Titel: »Jockeys mit Teilnahme an Rennen der letzten zehn Jahre.«

Benny Kanter – ein Jockey?

»Der ist doch kein Jockey«, murmelte sie ungläubig. Ein Jockey, der sich nie aufs Pferd setzte? Das gab es doch gar nicht. Eine andere Möglichkeit ging ihr durch den Kopf: Vielleicht ritt er selbst keine Rennpferde, sondern besaß welche? Mit heißem Gesicht studierte Kim die Auflistung. Und dann entdeckte sie unter unzähligen Jockeynamen, so klein, dass sie es fast übersehen hätte: Bernhard Kanter. Hamburg-Horn.

»Die Galopprennbahn in Hamburg-Horn«, wiederholte

Kim und lehnte sich andächtig zurück. Ein gewisser Bernhard Kanter – ihr Benny Kanter? – hatte irgendwann als Jockey am deutschen Derby in Hamburg teilgenommen. An diesem berühmten Galopprennen! Mit Spitzenjockeys, mit wertvollen Pferden und hohen Gewinnen. Leas Vater hat früher in Hamburg gearbeitet, überlegte Kim. Ob er den Jockey von daher kennt? Vorausgesetzt, es war überhaupt »ihrer«. Wozu aber die ganze Heimlichtuerei?

Erwartungsvoll suchte Kim nach mehr Informationen über Bernhard Kanter, nach seinem Spitznamen Benny, fand aber nichts. Doch Kim war nicht auf den Kopf gefallen und filzte die Sportseiten der Hamburger Tageszeitungen. Die neuen waren unergiebig, sie musste weit zurück, fast zehn Jahre, bis sie eine Meldung fand, die sie regelrecht elektrisierte. Drei dürre Sätze nur. Aber die hatten es in sich.

»Zu einem dramatischen Unfall kam es gestern auf der Horner Rennbahn. Der Vollblüter ›Taifun‹ überschlug sich in hohem Tempo und begrub seinen Jockey Bernhard Kanter unter sich. Der Jockey wurde mit schweren Kopf- und Beinverletzungen ins Unfallkrankenhaus Boberg gebracht, das Pferd musste auf der Rennbahn eingeschläfert werden.«

Erschüttert las Kim die Zeilen zum zweiten Mal und noch einmal, bis ihre Mutter sie ungeduldig in die Küche rief.

»Ich komme.«

Mit schweren Beinen stand Kim auf. Sinnlos, sich an den Tisch zu setzen. Ihr war der Appetit vergangen. Heute bekam sie bestimmt keinen Bissen herunter.

2. Kapitel
Blei in den Hufen

Mit einem Ruck riss Kim eine Stunde später die Küchentür vom Friesenhof auf.

»Haltet euch fest!«, schrie sie ihren Joghurt löffelnden Freundinnen entgegen und ließ sich neben Lea, Jette und Klara auf die Bank fallen. Kim schnappte nach Luft. In neuer Rekordzeit war sie mit dem Rad vom *Seehund* zum Friesenhof geprescht. Atemlos stieß sie hervor: »Benny Kanter ist Jockey.«

Ihre Nachricht schlug ein wie eine Bombe!

Als hätte Kim auf einen Knopf gedrückt, redeten alle plötzlich aufgeregt durcheinander. Kim musste alle Einzelheiten aus dem Internet berichten. Ein Hammer! Und sie hatten nichts bemerkt. Konnte dieser Spitzenreiter wirklich ihr Benny Kanter sein? Je mehr sie überlegten und abwägten, umso besser passte alles zusammen: seine zierliche Figur, seine Größe, das Fliegengewicht, sein professioneller Umgang mit Pferden.

»Ich muss ihn mir ansehen!«, sagte Kim schließlich. »Nichts wie raus.«

Die vier Mädchen rannten vor die Haustür, um den Reitlehrer näher in Augenschein zu nehmen. Von der Treppe aus starrten sie zu Benny Kanter hinüber, der damit beschäftigt war, ganz unspektakulär Strohreste vom Hof zu fegen. Einen Katzensprung von ihm entfernt, amüsierte sich eine lärmende Horde Reiterkinder vor dem Stall.

»Das glaubt mir keiner«, wiederholte Jette zum zehnten Mal und schüttelte fassungslos den Kopf. »Ich hatte Reitunterricht bei einem leibhaftigen Jockey, der das Derby mitgeritten ist. Ein berühmter Rennreiter auf dem Friesenhof. Wenn ich das in der Schule erzähle – Wahnsinn.«

Klara bremste Jettes Begeisterung. »Nun mal langsam. Bis jetzt ist es nur eine Vermutung. So selten ist der Name Kanter nicht.«

Aber davon wollte Jette nichts hören. Sie war schon wieder einen Schritt weiter. »Ich weiß, wie wir das überprüfen können«, stellte sie sachlich fest. »Wenn er schwere Beinverletzungen hatte, müssen Narben zu sehen sein, und danach suchen wir.«

Demonstrativ tippte Lea sich gegen die Stirn. »Willst du ihm etwa die Hosenbeine hochziehen?«

»Natürlich nicht. Wir bringen ihn dazu, es selber zu tun.«

»Nichts leichter als das«, sagte Klara trocken.

Selbstbewusst winkte Jette ab. »Lasst mich nur machen. Hauptsache, ihr beobachtet ihn ständig. Mir nach.«

Sie liefen durch den Garten zum Stall und während Lea, Klara und Kim sich in der Nähe von Benny Kanter auf dem Hof herumdrückten und Satteldecken ausbürsteten, machte Jette sich zehn Meter entfernt an das Waschen von Gurtschonern.

Plötzlich riss Jette die Arme hoch und schrie gellend auf. »Achtung, Herr Kanter! Eine Schlange! In Ihrem Hosenbein ist eine Schlange verschwunden.«

Aufgeschreckt von Jettes Geschrei, schoss die Reiterhorde vor dem Stall auseinander. Kreischend sprangen zwei Kinder auf die Bank.

Kanter ließ den Besen fallen, als hätte er sich die Hände verbrannt, und riss die Jeansbeine bis zu den Knien hoch. Hektisch schlug er mit den Händen um sich, aber natürlich fand er keine Schlange. Nach der ersten Schrecksekunde strich er die Hosenbeine ärgerlich herunter.

»Willst du mich veralbern?«, rief er Jette zu.

Jette hob die Schultern und lief zu ihm herüber. »Tut mir leid. Sah wirklich so aus. Sie wissen doch, hier leben giftige Kreuzottern. War wohl der Schatten Ihres Besenstiels«, fügte sie in einem plötzlichen Geistesblitz hinzu. Puh, gerade noch die Kurve gekriegt.

»Na ja.« Etwas knurrig stellte Benny Kanter den Besen beiseite. Er war fertig mit der Arbeit und ging zum Traktor, um Markus Eichhorn zu helfen.

Betont unauffällig schlenderte Jette zu ihren Freundinnen, die aufgeregt winkten. Lea vergewisserte sich mit einem Blick über die Schultern, dass die Kinder vor dem Stall nichts aufschnappten, bevor die vier ihre Köpfe zusammensteckten.

»Narben an beiden Beinen«, sagte Lea durch die Zähne. »Du hast recht gehabt, Jette. Es muss der Jockey aus dem Internet sein.«

Nach erregter Diskussion im Flüsterton beschlossen sie, Benny Kanter nach dem Unfall zu fragen, ganz direkt. Aber erst abends, wenn die anderen Helfer sich verzogen hatten. In den folgenden Stunden fetteten sie Sättel ein und sortierten Startnummern für den nächsten Tag. Keine von ihnen war richtig bei der Sache, alle Gedanken kreisten um den geheimnisvollen Reitlehrer. Das Wetter wechselte andauernd, zwischen aufblitzender Sonne jagten ausgefranste Regenwolken über den Himmel, Windböen trieben Sandschleier vor sich her.

Als es dämmerte, kehrte endlich Ruhe ein und die kleine Truppe machte sich zum Stall auf, in dem Benny Kanter für den Abendstalldienst verschwunden war. Die Pferde blieben auf der Koppel, solange in den Boxen Heu und Stroh für die Nacht verteilt wurde.

Vor der Tür verharrten die Mädchen und drückten sich fest die Hände. Was waren sie gespannt! Gleich würden sie das Rätsel des Reitlehrers lösen! Leise murmelte Kim die entscheidende Frage vor sich hin, während sie versuchte, ihre Magenkrämpfe zu mildern, indem sie die Hände fest auf den Bauch presste. Kim war es nämlich, die Benny Kanter auf den Unfall ansprechen sollte. Das hatten sie vorhin beschlossen. Besser gesagt: Jette, Lea und Klara waren dafür. Kim selber hätte liebend gern darauf verzichtet.

»Es geht los«, flüsterte Kim und öffnete die angelehnte Tür.

Feierliche Abendstimmung lag über der Stallgasse, als sie

zögernd eintrat. Es duftete nach frischem Heu und Seewind. Kim bedeutete den anderen, draußen hinter der Eingangstür zu warten. Violettes Licht rieselte weich durch die Fenster und überflutete die Stallgasse. Wetterwechsel kündigten sich hier an der See oft durch prächtige Farbenspiele an. Bei Magics Box stand die Tür offen. Drinnen war Benny Kanter damit beschäftigt, frisches Stroh einzustreuen. Mit einem gewinnenden Lächeln machte sich Kim an ihn heran.

»Herr Kanter?«

»Hm?«

Ohne sich umzudrehen, fuhr der Mann mit der Arbeit fort und wandte ihr dabei den Rücken zu. Kim fühlte sich unwohl in ihrer Haut. Äußerst unwohl. Wenn einer wusste, was das Wort ›wortkarg‹ bedeutete, dann sie. Genau wie Benny Kanter redete Kim nicht gern über sich. Und ausgerechnet sie wollte diesem Mann auf die Pelle rücken. Dazu in einer so brisanten Mission. Was, wenn er sie hinauswarf? Hilfe suchend blickte sie zur Stalltür, hinter der ihre Freundinnen hervorlugten. Lea machte eine fordernde Handbewegung.

Jetzt oder nie. Entschlossen räusperte sich Kim und holte Luft, dann stieß sie hervor: »Hatten Sie vor zehn Jahren in Hamburg einen Rennunfall, bei dem Sie schwer verletzt wurden? Das Pferd hieß Taifun und musste eingeschläfert werden. Stand im Internet.«

Jetzt war es heraus!

Mit klopfendem Herzen starrte Kim auf seinen Rücken. In den nächsten Sekunden hätte man im Stall ein Haferkorn fallen hören. Benny Kanter stand noch immer über die Einstreu gebeugt. Langsam drehte er sich um und musterte das Mädchen mit einem unergründlichen Blick.

Kim fühlte sich schrecklich unbehaglich. Ihr Gesicht lief feuerrot an. Wie sie sich schämte! Verlegen senkte sie den Blick und linste zu Benny Kanter hinüber, der sich auf einen Strohballen fallen ließ und den Kopf in die Hände stützte. Nach einer Weile sagte er in die Stille: »Jetzt kapiere ich das Spielchen mit der Kreuzotter. Es ging euch um meine Beine. Ihr wolltet Narben sehen!«

Kim wurde abwechselnd kalt und warm. Warum hatte sie sich bloß darauf eingelassen? Die ganze Sache war ihr plötzlich nur noch peinlich. Ein Mauseloch, wo war ein Mauseloch?

»Ich hätte gern einen Schlussstrich unter alles gezogen«, hörte sie Benny Kanter sagen. »Es geht mir gar nicht um Geheimniskrämerei.« Er machte eine Pause. »Aber es reißt alte Wunden auf, darüber zu sprechen.« Er blickte Kim geradeheraus an. »Du hast also regelrecht nach mir gefahndet? Ja, das Internet ist gnadenlos. Alles wird gespeichert und hervorgezerrt.«

Kim geriet ins Stottern, verlegen knetete sie die Hände und linste zum Eingang. Na endlich! Lea, Klara und Jette gaben ihre Deckung auf und liefen herbei.

»Wir alle wollten wissen, wer Sie sind, Herr Kanter«, sagte Lea rasch, um Kim nicht noch ärger in Bedrängnis zu bringen.

Forschend glitt sein Blick in die Runde. Seine Augen waren dunkel geworden. »Wenn ihr schon alles wisst – was soll ich noch sagen? Ja, ich bin Jockey. Besser: Ich *war* Jockey. Nach dem Unfall bin ich raus aus dem Geschäft. Das war's.«

Das war alles? Enttäuscht starrten die vier ihn an. Warum erzählte er keine Einzelheiten? Auf Leas vorsichtige Frage nach seinen Verletzungen machte Benny Kanter eine wegwerfende Handbewegung.

»Und das Pferd? Taifun?«

Kim hatte den richtigen Riecher. Sich selbst nahm Benny Kanter nicht wichtig, aber wenn es um Pferde ging, brachte man ihn zum Reden.

Ein Schatten der Erinnerung glitt über sein Gesicht. Dachte er an Taifun? An die schönen Zeiten mit ihm? Seine Augen leuchteten, als der Jockey anfing, von dem Vollblüter zu sprechen. Noch zehn Jahre nach dem verhängnisvollen Renntag geriet er ins Schwärmen.

»Taifun war ein Spitzenpferd. Der geborene Gewinner. Einen unglaublichen Siegeswillen hatte der. Renninstinkt.« Die aufflackernde Begeisterung verlosch und Benny Kanter strich sich durch die dunkle Lockenfülle. »Vorbei.«

Er verstummte. Die Mädchen hatten sich zu seinen Füßen ins Stroh gehockt und tauschten verstohlen Blicke. Sollten sie bleiben oder gehen, nachdem er keine Anstalten machte, mehr zu berichten?

Es war schließlich Kim, die Benny Kanter mit ihrer besonderen Art zum Weiterreden brachte. Sie begann, von ihrem eigenen Unfall zu erzählen. Als sie verbotenerweise ein Moped ausprobierte und wie sie danach monatelang Angst vor jeder Kurve hatte. Wie sie das Gefühl der Unbeschwertheit verlor, sogar beim Radfahren. »Ich kann mir vorstellen«, sagte sie, »dass man nach einem Sturz vom Pferd total blockiert beim Reiten ist, oder?«

Der Jockey äußerte sich nicht. Unentschlossen blieben die Mädchen im Stroh sitzen und berieten flüsternd, ob sie abziehen sollten. Umso erstaunter waren sie, als er sich ihnen wieder zuwandte. Ein vorsichtiges Gespräch kam zustande und nach einiger Zeit taute Benny Kanter auf.

Es nahm ihn sichtlich mit, als er erzählte, wie schwer es ist, nach einem schlimmen Rennunfall wieder Anschluss zu finden. »Wenn du ein halbes Jahr ausfällst und dann wieder starten kannst, ist dein Platz längst von einem anderen Jockey besetzt. Geht ja gar nicht anders, das Training ist teuer, die Pferde müssen laufen.«

Atemlos lauschten die Mädchen; sie stellten kaum Fragen, um ihn nicht zu unterbrechen. Sie hatten das Gefühl, Benny Kanter war froh, endlich das Schweigen zu brechen, denn er sprach immer offener. Erzählte von zwielichtigen Gestalten, die Rennen beeinflussen wollen, um riesige Wettgewinne einzustreichen. Von dreisten Bestechungsversuchen auf der Rennbahn.

»Als Jockey musst du dich nicht selten gegen unerlaubte Angebote wehren«, sagte Benny Kanter. »Wenn du nicht mitmachst, landest du schnell im Aus.« Er machte eine Pause und setzte hinzu: »Manchmal auch im Krankenhaus.«

Ein furchtbarer Verdacht keimte in Jette auf.

»Sie meinen – Ihr Unfall war gar keiner? Sondern . . .«, sie stockte, weil sie erst beim Sprechen das Ungeheuerliche begriff. »Jemand wollte Sie ausschalten?«

Mit schmalen Lippen lächelte Kanter. »So ähnlich ist es.

Man wollte mir einen Denkzettel verpassen! Weil ich mich schon mehrfach geweigert hatte, Taifun in anderen Rennen zurückzuhalten. Bewusst zurückzuhalten. Garantiert hätte er auch in Hamburg gewonnen. Taifun war der Favorit.«

Verständnislos sah Kim ihn an.

»Aber jeder will doch, dass sein Pferd siegt. Bei den hohen Gewinnen! Und ein Siegerhengst steigt im Wert.«

Kanter nickte bitter. »Stimmt eigentlich. Aber da gibt es auch die Wettmafia. Wenn ein Favorit siegt, setzen alle auf ihn und man kassiert nicht viel. Siegt aber ein Außenseiter, fallen die Gewinne riesig aus. Einige Verbrecher tun alles, damit das Spitzenpferd auf keinen Fall als erstes durchs Ziel geht.«

Er kniff die Augen zusammen. Sein schmales Gesicht war angespannt, schmerzhafte Erinnerungen holten ihn ein. Dann begann Benny Kanter, leise von seinem letzten Rennen zu erzählen, und bald schien es den Mädchen, als seien sie mittendrin im Geschehen. Sie sahen alles vor sich: Nervös tänzelten die hoch sensiblen Vollblüter im Führring, von der Bahn dröhnte das dumpfe Trommeln wirbelnder Hufe. Da war der erdige Geruch der Rennbahn, der warme Duft dampfender Pferdekörper . . .

»Ich galt als hoffnungsvoller Nachwuchs in der Szene. Auch wenn sich das jetzt überheblich anhört, so war es. Ich ritt die besten Pferde, aber damit erntet man nicht nur Bewunderung, sondern auch Neid und Missgunst.

Am Morgen des Derbys fing mich ein Unbekannter vor den Umkleideräumen der Jockeys ab, zog unauffällig einige Geldscheine hervor und flüsterte: ›Im sechsten Rennen hat Taifun Blei an den Hufen.‹ Das ist die übliche Formulierung, wenn man sein Pferd zurückhalten soll. Aber ich schob ihn weg und würdigte ihn keines Blickes. Ich war fest entschlossen, mit Taifun das große Rennen zu gewinnen, und alles sprach dafür.

Der Tag war ideal. Sonnig, aber nicht heiß, kein Wind, kein Regen, der Boden nicht zu tief. Ich ging mit verschiedenen Pferden in mehreren Rennen an den Start. Nur weil mein Arbeitstag so voll gepackt war, unterlief mir ein verhängnisvoller Fehler: Ich übernahm Taifun bandagiert. Normalerweise legte ich die Bandagen an den Beinen selber an, um auf Nummer sicher zu gehen. Aber am Derbytag hielt man mich mehrfach auf – ganz gezielt, wie ich vermute – und ich stieg ahnungslos auf das gesattelte Pferd. Meine Gutgläubigkeit endete in einer Katastrophe.

Taifun begann großartig, er war locker und voller Vorwärtsdrang. Zuerst ritt ich ohne Probleme, doch dann im gestreckten Galopp nahm die Tragödie ihren Lauf. Bei hohem Tempo lösten sich die Bandagen. Taifun strauchelte, konnte seine Beine nicht mehr sortieren, hing in den Bändern fest und ging schwer zu Boden. Kopfüber stürzte ich herunter und Taifun begrub mich unter sich. Ich spürte einen heftigen Schlag am Kopf und dachte nur: Das ist das Ende.

Erst zwei Monate später erwachte ich aus dem Koma. Man hatte mich bewusstlos ins Krankenhaus geschafft. Ich hing an Schläuchen und Kabeln und kehrte erst allmählich wieder ins Leben zurück. Schädelbruch, das linke Bein zertrümmert, Wirbel gebrochen.«

Er fasste sich an den Rücken. »Meine Wirbelsäule wird seit dem Unfall von einer Metallplatte zusammengehalten. Ein Wunder, dass ich überlebt hatte.«

Benny Kanter beendete seinen Bericht und breitete mit schiefem Grinsen die Arme aus, als er in die erschreckten Gesichter sah. »Wenn eine halbe Tonne Pferd auf dir liegt, bleibt das nicht ohne Folgen. Ich bin lange an Krücken herumgehumpelt. Die Muskeln waren weg. Nur noch Pudding in den Beinen.«

Zögernd wandte Klara ein: »Papa sagt immer, nach einem Sturz muss man sofort wieder aufs Pferd, weil man sonst Angst fürs Leben kriegt.«

Irgendwie kam ihr der Einwand jedoch fehl am Platz vor bei Kanters schrecklichen Verletzungen.

Benny Kanter legte ihr die Hand auf die Schulter. »Ach Mädchen. Nach so einem Sturz auf Leben und Tod denkt man plötzlich anders. Außerdem . . .«, er zog einen energischen Strich durch die Luft, »außerdem saß ich ein Jahr im Rollstuhl, keine Chance, in den Sattel zu kommen. Damals habe ich mir geschworen: Falls ich je wieder aus dem Rollstuhl komme, steige ich nie mehr aufs Pferd. Nein, ich will das Schicksal kein zweites Mal herausfordern. Schlimm genug, dass ich seit dem Schädelbruch starke Tabletten nehmen muss und nachts nicht mehr schlafen kann.«

Er verzog das Gesicht. »Bei jedem Wetterwechsel dröhnt in meinem Kopf ein Presslufthammer. Heute zum Beispiel.«

Die Mädchen tauschten Blicke. Deshalb geisterte er nachts auf dem Hof herum und stopfte sich mit Tabletten voll.

»Wie hat man den Täter überführt?« Jettes kriminalistischer Spürsinn war noch nicht befriedigt.

Kanter zuckte die Schultern. »Gar nicht. Der hat sich selber gemeldet. Aber erst acht Jahre später. Ein Pferdepfleger, Lungenkrebs im Endstadium. Er wollte die Schuld nicht mit ins Grab nehmen. Kurz vor seinem Tod hat der Mann die Sabotage gestanden. Man hatte ihm Geld gegeben, damit er Taifuns Bandagen lockerte.«

»Darüber habe ich aber nichts im Internet gefunden«, wunderte Kim sich. »Auch nicht in den Zeitungen.«

Kanter lachte bitter auf. »Solche Sachen werden unter der Decke gehalten. Das geht selten an die Öffentlichkeit. Verschreckt nur die Zuschauer und hält Wettlustige ab.« Er schlug sich mit den Händen auf die Knie und stand auf, um seine Arbeit zu beenden.

»Können wir Ihnen im Stall helfen? Schließlich haben wir Sie aufgehalten«, bot Jette nicht ganz uneigennützig an, sondern in der Hoffnung, noch mehr herauszufinden. »Jockey ist doch eigentlich ein Traumberuf, Herr Kanter?«

»Für mich war es das immer. Aber du musst hart sein.«

Jette griff nach einem Schwamm und wischte Magics Tränke aus. »Was ist denn so schwierig?«

»Du bist kein Freizeitreiter«, entgegnete Benny Kanter, »sondern Hochleistungssportler. Du brauchst extreme Nervenstärke, Durchhaltevermögen. Musst ständig topfit sein. Auf vieles verzichten.« Er klopfte auf den flachen Bauch. »Ein ewiger Kampf mit dem Gewicht. Gut 50 Kilo, viel mehr geht nicht.«

Lachend mischte Klara sich ein. »Nix für mich. Wo ich so gern Eis esse.«

»Was ist denn das Schwerste auf der Rennbahn?«, wollte Lea wissen.

Benny Kanter nahm sich die Boxen der Shettys vor. »Seejagdrennen. Eine irre Herausforderung. Im Renntempo musst du Seen durchqueren, über Hecken und Büsche springen.«

Die nächste Heuration landete vor den Futterkrippen der Fjordpferde. »Hindernisjockeys nennt man diese Rennreiter. Man sagt . . .« Benny Kanter machte eine Pause und lächelte in sich hinein. »Man sagt, das sind die furchtlosesten Menschen, die es gibt.«

»Und – stimmt das?«, fragte Jette.

Er hob die Schultern. »Hm, ja, das gilt eigentlich für alle Jockeys. Bis zu dem Unfall kannte ich auch keine Angst . . . ach, lassen wir das. Reden wir lieber von den Pferden. Die sind eine Klasse für sich. Mutig, klug. Bis sie beim Seejagdrennen starten können, das dauert. Viel Training ist nötig.«

Man merkte ihm an, Benny Kanter hatte Heimweh nach der Rennbahn, Sehnsucht nach schnellen Pferden. Und doch wusste er genau, das Thema Galopprennen war für ihn gestorben, ein für alle Mal. Wehmütig schaute er aus dem Stallfenster zum Leuchtturm. »Bin gespannt, welche Pferde morgen am Strand dabei sind.«

Lea kramte in ihrer Hosentasche und holte ein zerknülltes Blatt Papier mit hingekritzelten Startzeiten hervor. »Sieben Pferde von uns machen mit.« Sie las vor: »Magic,

Luna und Friso starten bei den Friesen. Rambo und Zorro bei den Shettys. Ibsen und Joker bei den großen Ponys.«

Kanter lächelte. »Ich denke, ihr habt gute Chancen. Aber ich meinte die Vollblüter. Du weißt doch, das letzte Rennen ist für Rennpferde reserviert.« Er griff zur Heugabel. »Dein Vater sagte, es kommen erfahrene Galopper, sieben oder acht Jahre alt. Die haben ihre große Zeit zwar hinter sich, aber stark sind die immer noch.«

Kim betrachtete Benny Kanter mit schief gelegtem Kopf. »Kribbelt es Ihnen nicht in den Beinen, auf ein Rennpferd zu springen und mitzumachen?«

Der Jockey stieß einen Seufzer aus. »Ehrlich gesagt, ja. Den Rennbahn-Bazillus wird man sein Leben lang nicht los. Aber mein Verstand sagt mir: Nie wieder aufs Pferd.«

Mit der Heugabel drosch Benny Kanter auf die Einstreu ein, als müsse er jeden aufkeimenden Zweifel zerschlagen. »Und daran halte ich mich zum Teufel noch mal!«

3. Kapitel
Schlechte Karten bei Westwind

Sonntagmorgen erwachte Lea von einem leisen Trommeln gegen ihr Dachfenster.

»Oh nein!«

Mit einem Aufstöhnen schoss sie im Bett hoch und drückte sich das Kopfkissen auf die Ohren. Regen! Warum ausgerechnet heute! Wütend pfefferte sie das Kopfkissen in eine Zimmerecke, setzte sich auf die Bettkante und lauschte nach draußen. Jaulend fegte der Wind durch die Regenrinne, die Kronen der Bäume rauschten mächtig, über den Hof schepperten ein paar vergessene Dosen.

Leas Laune sank auf den Nullpunkt. Bei Regen und Westwind konnten sie das Wettrennen vergessen. Westwind trieb selbst bei Ebbe ständig Meerwasser an Land, nicht viel, aber es genügte, um im Sand Löcher auszuwaschen, die den Strand in eine gefährliche Stolperstrecke verwandelten. Denkbar ungünstig für ein Pferderennen. Bei solchen Bedingungen gab ihr Vater niemals die Starterlaubnis.

Auf dem Flur polterten Stiefel, kurz darauf wurde Leas Zimmertür aufgerissen.

»Und für diesen Tag trainieren wir nun seit Wochen«, sagte Klara bitter und knallte ihren Reithelm auf Leas Daunendecke. Sie stand fix und fertig in Reithose, Bluse und Weste vor dem Bett, in der Hand hielt sie eine wasserdichte Regenhose, die sie auf einem Bein hüpfend über die Turniersachen zerrte.

»Aber es gibt einen Hoffnungsschimmer«, fuhr sie fort, während sie mit den Hosenbeinen kämpfte. »Papa hat beim Wetterdienst angerufen. Nachmittags wird es angeblich besser.«

Der erste Start war für zwölf Uhr geplant. Die Zeitspanne für die gesamte Veranstaltung war kurz, denn die fünf Rennen konnten nur bei Ebbe abgehalten werden. Bevor die Flut auflief, kurz nach 17 Uhr, musste das letzte Pferd längst die Ziellinie überquert haben.

Leas Stimmung besserte sich minimal. »Meinst du? Haben wir Westwind?«

Kopfschüttelnd schloss Klara die Klettverschlüsse an der Hose. »Nein, Südwind. Also wenigstens keine Wasserpfützen im Sand.«

Schon war sie wieder an der Tür. »Ich fahre mit Papa zum Strand, um die Lage zu checken. Außerdem will er noch die Pfähle setzen, Herr Kanter kommt auch mit. Unser berühmter Jockey . . .«

»Benny Kanter . . .«, sinnierte Lea und dachte an den gestrigen Abend. »Entsetzlich, was er über seinen Reitunfall erzählt hat. Ob er jemals wieder reitet?«

»Kann ich mir nicht vorstellen. So schlimm, wie es den erwischt hat.« Klara schüttelte den Kopf. »Er sagte doch, er ist total blockiert. Nein, unser Jockey wird nie wieder aufs Pferd steigen.«

Keine der Schwestern ahnte, dass sie ein paar Stunden später an dieses Gespräch denken würden. In einer Lage, die Lea und Klara sich im Moment unmöglich ausmalen konnten . . .

Draußen spielte das Wetter nicht ganz so verrückt, wie Klara befürchtet hatte. Die Regentropfen hörten sich auf den schrägen Dachfenstern dramatischer an, als sie in Wirklichkeit waren.

Mit dem Trecker und einem Anhänger voller Elektro- und Flatterbänder, Pfähle und Werkzeug rumpelte die Friesenhof-Mannschaft über den Steg, der durch nasse Salzwiesen ans Meer führte. Knarzend ächzte das Holz unter dem Gewicht. Wind strich durch Grasbüschel, drückte sie flach und richtete sie wieder auf. Austernfischer stießen mit ihren langen Schnäbeln nach fressbarem Getier.

Als sie den Sand erreichten, machte Markus Eichhorn ein paar Witze und Klara nutzte die entspannte Stimmung, um zu gestehen, dass sie Benny Kanters Rätsel mit List und Tücke gelöst hatten. Aber das wusste ihr Vater bereits vom Jockey selber.

Sie umrundeten den Wachturm der Deutschen Lebens-Rettungs-Gesellschaft und einige Strandkörbe, dann begann der feste Strandabschnitt. Auf halber Strecke zuckelten sie an zwei nassen grauen Festzelten vorbei, aus denen Gläserklirren und Geschirrklappern nach draußen drang. Vor der Erste-Hilfe-Station glänzte ein roter Rettungswagen im Regen. Daneben kämpfte Bäcker Sören Sörensen mit seinem fahrbaren Waffelstand, die Räder ließen sich im nassen Sand schlecht in Stellung bringen.

Sofort sprang Benny Kanter vom Trecker und mit vereinten Kräften stand der gelbe Wagen schließlich neben dem Rotkreuzwagen. Markus Eichhorn nutzte den Stopp, um sich Kopfschmerztabletten von den Sanitätern zu holen. Im Wettkampfstress hatte er sich keinen Nachschub besorgt.

Klara hielt einen Klönschnack mit Sören Sörensen, der ihr schmunzelnd ein halbes Dutzend Beutel mit Pferdebonbons zeigte. »Wie du siehst, habe ich an die Pferde gedacht. Jede Menge Leckerli.«

Klara lachte und wischte sich den Regen vom Gesicht. »Astrein, Herr Sörensen.« Augenzwinkernd stieg sie zurück auf den Trecker. »Hoffentlich fällt unser Rennen nicht ins Wasser und es gibt ausschließlich Leckerli – und keine Pokale.«

Unten an der Brandung warteten drei Traktoren mit Anhängern, von denen Arbeitsmaterial abgeladen wurde. Ein Geländewagen pflügte durch den tiefen Sand und arbeitete sich zu den Helfern vor. Wie schwarze Schattenrisse bewegten sich mehr als 20 Menschen über den Strand verteilt und rammten Pflöcke in den Boden. Ihre Köpfe verschwanden unter hochgezogenen Kapuzen und die steifen Regenjacken knarrten laut im Wind. Man hörte es hoch bis zu den Festzelten.

Das Meer wich zurück, allmählich begann die Ebbe. Die breite Sandbank in der Ferne, der Obere Hörnsand, lag schon trocken und leuchtete inmitten des Regengraus. In der Luft lag der modrige Geruch von Algen. Wenn Klara sich über die Lippen leckte, schmeckten sie nach Salz.

Mit gedrosseltem Tempo hielt Markus Eichhorn auf die Treckergruppe zu. Nachdem er mit den Männern die Strecke besprochen hatte, grub er Löcher für die Eckpfosten und trieb sie mit Benny Kanters Hilfe in die Erde. Kreischend stoben Seevögel aus dem Watt, Möwen, Austernfischer und Säbelschnäbler, die sich bei der Futtersuche gestört fühlten.

Es gab eine kurze Diskussion, ob ein Abreiteplatz benötigt wurde. Viele Pferde waren ohnehin schon locker, da sie zum Strand geritten wurden. Aber die Vierbeiner, die mit Hängern gebracht wurden, brauchten eine Möglichkeit, sich vor dem Rennen die Beine zu vertreten, darum sollte ein Reitplatz abgesteckt werden.

Da sich das Wetter verschlechterte, arbeitete jeder mit dem Rücken zum Wind. Jedes Mal, wenn man sich umdrehte, schlug einem Regen ins Gesicht und drang in Ärmel und Jacken. Weil Klara es übernommen hatte, den Elektrozaun um den Platz zu ziehen, blieb ihr nichts anderes übrig, als ab und zu gegen den Wind zu hantieren. Ihre schöne weiße Bluse! Der Kragen triefte vor Nässe und hing lappig herab.

»Du musst dich komplett umziehen«, stellte Benny Kanter mit einem Blick auf Klara fest, während er rot-weißes Flatterband als Absperrung an die Pfosten knotete. »Warum hast du bloß deine Reitsachen schon zum Arbeiten angezogen?«

»Damit es nachher schneller geht«, murmelte Klara. Aber das war nur die halbe Wahrheit. In Wirklichkeit war der Grund hellblond, groß, 17 Jahre und hieß Niels Ingwersen. Niels fand Klara in Reitsachen umwerfend schick und sie nutzte jede Chance, ihn zu beeindrucken. Klara hoffte, Niels zu treffen. Der Rettungsschwimmer war oft frühmorgens am Strand zu finden, lange vor Beginn seiner Wache. Insgeheim hatte Klara sich ausgemalt, nach der Arbeit mit Niels im Zelt zusammenzusitzen und ihm tief in die Augen zu blicken. Natürlich in ihrem Reiterdress und ohne Regensachen. Aber so . . .

Klara seufzte, während sie sich mit dem nassen Ärmel übers nasse Gesicht fuhr. Als Regenmonster würde Niels sie wohl kaum aufregend finden.

Niels tauchte erst auf, als Klara einige Zeit später durchnässt wieder auf dem Trecker saß und Richtung Friesenhof aufbrach. Der hochgeschossene Junge stand am Geländer des DLRG-Turms und als er Klara von Weitem erkannte, sauste er in den Innenraum und holte ein Megafon heraus.

»Überraschung!«, tönte seine Stimme von der Treppe. »Ich habe Strandaufsicht für euer Pferderennen!«

Da war der Tag für Klara gerettet und als sie mittags um halb zwölf – begleitet von pferdebegeisterten Zuschauern – zum Strand ritt, wartete Niels im Neoprenanzug schon am Ende des Stegs.

4. Kapitel
Das Rennen

Es herrschte totale Ebbe. Die Nordsee hatte sich zurückgezogen und endloses leeres Wattengebiet hinterlassen. Bis zum Horizont erstreckte sich der wellige Meeresboden, rippeliger Boden, wie man an der Küste sagte. Unzählige Algenbüschel färbten ihn grünlich glänzend. Nur der Obere Hörnsand stach als gelbe Sandbank heraus.

Die sieben Mann starke Reitergruppe des Friesenhofs wurde von Klara angeführt, wobei sie ihre liebe Mühe hatte, vorwärts zu kommen, denn fast 30 Fans in Regenjacken kreisten die Pferde aufgeregt schwatzend ein.

Klara beugte sich aus dem Sattel zu Niels herab, der kurze Funksprüche mit dem DLRG-Turm wechselte, auf dem sein Freund Lukas und Wachleiter Peter Jung Aufsicht führten.

»Was sagt der Wetterbericht?«, fragte Klara. »Glaubst du, wir schaffen alle Rennen bis zum Hochwasser?«

Niels wiegte den Kopf und zog seine durchnässte Baseballkappe tiefer in die Stirn. »Angeblich bessert sich die Lage, aber es wird ziemlich knapp mit eurem Wettkampf.«

In gut fünf Stunden würde der Meeresboden, der jetzt friedlich vor ihnen lag, nicht mehr zu sehen sein. Pünktlich auf die Minute kam die Flut jeden Tag zurück. Hinterm Horizont lauerte das Meer wie ein schlafendes Raubtier. Gnadenlos verschlang das Hochwasser alles, was sich in den Weg stellte, und begrub es unter sich.

»Nordsee ist Mordsee«, diesen Spruch lernen Küstenkinder, bevor sie Mama und Papa sagen können. Gegen die herandonnernde Brandung ist auch der beste Schwimmer machtlos.

Am Start herrschte freudig aufgeregtes Chaos und großes Hallo, als Klara mit ihrem Tross eintraf. Scherze flogen hin und her, die meisten Reiter kamen aus der Umgebung von Westerbüll und kannten sich. Um diesen privaten Wettkampf vorzubereiten, hatte Markus Eichhorn viel Zeit investiert, was ihm die Reiter hoch anrechneten.

Trotz der brodelnden Geschäftigkeit am Strand hatten er und Benny Kanter alles im Griff und nach der Begrüßung wiesen sie den 42 Teilnehmern ihre Warteplätze zu. Unterdessen kümmerte sich Meike Eichhorn, Leas und Klaras Mutter, um die Reiter der Nachbarvereine und beruhigte die aufgeregten Eltern.

Bevor sich die Reiter verteilten, gab Markus Eichhorn die Startfolge bekannt.

»Zuerst starten die Shettys über eine Distanz von 400 Metern. Im zweiten Rennen folgen große Ponys über 1400 Meter, dann Warmblutpferde ebenfalls über 1400 Meter. Friesen laufen getrennt von den Warmblütern, sie starten im vierten Rennen über 800 Meter.«

Einer rief dazwischen: »Warum nur 800 Meter?«

Markus Eichhorn zeigte auf den Untergrund.

»Mehr können wir den schweren Friesen nicht zumuten. Der Boden ist anstrengend.«

Sein Blick glitt über die annähernd 200 Besucher, die in Regenkleidung unter hochgezogenen Kapuzen Wind und Wetter trotzten. Nordsee-Urlauber waren hart im Nehmen. Egal, wie sehr es draußen pfiff und schüttete, sie gingen ans Meer. Herr Eichhorn fuhr fort: »Zum Abschluss wartet noch ein besonderer Augenschmaus auf Sie. Ein Galopprennen mit acht Rennpferden. 1800 Meter. Drüben im Watt ist dafür ein Platz abgesteckt. Und nun viel Spaß beim Zuschauen.«

Es war kein großes, berühmtes Galopprennen, das im Watt stattfinden würde. Aber acht Rennpferdbesitzer, die sowieso im Norden Deutschlands unterwegs waren, hatten sich angemeldet. Sie nutzten das Wattrennen als Training.

Aber zunächst kam die Stunde der Freizeitreiter. Benny Kanter lief zwischen ihnen hin und her, verstellte Steigbügel und half beim Nachgurten. Seine geflüsterten Tipps zum Rennen nahmen die Friesenhof-Mädchen nur zu gern entgegen, Ratschläge von einem erfahrenen Jockey waren fast der halbe Sieg! Klara fand Benny Kanter ausgesprochen aufgedreht, wie er ständig mit freudiger Nervosität die Zufahrt zum Strand beobachtete. Bestimmt dachte er an die Galopper, die bald eintreffen würden.

Gerade als die Shettys starten sollten, nahmen Regen und Wind zu. Die Sicht war so schlecht, dass Markus Eichhorn das erste Rennen verschieben musste. Die Zeit nutzte er, um Emma Hansens Mutter, die ganz vorn im Publikum saß, zur Heimkehr zu überreden.

Wie schon so oft war die überbesorgte Frau Hansen einem Herzschlag nahe. Leichenblass zitterte sie hinter der Absperrung und machte Emma verrückt. Bevor Frau Hansen dazu kam, ihrer Tochter auch nur die Hälfte der vorgesehenen Warnungen zuzurufen, wurde sie von einer drängelnden Menschentraube mitgerissen.

Das allgemeine Ziel war Sörensens Waffelbude. Dieser verlockende Duft, der vom Tresen herüberwehte! Die Zuschauer deckten sich mit frisch gebackenen Kirschwaffeln ein, genau das Richtige für die Wartezeit, und ließen sich mit der heißen Beute auf den Treppen des DLRG-Turms nieder.

Als der Himmel aufhellte, war es 13 Uhr. Der Regen hörte auf und der Wind ließ nach. Lediglich in Böen frischte er dann und wann auf. Erleichtert riefen die Reiter sich aufmunternde Worte zu. Auch die Besucher atmeten auf, dass es endlich losging, denn beim Herumsitzen war ihnen inzwischen kalt geworden.

Es war die letzte Möglichkeit, das Rennen zu beginnen. Noch eine halbe Stunde Regen und sie hätten alles abblasen müssen.

Aber nun ging es los. Ein kurzes Kopfnicken in Richtung der Shettyreiter und zehn kleine Ponys marschierten an die Startlinie, die rechts und links von weiß-rotem Flatterband begrenzt war.

»Wir starrten alle im Pulk, stellt euch in einer Reihe nebeneinander auf.«

Leichter gesagt als getan. Rambo stand quer und Emma ritt noch nicht lange genug, um mit ihm fertig zu werden.

Benny Kanter gab das Kommando mit einer roten Flagge. »Auf die Plätze . . .«

Zorro war drauf und dran, vorzeitig loszupreschen, und Jette musste Volten reiten, um ihn am Platz zu halten.

»Fertig . . .«

Rambo verharrte quer und dickköpfig zwischen den anderen. Doch als die Flagge gesenkt wurde und alle losjagten, wirbelte Rambo blitzartig herum. Emma hatte Mühe, sich im Sattel zu halten, aber sie schaffte es. Rambo lag leicht zurück. Das passte ihm nicht. Er wollte überholen, doch es gab keine Möglichkeit. Da zwängte Rambo sich ohne Rücksicht auf Verluste zwischen zwei andere Shettys, brach durch das Feld und übernahm die Führung.

Die Zuschauer jubelten. Zorro wollte nicht hinter seinem Stallkumpel Rambo zurückbleiben, machte Boden gut, war gleichauf mit Rambo. Kurz vor Schluss kämpften sich zwei weitere Shettys an ihre Seite und man sah nur noch flitzende kurze Beine.

Schmunzelnd verfolgte Markus Eichhorn die wilde Horde und er gratulierte sich zu dem Entschluss, Emmas Mutter elegant verscheucht zu haben. Diese Emma! Ohne Aufsicht ritt das Mädchen wie ausgewechselt. Was sie für ein Tempo vorlegte! Das hatte er ihr nicht zugetraut.

Das Ponyfeld erreichte das letzte Drittel und Herr Eichhorn beugte sich mit der Stoppuhr vor. Alles sah nach einem Kopf-an-Kopf-Finish aus. Doch dann übernahm Rambo die Regie und beendete das Rennen auf seine Weise. Genau am Ende der Rennstrecke buckelte er und warf Emma in hohem Bogen weit über die Ziellinie.

»Sieger im Shettyrennen ist Rambo mit Emma Hansen«, verkündete Markus Eichhorn lachend in den aufbrandenden Applaus der Besucher hinein. »Die ungewöhnliche Ankunft müssen wir gelten lassen, Rambo war schon mit der Nase über die Ziellinie. Platz zwei belegt Zorro mit Reiterin Jette Jacobs.«

Genau an der Stelle, wohin Rambo sie mit seinem Buckler befördert hatte, blieb Emma liegen. Nicht weil sie verletzt war, nein, sie war völlig in Ordnung, aber vor Überraschung war sie wie gelähmt. Es dauerte einen Moment, bis es in ihren Kopf sickerte, dass sie gewonnen hatte. Zum ersten Mal in ihrem Leben.

Emma richtete sich auf und sah an sich herunter. Grauer Schlamm lief ihr aus der Reitkappe übers Gesicht und über ihre neue Sicherheitsweste, aber das machte nichts mehr, denn die war ohnehin beim Sturz vom Sand dick paniert worden.

Rambo trottete auf Emma zu. Zunächst war der Shetty reiterlos weitergestürmt, noch voll im Renneifer. Aber als seine Kumpane nicht mitmachten, verlor Rambo die Lust, allein übers Watt zu galoppieren, und kehrte zu den Ponys zurück. Nun stand der kleine, freche Wallach neben Emma, mit schnellem Atem und funkelnden Augen, nass, struppig, sein schwarzes Fell starrte vor Schmutz. Mit hängenden Zügeln stieß Rambo Emma den Kopf in die Seite. »Habe ich das nicht gut gemacht?«, fragte sein Blick.

Niels fotografierte die Sieger Emma und Rambo, beide gleichmäßig verschlammt, und feixte: »Ihr seht aus wie ein Klumpen Urmasse aus einem Horrorfilm. Deine Mutter wird Amok laufen, Emma.«

Aber der erste Platz war zu schön, um an eine hysterische Mutter zu denken, und Emma schwebte mit Rambo am Zügel zur Siegerehrung, um ihren Pokal abzuholen. Danach warteten zehn kleine Reitschüler sehnsüchtig darauf, Rambo und die anderen Shettys zu ihren Ställen zurückzuführen. Ein kleines Trostpflaster für alle, die nicht für das Rennen ausgelost worden waren.

Am Rand des Wattenmeers wurde sofort das nächste Rennen angekündigt, um die regenfreie Phase zu nutzen. Haflinger Joker mit Mascha und Fjordpferd Ibsen mit Nelly belegten zeitgleich den zweiten Platz und wurden stürmisch gefeiert.

Ein neues Schauergebiet überquerte die Nordsee und zwang zu einer Pause, nach der die Warmblüter angekündigt wurden, Holsteiner und Hannoveraner Pferde. Weil vom Friesenhof kein Pferd dabei war, lief die ganze Mannschaft zum Abreiteplatz, um dort die Startvorbereitungen der Friesen zu beobachten.

»Das kann ja heiter werden«, stöhnte Klara, als sie den Platz verlassen wollte und ihre Friesenstute Luna nur mit Mühe bis zum Ausgang brachte.

Zum Glück stand Nelly in der Nähe, energisch griff sie in die Zügel und führte Luna zielstrebig durch die enge Öffnung. Auch Magic und Friso, sonst Meister der Gelassenheit, benahmen sich wie umgewandelt. Die ungewohnte

Kulisse versetzte sie in helle Aufregung. Magic warf schnorchelnd den Kopf. Friso tänzelte erregt und brachte seine Reiterin Kim in arge Bedrängnis, als er plötzlich einen Satz zur Seite machte. Nelly hatte einige Reitbrillen besorgt, als Schutz vor hochwirbelndem Sand. Aber nur Lea stülpte sich eine über den Helm, Klara und Kim fanden die Gestelle uncool und lehnten ab.

Nervöse Spannung lag in der Luft und die Mädchen waren heilfroh, als sie es durch die klatschende Menge an den Start geschafft hatten. Dort entstand erneut Unruhe, weil drei fremde Friesen neben ihnen Aufstellung nahmen, die keine anderen Pferde direkt neben sich duldeten.

Zwei der Friesen kannte Lea flüchtig. Sie gehörten 17-jährigen Zwillingsschwestern und waren eindeutig die Favoriten. Bei Ausritten am Strand hatte Lea die beiden häufig beobachtet, allerdings nur bei kurzen Sprints.

Magic wollte einfach nicht still stehen, drehte sich unaufhörlich im Kreis. Leise redete Lea auf ihn ein. Trotzdem blieb Magic angespannt. So kannte sie ihn gar nicht.

»So wird es nie etwas mit einem anständigen Platz«, raunte Lea ihrer Schwester zu, die genau wie sie mit ihrem Pferd zu kämpfen hatte. Schuld an der Verwirrung waren die ständig wechselnden Lichtspiele im Watt. Kaum beruhigten die Pferde sich, blitzte die Sonne sekundenlang in die Pfützen und das Scheuen begann von vorne.

»Auf die Plätze . . . fertig . . . los!«

Magic drehte der Rennstrecke gerade den Schweif zu, als das Kommando kam. Friso stand quer. Aber sobald die anderen mit donnernden Hufen losjagten, wendeten die beiden unglaublich rasant und galoppierten an. Die Favoriten explodierten regelrecht am Start, ungewöhnlich für derart schwere Pferde. Magic kam schlecht weg und war Zweitletzter.

Doch Lea wäre nicht Lea, wenn sie aufgegeben hätte. Sie war wild entschlossen, unter die ersten drei zu kommen, und Lea kannte ihren Friesen. Magic kam erst nach einigen Hundert Metern richtig in Fahrt. Weit über den Widerrist gebeugt, stand Lea in den Steigbügeln, machte sich leicht und Magic enttäuschte sie nicht.

Mit fliegender Mähne setzte er dem Feld nach, machte Meter für Meter gut. Aufspritzender Schlamm klatschte Lea ins Gesicht. Wie gut, dass ich die Brille habe, dachte sie flüchtig. Sie konnte die Augen weit offen halten und die Konkurrenz beobachten. Die anderen Reiter kniffen die Lider zusammen, um den Sand nicht voll abzubekommen.

Weiter. Das Durcheinander stampfender Beine löste sich auf. Es bildeten sich Zweiergruppen, die sich erbitterte Duelle lieferten.

Mit freudigem Herzklopfen registrierte Lea, dass die schnellen Starter zurückfielen. Jetzt lag nur noch Luna vor ihnen, Friso war gleichauf. Magic biss sich in das Rennen, kämpfte sich vor, witterte seine Chance und Lea auch. Am Strand kochte die lärmende Zuschauerhorde, ihre Rufe feuerten sie an.

»Magic . . . Magic . . .«

Kraftvoll griff Magic aus, sekundenlang dachte Lea an Benny Kanters Worte: *Siegertyp. Ein Pferd mit Renninstinkt.*

Die Ziellinie. Da war die Markierung . . . und Magic setzte drüber weg. Jubelnd riss Lea einen Arm hoch. Gewonnen! Was für eine Überraschung! Daran hatte sie vorher selbst nicht geglaubt.

Keuchend galoppierten hinter ihr Luna und Friso heran. Nach Luft japsend, parierten Klara und Kim ihre Pferde durch und tätschelten sie glücksstrahlend.

»Ihr seid eine Wucht!« Markus Eichhorn lief den Friesen nach und schwenkte seine Stoppuhr. »Kim, du bist Zweite geworden, Klara knapp dahinter. Ausgezeichnet, herzlichen Glückwunsch.«

Nach diesem letzten Rennen der Freizeitreiter fiel Markus Eichhorn ein Stein vom Herzen. Geschafft! Er war grenzenlos erleichtert, dass alles hinter ihm lag. Sein Kopf schmerzte und er fühlte sich schwindelig, mitunter musste er sich sogar festhalten.

Gleich nach dem Galopprennen wollte Markus Eichhorn sich ins Bett packen und seine Gehirnerschütterung endlich auskurieren, lange würde es ja nicht mehr dauern. Aber es kam anders . . .

Im Moment waren alle voller Freude, dass der letzte Wettkampf so gut ausgegangen war, besonders natürlich Lea, Klara und Kim. Am liebsten hätten sie die ganze Welt geküsst, aber weil das schlecht ging, umarmten die Mädchen von ihren Pferden herunter die Friesenhof-Fans, die mitrannten und sich mitfreuten und vor Begeisterung in den Pfützen tanzten.

Nachdem die Pokale verteilt waren, wich die Anspannung von den Reitern. Alles war super gelaufen. Alle Rennen ohne Sturz überstanden, abgesehen von Emmas sensationellem Siegesflug in den nassen Sand.

Nun fieberte man mit leichtem Herzen dem Galopprennen entgegen.

5. Kapitel
Pferd in Gefahr

Mittlerweile waren einige große Transporter mit den Vollblütern eingetroffen, acht rassige Füchse und Braune, verhüllt von leichten Regendecken.

Bis zur Flut blieb nun nicht mehr viel Zeit, inzwischen war es fast 15 Uhr. Wenn der Himmel aufriss, erkannte man in weiter Ferne ab und zu heranrollende Wellen, weiße Zungen, die an der vorgelagerten Sandbank leckten. Noch bot der Obere Hörnsand einen natürlichen Schutz gegen die Brandung, erst wenn die Flut später diese hohe Barriere überwand, rollten die Wellen an den Strand.

Benny Kanter war unauffindbar, er erschien erst wieder zusammen mit den Jockeys. Klara stieß Lea an, die gerade Magics Sattel auf einen Pferdehänger hievte, als Benny Kanter vorüberging.

»Er ist wie ausgewechselt, sieh doch bloß.«

Auf dem Friesenhof war ihr berühmter Reitlehrer einsilbig gewesen, jetzt lachte er und plauderte angeregt. Inmitten der Jockeys ging er fast unter. Da passte alles, die Größe, die trainierte Figur, sogar Kanters kurzer Lederblouson, geschnitten wie ein Renndress. Wenn man ihn sah, konnte man ihn eigentlich für nichts anderes halten als für einen Jockey und die Mädchen fragten sich, wo sie ihre Augen gehabt hatten.

Klara beeilte sich, Luna zu versorgen, und auch Lea und Kim sahen zu, dass sie fertig wurden. Sobald die Friesen an den Hängern festgebunden waren, rannten alle zum Führring neben der Rennstrecke, wo die Vollblüter im Kreis geführt wurden. Ungeduldig tänzelnde Pferde neben ihren Betreuern, die sich in grauen Plastikmänteln kaum vom diesigen Himmel abhoben.

Mit sanfter Gewalt schlängelten die Mädchen sich durch die Zuschauer, um einen guten Platz neben Benny Kanter zu ergattern, der bereits ganz vorn an der Absperrung stand.

Einen Moment blieb Meike Eichhorn noch dabei, dann verabschiedete sie sich seufzend. »Auf dem Hof warten unsere Pferde auf Futter. Nelly, Mascha, kommt ihr mit? Bei der Gelegenheit könnt ihr Ibsen und Joker zurückbringen. Wer weiß, wann dieses Rennen startet.«

Zwar gingen Nelly und Mascha zögernd, ein wenig ungern, aber doch in guter Stimmung wegen des gelungenen Wettkampfs. Sie ahnten ja nicht, was sich in der nächsten Stunde im Watt abspielen sollte ...

Weil der Himmel seine Schleusen geschlossen hatte, sollte das Rennen rasch beginnen. Ein paar Männer kontrollierten die Strecke auf Sicherheit für Pferd und Reiter. Zwar war der Boden schwierig, galt aber gerade noch als akzeptabel und der Start wurde genehmigt.

Die Jockeys legten die Regenmäntel ab, die den leichten Renndress vor Nässe geschützt hatten, und strebten zu ihren Pferden, die nun ohne Decken herumgeführt wurden. Hochbeinige, heißblütige Tiere, elegant und gertenschlank, kein Gramm Fett zu viel, mit weiten, rot schimmernden Nüstern, die aufgerissenen Augen ständig umherschweifend, sichernd, abschätzend.

Im Führring warteten einige Trainer auf ihre Jockeys, erteilten leise Order und hoben die Reiter leicht in den Sattel.

»Was flüstern sie den Reitern ins Ohr?«, wollte Emma wissen. Das blonde Mädchen trug immer noch die schlammverkrustete Sicherheitsweste und die schmutzige Reithose, weil die Sachen sie an den herrlichen Sieg erinnerten. »Zauberformeln?«

Ein Raunen der Bewunderung ging durch die Menge, als die Vollblüter zum Start schwebten. Benny Kanter bugsierte die Mädchen zum nahen Geläuf, vorbei an Sanitätern, die Aufstellung rund um die Bahn bezogen. Geschickt fädelte Kanter seine Leute durch die Schaulustigen, während er Emmas Frage beantwortete.

»Keine Zauberformeln. Die Trainer geben Anweisungen zum Rennverlauf. Wie das Pferd geritten werden soll. Also zum Beispiel: Bleib im Mittelfeld. Oder: Kein Zwischenspurt, erst in der Zielgerade fordern. Die Trainer kennen die Pferde genau und wissen, was man von ihnen verlangen kann.«

Beim Aufgalopp auf der sandigen Rennbahn wurden die

Jockeys und ihre Pferde vorgestellt. Dann nahmen sie Aufstellung an der Startlinie, bereits im Stehen ein Bild geballter Anspannung, wie die Reiter konzentriert im Sattel kauerten, die angezogenen weißen Beine in kurzen Steigbügeln. Dann der Start!

Acht Pferde schossen los, ein Pulk ungebremster Kraft. Wie gebannt starrte das Publikum auf 32 wirbelnde Beine. Mit unbändigem Vorwärtsdrang fegten die Vollblüter übers Watt, fliegende Hufe schleuderten nassen Sand hoch. Benny Kanter lehnte sich vor, sein Gesicht glühte. Flüsternd gab er Kommentare ab, er fieberte mit, als stände er selber in den Bügeln.

Eine halbe Runde war vorüber. Im gestreckten Galopp fetzten die Pferde vorbei und hinterließen eine Dusche aus Nässe und Dreck. Die Zuschauer schrien und feuerten die Jockeys an, an der Spitze gab es Gedränge, die Spannung war mit Händen zu greifen.

Plötzlich eine Rempelei im dichten Feld: Zwei Pferde gerieten aneinander! Wie eine Rakete schoss ein Jockey aus dem Sattel und flog kopfüber in den Schlamm. Die Anfeuerungsrufe der Menge gingen in entsetzte Aufschreie über. Mit wehenden Steigbügeln durchbrach der Fuchs das Absperrband und galoppierte übers Watt davon.

Ruck, zuck, brachten zwei Sanitäter den gestürzten Jockey aus der Gefahrenzone, während das Rennen weiterging; es war nicht zu stoppen.

Der pferdelose Jockey richtete sich schlammverschmiert auf. »Speedy Boy«, schrie er gegen den Wind. »Komm zurück, du Idiot!«

Ein erleichtertes Lachen ging durch die Besucher, der Rennreiter schien unverletzt.

»Speedy Boy«, rief der Jockey wieder. »Holt ihn doch zurück!« Er wollte die Hände ringen, aber seine Bewegung war eingeschränkt, den linken Arm bekam er gar nicht hoch.

Benny Kanter drehte sich zu den Mädchen um und verzog das Gesicht. »Schätze, das ist ein Schlüsselbeinbruch. Typisch, wie der Arm herabhängt. Die alte Reiterverletzung.«

Inzwischen lagerten die Sanitäter den Jockey auf einer Trage und transportierten ihn zum Rettungswagen.

Das Rennen war gelaufen, die Reiter nahmen das Tempo heraus und verlangsamten ihre Vollblüter.

Erregt diskutierten die Zuschauer darüber, wie das fliehende Pferd im Watt einzufangen sei. Eine Gruppe Ponyreiter auf dem Heimweg drehte sofort um und folgte dem davonrennenden Pferd. Von beiden Seiten galoppierten die jungen Reiter auf den Hengst zu, offenbar wollten sie ihn in die Zange nehmen und zurückbringen. Aber der Vollblüter war viel zu schnell und die Reiter mussten ihr Vorhaben abbrechen, bevor sie auch nur halbwegs in seine Nähe gekommen waren.

Aufgeregt kehrten die Ponyreiter aus dem Watt zurück und berichteten, in welche Richtung das Pferd unterwegs war.

Niels und Lukas rannten mit Funkgeräten in der Hand herbei.

»Können wir helfen?«, fragte Niels atemlos. »Was wird aus dem Galopper? Was habt ihr vor?«

Markus Eichhorn sah unglücklich aus, wie jemand, der einen Schlag in den Magen bekommen hat. Eben noch stand sein schöner Renntag vor einem glänzenden Abschluss und nun nahm er eine Wendung mit unbekanntem Ende. Übers glänzende Watt starrte er dem immer kleiner werdenden Fuchs hinterher. »Der kommt zurück, wenn er merkt, dass die anderen Pferde hier am Strand sind«, sagte Markus Eichhorn mit vorsichtigem Optimismus. »Pferde sind Herdentiere. Der ist nur im Moment völlig durcheinander.«

Aber Speedy Boy kam nicht zurück. Im Gegenteil. Er stürmte direkt aufs offene Meer zu.

Ein älterer Mann, trotz des Schmuddelwetters in einen eleganten blauen Wachsmantel gehüllt, zwängte sich durch das Publikum zu Markus Eichhorn und stellte sich vor.

»Schulze-Stahl. Ich bin der Besitzer von Speedy Boy. Welche Möglichkeit gibt es, meinen Hengst zurückzuholen?«

»Wieso ist der Kerl so ruhig?«, sagte Emma leise zu Lea. »Ich würde schreien und weinen, wenn mein Pferd weg wäre.«

»Ich auch«, raunte Lea ihr zu.

Alle Blicke gingen aufs Watt, wo der Fuchs sich immer weiter entfernte und keine Anstalten machte umzudrehen. Zu allem Überfluss begann es nun, aus Kübeln zu schütten, der Wind frischte auf und auf der grünlichen Wattfläche sah man fast nichts mehr.

»Ehrlich gesagt . . .«, Markus Eichhorn hob die Schultern.

»Also keine.« Der Pferdebesitzer wirkte nicht besonders betroffen. Jeder andere, jedenfalls jeder normale Mensch, wäre bei dieser tragischen Nachricht entsetzt gewesen, aber der Mann machte sich offenbar kaum Gedanken um das Leben des Pferdes. In aller Ruhe drehte er seinen Schirm gegen den Wind. »Na, wenigstens ist Speedy Boy gut versichert.«

Entgeistert drängten sich die Mädchen vom Friesenhof zusammen. Niels quetschte sich neben Klara und drückte ihre Hand. Regenböen fegten ihnen ins Gesicht.

»Was soll das heißen, er ist gut versichert?«, fragte Lea mit unnatürlich hoher Stimme. Eine unheilvolle Ahnung beschlich sie.

Benny Kanter lachte bitter und sagte so laut, dass es die Umstehenden hören mussten: »Der Mann kriegt einen Haufen Geld für ein neues Pferd, falls sein Hengst nicht zurückkommt.«

Der Wachsmantel warf ihm einen wütenden Blick zu.

Mit ungläubigem Erstaunen sah Lea in die Runde. »Speedy Boy ertrinkt doch, wenn keiner ihn zurückholt. Die Flut ist schon fast an der Sandbank.«

Die Erwachsenen blickten betreten zur Seite.

»Wollt ihr ihn sterben lassen?«, schrie Lea.

Plötzlich begriff sie – keiner der Erwachsenen würde handeln, keiner. Auch nicht Speedy Boys Besitzer. Und ihr Vater konnte wegen seiner Gehirnerschütterung nicht helfen.

Da fackelte Lea nicht lange. Ohne länger nachzudenken, sprintete sie zu den Friesen hinüber. Mit zitternden Fingern löste Lea Magics Strick, streifte das Halfter ab und legte ihrem Pferd mit geübten Händen das Zaumzeug an.

»Ein Pferd ist in Gefahr, Magic! Wir müssen hin«, keuchte

sie, als könnte er sie verstehen. Kein Sattel, das dauerte zu lange. Ein Satz und Lea saß auf Magics nacktem Rücken.

»Warte, ich komme mit.«

Klara! Außer Atem stürmte sie auf Luna zu. Im Nu hatte sie ihre Stute aufgetrenst. Jetzt los! Aber der Weg war verbaut. Eine Mauer aus Menschen stellte sich ihnen entgegen, alle Leute redeten durcheinander, um jeden Preis wollten sie die Mädchen stoppen. Allen voran ihr Vater, kreidebleich vor Angst um seine Töchter. Abwehrend hob er die Arme und baute sich vor ihnen auf.

»Ihr reitet nicht. Das ist lebensgefährlich! In der nächsten Stunde kommt das Hochwasser über die Sandbank.«

Mit flatternden Händen versuchte Markus Eichhorn, nach den Zügeln zu fassen, ohne Erfolg.

»Papa, ich kann ihn nicht ertrinken lassen!« Lea brüllte es regelrecht, schlug einen Haken und preschte davon.

Niels gelang es, mit einer Hand Lunas Zügel zu ergreifen, und er ließ sie selbst dann nicht los, als Klara antrabte, sondern hastete neben ihr her. »Nimm wenigstens ein Funkgerät mit.« Beschwörend hielt er ihr das kleine Gerät entgegen. Klara nahm die Zügel in eine Hand und griff abwesend nach dem Apparat.

Verzweifelt raufte Niels sich die Haare. »Wo wollt ihr denn hin? Das Pferd ist doch gar nicht mehr zu sehen.«

Niels merkte, Klara war nicht aufzuhalten, ihre Augen folgten Lea ins Watt. »Klara! Hör doch zu, Klara! Ich versuche, das Pferd mit dem Fernglas zu sichten, und gebe euch die Position durch. Wir bleiben in Funkkontakt, ich hole mir ein anderes Gerät.« Seine Stimme bebte. »Bleib aber nur kurz im Watt. Bitte Klara! Du treibst mich in den Wahnsinn.«

Klara warf Niels einen langen Blick zu, den er nicht deuten konnte. Zuneigung, Furcht, Entschlossenheit, alle Gefühle mischten sich darin. Dann entzog sie ihm die Zügel und galoppierte hinter Lea her.

6. Kapitel
Wilde Jagd im Watt

Magic hinterließ einen Schleier aus aufspritzendem Schlamm und Klara musste Luna zur Seite lenken, um nicht die volle Ladung abzubekommen.

»Warte doch, Lea«, brüllte Klara und schwenkte das schwarze Funkgerät. »Niels gibt uns durch, wohin das Pferd flüchtet. Du siehst doch nichts.«

In der Tat war Lea blindlings losgedonnert und erst als sie Klaras Rufe vernahm, parierte sie Magic zum Schritt durch.

»Ich hätte nie gedacht, dass ein großes Pferd sich so schnell in Luft auflösen kann«, stöhnte Lea. Angestrengt suchten die Mädchen mit ihren Blicken den Horizont ab, ohne eine Spur von Speedy Boy zu entdecken. Kein Wiehern war zu hören, nur das Brummen einer entfernten Propellermaschine, die unsichtbar über den Wolken flog. Der

Wind griff von der Seite unter die Reitwesten und blähte sie auf wie Ballons.

Um sie herum glänzte der nasse Meeresboden graugrün. Flüchtig zeichneten sich die Huftritte der Friesen ab, bevor sie verschwanden. Einige Hundert Meter vor ihnen baute sich die vorgelagerte Sandbank auf. Ihr sattes Gelb war trotz der Diesigkeit deutlich sichtbar. Der Obere Hörnsand leuchtete regelrecht aus dem Watt hervor.

»Auf der Sandbank ist das Pferd auch nicht, das könnte man sehen.« Niedergeschlagen drückte Lea ihr Gesicht in Magics nasse Mähne.

Wo das Meer mit dem Himmel zusammenfloss, tauchte ein buntes Schiff auf. Es musste riesig sein, ein Containerschiff wahrscheinlich, denn seine klobigen Umrisse erkannte man trotz der beträchtlichen Entfernung.

Außer dem großen Pott bewegte sich nichts.

Um den Regenböen zu entgehen, drehte Klara sich zur Seite. Aber das half nicht viel, der Wind fegte ihr die Haare übers Gesicht. Abwesend strich Klara die nassen Strähnen zurück. »Und wenn Speedy irgendwo liegt? Verletzt? Dann finden wir ihn nie. Ein liegendes Pferd in diesem Matsch . . .«

»Hör auf«, schrie Lea ihre Schwester an. »Ich will das nicht hören. Wir retten ihn und damit basta.«

Sie nahm Magics Zügel kürzer und wandte sich gehetzt um. Mit zusammengekniffenen Augen sah Lea zurück zum Strand, wo Menschen hin und her liefen, dann wieder zur Sandbank, nach Süden, nach Norden, aber sie entdeckte nichts, das wie ein Pferd aussah. Zu hören war auch nichts, kein hohes Wiehern, das ein Pferd in Todesangst über weite Entfernung schicken kann. Nichts. Es war zum Verrücktwerden. Nichts als pfeifender Wind umgab sie, rauschender Regen und schrille Rufe der Seevögel, die von der auflaufenden Flut ans Ufer gedrängt wurden.

Doch mit einem Male gesellte sich ein anderes Pfeifen und Rauschen dazu. Das Funkgerät!

»Klara, hörst du mich?«, krächzte Niels' Stimme.

Klara riss das Gerät an ihre Lippen und drückte die Sprechtaste. »Ja, ja, ja, wo ist er? Hast du ein Fernglas?«

»Ja. Siehst du das bunte Containerschiff?«

»Was soll die hohle Frage? Ich will wissen, wo das Pferd steckt.«

»Ganz ruhig, Klara. Ich habe Speedy Boy im Fernglas. Er ist schon hinter der Sandbank, entfernt sich immer weiter.«

»Oh Gott!« Lea strengte sich an, hinter dem Oberen Hörnsand ein schwimmendes Pferd zu entdecken, wenigstens einen Punkt, aber vergebens.

Niels meldete sich erneut: »Klara? Stell dir den Horizont wie das Zifferblatt einer Uhr vor. Dann liegt das Containerschiff auf zwei Uhr und wenn ihr in Richtung zwölf Uhr guckt, müsstet ihr das Pferd sehen.«

Die Schwestern starrten aufs Meer, bis ihre Augen tränten, ohne ein schwimmendes Tier zu sehen. Entschlossen richtete Lea sich auf. »Wir müssen auf die Sandbank, Klara, sonst entdecken wir ihn nie.«

»Ja, wir haben keine andere Wahl.«

Klara und Lea trabten an und weil der Boden fest genug war, gingen sie in leichtem Galopp bis kurz vor die Sandbank. Das Schiff wies ihnen die Richtung. Ängstlich besorgt achteten sie darauf, den Frachter halb rechts von sich zu haben. Noch immer sahen sie nichts. Aber einen schwimmenden Pferdekopf in der Nordsee zu entdecken, war auch eine fast aussichtslose Sache.

Klara hielt Lunas Zügel fest und nahm das Funkgerät an den Mund. »Hast du Speedy Boy noch im Fernglas, Niels?«

»Kommt zurück, bitte! Es ist zu gefährlich. Das Pferd schwimmt aufs offene Meer zu. Mein Wachleiter will wissen, wie ich die Lage einschätze.«

Plötzlich ein neues Knattern und Rauschen, dann brüllte Klaras Vater ins Funkgerät: »Klara, du machst auf der Stelle kehrt und kommst mit Lea zurück. Habt ihr den Verstand verloren?«

»Papa, nur noch auf die Sandbank. Wenn er uns sieht, dreht er vielleicht um. Wir müssen es versuchen.«

»Nein! Ihr kommt jetzt zurück. Auf der Stelle.«

»Wir sind nicht lebensmüde, Papa. Auf die Sandbank zu kommen, ist kein großes Risiko, das haben wir schon öfter probiert.«

Danach atmete Klara tief ein und schaltete das Gerät einfach ab. Bloß keine Diskussionen mehr.

Obwohl sie im Sommer mehrmals zum Oberen Hörnsand geritten war, fühlte sie sich jetzt sehr unbehaglich, denn bei totaler Ebbe hinzureiten war eine Sache, bei auflaufendem Wasser aber eine andere.

Aus den Augenwinkeln bemerkte Klara, wie der Boden sich bereits veränderte. Unmerklich und leise kam die Flut. Klara kannte den gefährlichen Ablauf. Wie das Wasser zuerst fast trödelnd die vielen feinen Adern im Wattboden füllte, die ganz harmlos umherkrochen. Blitzschnell vereinigten sich aber tausend dünne Adern zu armdicken Rinnen, die zu Wasserläufen anschwollen und zu breiten Prielen wurden, die einem unvermittelt den Weg abschnitten.

Direkt vor der Sandbank wuchs ein solcher tiefer Priel heran, aber noch war er im Entstehen. Unschlüssig sah Klara zu ihrer Schwester hinüber. »Können wir es wagen?«

Wild entschlossen nickte Lea. »Klar, wir bleiben ja nur kurz auf der Sandbank. Der Galopper kommt bestimmt sofort zu uns.«

Als sie die ersten Schritte in den Priel machten, mussten sie die Friesen energisch antreiben. Dann gingen Magic und Luna zwar vorwärts, aber mit hochgezogenen Füßen. Das Wasser schwappte den Pferden halbhoch um die Beine und man merkte ihnen deutlich an, wie vorsichtig sie auftraten. Die ganze Zeit über blieben sie in Habachtstellung.

Plötzlich trieb etwas neben ihnen im Wasser. »Lunas Gamaschen!«, rief Klara und einen Moment später: »Und Magics auch.«

Dass die festgezurrten Klettverschlüsse an den Beinen sich derart rasch lösten, konnte nur eins bedeuten: Im Priel herrschte starke Strömung und das verunsicherte die Friesen. Erst als sie wieder festen Grund unter den Hufen spürten, schnaubten Magic und Luna und entspannten sich.

Von der Sandbank hatten die Mädchen freie Sicht auf das Meer. Sofort richteten sie ihren Blick auf das Schiff, das auf zwei Uhr lag, wenn man sich ein Zifferblatt vorstellte.

Dann wanderten ihre Augen auf zwölf Uhr, wo Niels das Pferd entdeckt hatte.

»Da!« Unter Leas grellem Aufschrei zuckten die Pferde zusammen. »Dort drüben schwimmt er.«

Tatsächlich! Auch Klara sah den kleinen dunklen Punkt, der auf dem Meer trieb, mit den Wogen hochstieg und gleich darauf im Wellental verschwand. Ihr sank das Herz. Mit einem Blick erkannte Klara, wie weit das Pferd sich schon entfernt hatte.

»Speedy«, brüllte Lea. »Komm zurück.«

»Speedy Boy.« Auch Klara schrie und winkte, aber ohne Erfolg. »Warum kommt er bloß nicht?«, fragte sie verzweifelt und schlug sich auf die Reithose. »Papa sagt, ein Pferd will immer zu seinen Artgenossen, und Pferde können doch auch nach hinten sehen.«

»Spee-dy, Spee-dy.«

Klara brüllte, so laut sie konnte, aber was war das schon mitten in der Nordsee? Immer wieder setzte sie an. »Spee-dy.« Allein und gemeinsam mit Lea, bis sie beide heiser waren und ihre Rufe gegen den Wind zu einem lächerlichen Flüstern verblassten.

Voller Verzweiflung ritten sie auf der Sandbank hin und her – an dieser Stelle war sie 30 Meter breit – in der Hoffnung, das Pferd würde ihre Bewegung wahrnehmen, wennschon nicht ihre Rufe.

Kostbare Minuten vergingen. Lea und Klara wussten nicht, was sie noch tun sollten. Pläne schossen ihnen durch den Kopf, halb gare, unausgegorene, verwegene. Unmöglich, einen klaren Gedanken zu fassen. Doch Besonnenheit war nötig. Weit draußen das Pferd in Todesgefahr, auf der anderen Seite der bedrohliche Priel, der ständig stieg. Schon erkannte man die Strömung, durch die sie mit den Pferden zurück zum Strand mussten. Viel tiefer durfte die Wasserrinne nicht mehr werden. War sie überhaupt noch zu durchqueren?

Angst kroch in Klara hoch, zum ersten Mal an diesem Tag. Am liebsten hätte sie losgeheult. Aber mit aller Kraft riss sie sich zusammen und schaute angestrengt in den Priel zu ihren Füßen. Windgepeitscht kräuselten sich die ersten Wellen, eine unüberwindbare schwarze Barriere tat sich vor ihr auf. Mit einem Mal fühlte Klara sich hundeelend, erbärmlich, und nun gab sie sich keine Mühe mehr, ihre Tränen zu verbergen.

»Wenn wir noch länger warten, ertrinken Luna und Magic auch und wir dazu.«

Auch Lea war klar geworden: Sie konnten nichts mehr für den Galopper tun. Hilflos mussten sie mit ansehen, wie das Pferd vor ihren Augen ertrank. Das Gefühl der Ohnmacht machte sie verrückt.

»Ich will Speedy Boy nicht ertrinken lassen«, schluchzte Lea. »Aber wenn wir hierbleiben, kommen wir alle um.«

Nein, es gab keine Hoffnung mehr. Sie mussten das Pferd verloren geben.

Aus tränenverschleierten Augen sahen Lea und Klara ein letztes Mal auf den Punkt im Wasser, auf den einsamen Hengst, der in der Flut um sein Leben kämpfte.

Doch in dem Moment, als alles verloren schien, waren es die Pferde, die das Blatt wendeten. Hatten die Friesen ihren Artgenossen in der Fluthölle entdeckt? Irgendetwas alarmierte Magic und Luna. Gab es heimliche Signale, die Pferde in höchster Not aussandten?

Sichernd und mit spielenden Ohren beobachteten die Friesen das Meer. Um keinen Preis ließ Magic sich zum Strand abwenden und auch Luna sperrte sich heftig. Stur widersetzte Magic sich allen reiterlichen Kommandos. Er schien Lea einfach nicht wahrzunehmen. Etwas Wichtigeres fesselte seine Aufmerksamkeit: ein Artgenosse in Not. Der Friesenwallach entzog Lea die Zügel, drehte sich zum Meer und stieß mit hochgerecktem Kopf einen markerschütternden Ruf aus, suchend und gellend, in den Luna mit durchdringendem Wiehern einfiel.

7. Kapitel
Die Flut kommt!

Draußen im Meer kämpfte Speedy Boy mit dem Tod. Nur sein unbändiger Überlebenswille hielt ihn noch über Wasser, aber lange konnte der Vollblüter nicht mehr durchhalten. Er war ausgelaugt, seine Kräfte verließen ihn.

Nach dem Sturz des Jockeys war Speedy Boy vor Schreck weggerannt und hatte sich gewundert, dass die Rennbahn nicht aufhörte, sie ging immer weiter und weiter. Eine Weile über festen Boden, dann kam ihm Wasser entgegen. Das kühle Nass gefiel Speedy zuerst. Es kühlte seine Beine und der Galopper kannte Wasser, wie oft war er schon durch Teiche gestürmt! Außerdem pflegte ein Zweibeiner ihn nach dem Rennen mit einem Schlauch abzuspritzen, das genoss er sehr. Aber dieses Wasser war anders, bedrohlich, weil es nirgendwo aufhörte und kein Pfleger drehte den Hahn zu und sagte: »Genug geplanscht, Speedy, wir stellen das Wasser wieder ab.«

Dieses Wasser war feindselig, es brannte in den Augen, es bewegte sich ständig und ängstigte ihn zu Tode.

Das Schreckliche war, dass Speedy keinen Halt unter den Hufen fand, jemand hatte den Boden weggezogen und er musste unentwegt schwimmen, um nicht unterzugehen. Eine Weile ging das gut, der Hengst war trainiert, er hatte Muskeln und Bärenkräfte.

»Speedy Boy ist zäh, das ist ein Guter«, sagten die Jockeys bewundernd über ihn, doch das galt für die Rennbahn mit ordentlichen Teichen und Boden aus Sand und Gras.

Hier war alles anders. Wenn heranrollende Wellen über dem Galopper zusammenschlugen, kam Speedy Boy sich gar nicht zäh vor, sondern ausgeliefert und hilflos. Er bekam Wasser in die Ohren, das Schlimmste für ein Pferd, und Speedy wusste nicht mehr, wo oben und unten war.

Mutterseelenallein trieb er in der Nordsee, stürzte in Wellentäler ab, wurde im nächsten Augenblick hinauf auf Wellenkämme gehoben. Wenn doch endlich Land in Sicht käme! Speedy merkte nicht, dass er in die falsche Richtung schwamm, direkt aufs offene Meer zu.

Wieder begrub ihn eine Welle unter sich und Speedy verlor das Gleichgewicht. Nein, er schaffte es nicht. Er wollte aufhören zu kämpfen, einfach unter Wasser bleiben, bis alles dunkel um ihn wurde. Aber dann siegte wieder sein Lebenswille, wenigstens für einen Moment, und der Galopper strampelte wild weiter. Doch seine Bewegungen wurden schwächer, kraftloser. Er war am Ende.

Da plötzlich geschah das Unglaubliche: Ein helles Wiehern zerriss die Luft. Etwas, das Speedy regelrecht aufputschte. Ihn anstachelte, seine letzten Kräfte zu sammeln. Hatte er richtig gehört?

Ein markerschütternder Ruf drang zu ihm herüber und noch einer, ebenso durchdringend. Gellend und nicht schön, aber in Speedys Ohren klangen die Pferdeschreie wie Himmelsmusik, denn sie sagten ihm: »Dreh um! Hierher! Hier warten Freunde auf dich.«

Im selben Moment schrie Lea auf der Sandbank auf. »Sieh doch, Klara! Der Punkt im Wasser wird größer! Speedy Boy hat uns gesehen. Er kommt!«

Mit dem Ärmel wischte Klara sich die Tränen vom Gesicht und versuchte, ihre brennenden Augen auf das Meer zu richten. War es nur ihr sehnlicher Wunsch oder kam das Pferd tatsächlich näher?

Mit kerzengerade aufgestellten Ohren warteten Magic und Luna auf der Sandbank, voll konzentriert, sie hatten keine Augen für Lea und Klara. Erneut stießen die Friesen gellende Rufe aus und endlich kam ein verzweifeltes Wiehern von dem Galopper zurück, ein herzerreißender Hilferuf.

Kein Zweifel, er hatte die Pferde entdeckt und schwamm mit ungeheurer Anstrengung auf sie zu.

Gegen alle Vernunft harrten Lea und Klara nun doch noch aus. Mit der auflaufenden Flut im Rücken näherte das Pferd sich viel rascher, als sie gedacht hatten. Mit letzter Kraft gelangte der Fuchshengst bis an den Oberen Hörnsand, eine Welle spülte Speedy schließlich auf die rettende Sandbank. Obwohl der Hengst fix und fertig war, verweilte er keine Sekunde, sondern galoppierte stolpernd auf Magic und Luna zu, mit fliegenden Steigbügeln, er trug noch Rennsattel und Zaumzeug. Die unnatürlich geweiteten Nüstern und die erschöpften Augen spiegelten die Anstrengung wider. Der Fuchs schwankte und taumelte im Stehen, dem Zusammenbruch nahe. Aber er lebte.

Lea und Klara lachten und strahlten und weinten gleichzeitig, redeten auf den Galopper ein, der mit bebenden Flanken und geweiteten Nüstern an ihrer Seite stand und keuchte.

»Nun aber nix wie weg«, sagte Lea. »Die werden Augen machen, wenn wir Speedy mitbringen.«

»Er braucht einen Moment Verschnaufpause.« Besorgt musterte Klara den ausgepumpten Vollblüter, seine Atmung ging durch die extreme Leistung schnell wie nach einem mörderischen Rennen. »Ich kündige Niels inzwischen unsere Rückkehr an.«

Sie drückte die Sprechtaste. »Wir haben ihn, Niels! Ist das nicht himmlisch?«

»Meine Güte, endlich meldest du dich! Ich habe euch durchs Fernglas beobachtet. Ihr habt uns alle hier in den Wahnsinn getrieben. Wie konntest du das Funkgerät abstellen!«

Unwillkürlich zog Klara den Kopf ein, natürlich war der Vorwurf berechtigt.

»Dein Vater ist verrückt vor Angst, er wollte euch nachreiten, aber die Sanitäter hielten ihn zurück. Er mit seiner Gehirnerschütterung! Nach zehn Metern fällt er vom Pferd.

Ging nicht. Seht zu, dass ihr fix durch den Priel kommt, der läuft immer voller.«

Klara schaute auf das aufgewühlte Wasser, das sie durchwaten mussten. »Davor habe ich richtig Bammel.«

»Sollen wir euch entgegenkommen?«, fragte Niels sofort.

»Bloß nicht«, schrie Lea dazwischen und Klara gab an Niels weiter: »Bleib lieber am Strand. Wenn jemand auf die Pferde zurennt, drehen die gleich wieder um.«

»Gut. Klara? Denk daran, dass ich sehnsüchtig auf dich warte.«

Das kam nur ganz undeutlich von Niels, begleitet von Pfeifen und Knarren in der Anlage, so leise, dass Klara es kaum verstand. Doch sie saugte jedes der zerrissenen Worte auf und fühlte sich plötzlich ganz beschwingt und mutig.

»Wir starten, Niels.«

»Behalte das Gerät sprechbereit. Jetzt wird alles gut.«

Aber Niels irrte sich.

Während sich am Strand wildfremde Leute umarmten und die Teufelsmädchen vom Friesenhof hochleben ließen, bahnte sich die wirkliche Katastrophe auf der Sandbank erst an!

Magic und Luna gebärdeten sich wie verrückt, als sie an der Kante des Priels standen. Das war nicht mehr das seichte Wasser, das ihnen vorhin um die Beine geschwappt war, jetzt strudelte es furchterregend vor ihnen, dunkel und unheimlich. Mit bangem Schnauben wichen sie zurück.

»Komm, Magic, das ist nur Wasser. Das kennst du doch.«

Lea versuchte es mit gutem Zureden. Doch da war nichts

zu machen, die Pferde gingen keinen Schritt in den Priel, weder Magic noch Luna. Aufgeregt stießen sie schnorchelnde Laute aus und rammten ihre Hufe in den Sand, während der Galopper keuchend und mit hängendem Kopf dabeistand. Sobald ihre Reiterinnen ansetzten, die Friesen energisch nach vorn zu treiben, brachen sie in Panik zur Seite aus.

Plötzlich bäumte Magic sich auf, wendete ab und jagte über die Länge der Sandbank.

In höchster Aufregung tänzelte Luna zur Seite, dann nach hinten. Das Pferd zerrte Klara die Zügel aus der Hand, die sie ohnehin kaum halten konnte, weil der Regen sie glitschig und seifig gemacht hatte.

Speedy kroch mit steifem Kreuz rückwärts. Gerade war er dem Meer entronnen, diesem wellenbewegten Wasser, so schnell kriegte ihn niemand wieder hinein.

Mit großer Mühe brachte Lea Magic wenigstens dazu, an der Seite von Luna und Speedy stehen zu bleiben. Doch nach wie vor bockte Magic, wenn sie ihn Richtung Priel trieb.

Klara starrte unentwegt in den breiten Priel vor sich. Mit wachsendem Entsetzen stellte sie fest, wie gefährlich ihre Lage war. Dass ihre Pferde sich derartig vor bewegtem Wasser fürchteten, damit hatte sie nicht gerechnet.

Mit klammen Fingern betätigte sie das Funkgerät, ihre Stimme bebte.

»Niels, wir kommen nicht von der Sandbank runter. Die Pferde . . . unmöglich, sie in den Priel zu kriegen.«

Aber statt Niels antwortete diesmal Benny Kanter.

»Klara? Ich sehe eure Pferde von hier durchs Fernglas. Hör genau zu, ich sage dir, was ihr tun könnt.«

Dann gab der Jockey wertvolle Ratschläge, doch Klara war außerstande mitzudenken. Die Angst sprang sie an wie ein wildes Tier. Ein Eisenring presste ihren Hals zusammen und schnürte ihr den Atem ab. Hektisch schnappte Klara nach Luft. Nur weg, weg von hier, dachte sie voller Entsetzen, aber gleichzeitig war sie wie gelähmt. Das erste Mal in ihrem Leben verspürte sie Todesangst.

Was sagte Benny Kanter?

Klara verstand nichts. Der rasende Herzschlag dröhnte ihr in den Ohren und übertönte seine Worte. Sie sah nur noch Wasser um sich herum, gieriges, schäumendes Wasser. Nordsee ist Mordsee. Kalte Schweißperlen traten auf Klaras Stirn. Mit verkrampften Fingern umklammerte sie das Funkgerät, doch es ließ sich nicht festhalten, das nasse Gehäuse rutschte . . . und dann war es weg. Lautlos platschte das Funkgerät in den Sand und rutschte über die Kante in den Priel.

Ihre letzte Verbindung zum Festland war abgebrochen.

»Bist du bescheuert?«, brüllte Lea. Aber dann merkte sie, wie Klara um Luft rang, und sah ihre entsetzt aufgerissenen Augen und die Panik in ihrem Gesicht. Kurzerhand beugte Lea sich von Magic zu ihrer erstarrten Schwester hinüber und verpasste ihre eine schallende Ohrfeige. »Klara, die holen uns hier raus. Wozu ist Niels bei der DLRG?«

»Hallo, Klara, hallo, hörst du mich? Melde dich doch!« Umringt von durchnässten Menschen, stand Benny Kanter in der Menge und schrie aufgebracht ins Funkgerät, aber es blieb tot. Angstvoll riss Niels ihm den Apparat aus der Hand und versuchte es selber, doch auch er bekam keine Antwort.

»Wir müssen hin«, sagte er mit bebender Stimme und hob das Fernglas, »wir müssen sie von der Sandbank runterholen. Wo ist Peter?«

Peter Jung, Wachhabender der Deutschen Lebens-Rettungs-Gesellschaft, hatte die Mädchen vom Turm aus mit dem Fernglas beobachtet. Anfangs schien ihm das Unternehmen kaum gefährlich und seine Kollegen Niels und Lukas schätzten das genauso ein.

Es kam häufig vor, dass Reiter vom Friesenhof ins Watt ritten, immer die Flut im Auge. Noch nie hatte es einen Zwischenfall gegeben. In den ersten Jahren seines Wachdienstes war Peter Jung jedes Mal sofort ins Watt gestürzt, wenn er vom Turm aus Reiter entdeckte, aber das hatte sich als fatal erwiesen. Sobald die Pferde rennende Menschen sichteten, fühlten sie sich verfolgt, scheuten und die Reiter mussten mächtig kämpfen, um sie in der Spur zu halten. Auch Zurufe durchs Megafon machten manches Pferd kopflos. Darum hatte es sich als richtig erwiesen, Reiter lediglich sorgfältig im Auge zu behalten, bis sie an den Strand zurückkehrten.

Das war der Grund, warum Peter Jung sich auch heute zunächst nicht um die beiden Reiter sorgte, die ins Watt galoppiert waren. Der Meeresboden lag trocken und im Galopp war die Entfernung zur Sandbank, gut 1000 Meter, rasch zu überwinden.

Aber eben war die Lage gekippt, von einer Minute zur anderen wurde sie hoch riskant, als die Mädchen ihre Pferde nicht durch den Priel bekamen.

Da zögerte Peter Jung keine Sekunde und alarmierte sämtliche Rettungseinheiten. Polizei, die Deutsche Gesellschaft zur Rettung Schiffbrüchiger, Hubschrauber.

8. Kapitel
Volle Kraft voraus!

Was für ein Sonntag!

Seit acht Stunden durchpflügte der Seenotkreuzer *Willi Hennings* die Nordsee im Dauereinsatz. Schon am frühen Morgen ahnte Jörg Thiele, dass dieser Tag es in sich haben würde. Ein kritischer Blick über die Reling und der erfahrene Kapitän wusste Bescheid. Die See war kabbelig, unzuverlässig, die Sicht schlecht und diesig. An Tagen wie diesen häuften sich die Notfälle.

»Heute gibt es viel zu tun«, prophezeite er seiner dreiköpfigen Besatzung beim Frühstück. Jörg Thiele war Chef an Deck, Vormann, wie die Kapitäne der Deutschen Gesellschaft zur Rettung Schiffbrüchiger heißen. Ein Kerl wie ein Baum, unerschrocken und zupackend, genau wie die drei Seeleute an seiner Seite. Uwe, Andy und Steffen. Mutige Männer mit Salzwasser in den Adern, die immer da waren, wenn draußen auf See ein Mensch in Not geriet. Retter im 24-Stunden-Einsatz.

Seit Sonnenaufgang trieb ein kräftiger Wind aus Süden graue Wolkenberge vor sich her, die unvermittelt in heftigen Schauern abregneten. Erst jetzt gegen Nachmittag flaute der Wind an der Küste ab, zum ersten Mal kehrte etwas Ruhe an Bord ein.

Nicht einmal zehn Minuten war es her, dass der Seenotkreuzer in den Heimathafen zurückgekehrt war, mit einem gestrandeten Fischkutter längsseits, den sie routiniert in den Hafen bugsierten. Fest vertäut lag der Krabbenkutter nun an der Pier. Vom Unteren Wittsand hatten sie ihn geholt, dieser tückischen Sandbank, die jeder Schiffer fürchtete wie der Teufel das Weihwasser. Rund um die Sandbänke im Wattenmeer lagen die gefährlichsten Seegebiete, da war bereits manches Schiff gekentert.

Schnell einen heißen Tee unter Deck, im Stehen heruntergestürzt. Keine Zeit zum Entspannen, jede Sekunde konnte der nächste Hilferuf hereinkommen. Die Lautsprecher in dem engen Raum rauschten und knackten. Kurze Funksprüche auf dem Seenotkanal, mit einem Ohr hörten die Männer hin, diesmal kein Einsatz für sie.

Schnell die durchnässten roten Overalls gegen trockene tauschen. Dann den Rettungsbericht schreiben. Kurze Notiz ins Bordtagebuch: »15.15 Uhr Fischkutter am Haken. Schlepp nach Büsum.«

Das war der zweite Eintrag an diesem Tag. Die erste Notiz beschrieb eine Höllentour am Vormittag. Fünf Stunden hatten Vormann Thiele und seine Crew draußen auf hoher

See gekämpft. Oft am Rande der Erschöpfung. Ein hochgefährlicher, brisanter Einsatz, aber das eingespielte Rettungsteam hatte die Gefahr mit Bravour gemeistert.

In der kargen Aufzeichnung im Bordtagebuch musste man zwischen den Zeilen lesen können, um die Arbeit der Rettungsmänner zu erkennen, über ihre Leistungen verloren sie selten ein Wort.

»Segeljacht mit Grundberührung. Der Katamaran drohte zu sinken. Wassereinbruch im Rumpf. Fünf Wassersportler an Bord, zwei Segler mit Schnittwunden und Prellungen wurden versorgt. Mit Lenzpumpen wurde das eingedrungene Wasser außenbords gepumpt. Leck abgedichtet. Anschließend nach Büsum geschleppt.«

Nach dem Tee ein rascher Rundgang an Deck. War alles heil geblieben? Es wurde nicht viel geredet, die *Willi Hennings* musste klargemacht werden für den nächsten Einsatz. Ein Scheinwerfer machte Schwierigkeiten. Vormann Jörg Thiele turnte mit seinem Maschinisten Uwe unter der Radarantenne herum und brachte den Maststrahler in Ordnung.

Um 15.40 Uhr riss eine Alarmierung die Besatzung aus der Arbeit. Eine kleine Propellermaschine, auf dem Weg von St. Peter-Ording ins Binnenland, meldete eine brisante Beobachtung aus der Luft.

»Pferd ohne Reiter treibt in der Nordsee.«

Jörg Thiele übernahm das Gespräch.

»Danke für die Meldung. Haben Sie die Position?«

»Ich bin über dem Oberen Hörnsand.«

»In Höhe Westerbüll?«

»Richtig.«

»Sehen Sie einen Menschen im Wasser?«

»Nein, aber das Pferd scheint gesattelt zu sein.«

Ein Pferd mit Sattel? Diese Mitteilung bedeutete höchste Alarmstufe.

Sofort waren alle an Bord zur Stelle. Das gemeldete Tier war nicht von einer Weide ausgebrochen, so viel stand fest. Ein gesatteltes Pferd war garantiert mit einem Reiter unterwegs gewesen, den es irgendwo abgeworfen hatte. Wahrscheinlich kämpfte er im Wasser um sein Leben. Oder der Reiter lag im Watt, wo das Meer bald alles überfluten würde.

Kurz und knapp erteilte Vormann Jörg Thiele Anweisungen an seine Crew.

»Bei der Polizei Westerbüll erkundigen, ob ein Reiter vermisst wird. Hat ein Ausritt am Strand stattgefunden? Oder ein Turnier? Auch bei der DLRG Westerbüll nachfragen.«

Inzwischen tauschte er weitere Informationen mit dem Piloten aus. Mit seiner Unterstützung konnte die Position des Pferdes lokalisiert werden. »Am Strand herrscht reges Leben, sieht aus wie eine große Veranstaltung mit Reitern«, erfuhr Jörg Thiele aus dem Kleinflugzeug. Der Pilot glaubte sogar, Reiter im Watt zu sehen.

Dann zwang das Wetter ihn leider, mit seiner Maschine abzudrehen, während die Schiffsbesatzung alles daran setzte, mehr über das schwimmende Pferd und eventuell vermisste Reiter zu erfahren. Aber es war wenig herauszubekommen.

Erst nach 16 Uhr ging bei der *Willi Hennings* ein eiliger

Funkspruch ein, er kam von der Seenotleitleitung der Deutschen Gesellschaft zur Rettung Schiffbrüchiger.

»Notfall bei Westerbüll! Zwei Mädchen mit Pferden auf der Sandbank Oberer Hörnsand. Die Pferde lassen sich nicht durch den Hörnsand-Priel reiten. Auflaufendes Wasser.«

»Verstanden. Wir hörten schon von einem schwimmenden Pferd in demselben Gebiet. Informationen von einer Cessna, die die Küstenstrecke überflogen hat. Ist das derselbe Vorfall?«

»Ich denke, ja.«

»Was ist passiert?«

»Vor Westerbüll findet ein Wattrennen statt. Vorhin ist dort ein Rennpferd reiterlos ins Meer geflüchtet. Zwei Mädchen galoppierten mit ihren Friesenpferden bis auf die Sandbank hinterher und können jetzt nicht zurück.«

»Großer Gott! Hat man den abgeworfenen Reiter gefunden?«

»Ja, der ist in Sicherheit. Wo liegt ihr, Jörg?«

»Büsum Hafen.«

Schon stand die Besatzung der *Willi Hennings* in den Startlöchern. Auf glühenden Kohlen warteten die drei Männer das Ende des Funkspruchs ab, um endlich ablegen zu können, aber Jörg Thiele schickte noch ein paar Fragen an die Seenotleitung nach.

»Sind die Mädchen über Handy erreichbar?«

»Nein. Wie wir hörten, hatten sie ein Funkgerät der DLRG dabei. Der Kontakt ist allerdings abgebrochen. Den geflüchteten Galopper haben die Mädchen inzwischen gerettet, er steht bei ihnen auf der Sandbank.«

»Ist die DLRG vor Ort?«

»Ja, mit Rettungsmaterial unterwegs zum Oberen Hörnsand. Aber der Priel hat eine starke Strömung, ob die durchkommen . . .«

9. Kapitel
Gefangen in der Fluthölle

Zur selben Zeit überschlugen sich in Westerbüll die Ereignisse. Auf dem DLRG-Turm am Strand zwängte Wachleiter Peter Jung sich in seine Neoprenjacke, dann stürzte er die Treppe hinab und hastete bepackt mit Rettungsmaterial zu dem Menschenpulk am Strand.

»Hubschrauber und Seenotkreuzer sind alarmiert«, rief er Niels und Lukas entgegen. »Wir müssen zum Priel.«

Er gab Sicherungsleinen und Beutel mit Rettungswurfleinen an die Jungs aus, während die Umstehenden ihn aufgeregt mit Fragen bestürmten. Ohne sich länger aufzuhalten, sprinteten die drei Helfer übers Watt zur Sandbank. Der Boden war noch fest genug, um ungehindert vorwärts zu kommen. Außer Atem trafen sie am Priel ein.

Von Weitem hatten die Mädchen sie kommen sehen und Lea winkte heftig, während Klara steif auf Lunas Rücken kauerte und sich in ihrer Mähne festklammerte. Zwar hatte Leas Ohrfeige Klara halbwegs in die Realität zurückgebracht, aber die Panik saß ihr noch im Nacken. Erst als sie Niels auf der anderen Seite erkannte, löste sich ein Felsbrocken von ihrer Brust. Auf einmal, mit Niels in der Nähe, konnte Klara wieder freier atmen.

Zum Glück hatte der Regen aufgehört und die Sicht war deutlich besser geworden. Nur der Wind machte den Helfern zu schaffen, er kam von Süden und man musste laut schreien, um auf der anderen Seite des Priels verstanden zu werden.

Niels formte die Hände wie einen Trichter. »Ich komme durch den Priel und hole euch herüber.«

Er hängte zwei Schwimmwesten und Leinen um, streifte sich den Gurt mit der Sicherungsleine über die Schultern und machte vorsichtig den ersten Schritt in den Priel.

Lukas und Peter Jung suchten sich festen Stand am Ufer und hielten das Ende des Stricks. Nach und nach gaben sie Leine nach, doch die tückische Strömung machte Niels zu schaffen, ein paarmal verlor er den Halt und stürzte fast. Trotz des wärmenden Neoprenanzugs merkte er, wie kalt das Wasser war.

Verbissen kämpfte Niels sich voran, doch der Wasserdruck wuchs, wurde immer stärker. Dabei hatte Niels noch nicht mal drei Meter überwunden!

Es würde viel zu lange dauern, auf die andere Seite zu gelangen, das erkannte Peter Jung schnell. Ohne auf Niels' Protest zu hören, holte er die Leinen ein und zog ihn zurück.

»Niels, wir stehen unter Zeitdruck«, rief der Wachleiter ihm zu. »Wir nehmen die Rettungswurfleinen.«

Als Niels wieder auf dem Trockenen stand, hatte Peter Jung die gelben Wurfbeutel schon startklar gemacht. In den kleinen Säcken steckten Rettungsleinen, die sich beim Werfen automatisch ausrollten.

»Können die Mädchen gut schwimmen?«, wollte der Wachleiter von Niels wissen. »Sind sie sicher im Wasser?«

Niels nickte und griff zu einem der gelben Beutel. Den anderen hatte Lukas in der Hand und sie pfefferten die Rettungssäcke mit gezielten Würfen in Richtung Sandbank, wo sie sicher landeten. Das Ende der Stricke behielten sie selber in der Hand.

»Greift sie euch, Mädels«, rief Peter Jung. »Wir ziehen euch damit herüber.« Er hoffte, dass seine Worte ankamen, und es schien so, denn drüben kam Bewegung in die Gruppe. Die Mädchen glitten von den Pferden, hoben die Rettungsleinen auf und stemmten sich zurück auf die Rücken der Pferde.

Niels stöhnte auf und Peter Jung griff sich an den Kopf.

»Nein, bleibt unten! Mit dem Seil können wir nur euch durchs Wasser ziehen! Aber nicht die Pferde.«

Auf der Sandbank sahen sie Lea und Klara wild gestikulieren. »Wir lassen die Pferde nicht im Stich«, blaffte Lea zurück und schlang die Arme um Magics Hals. Seit die DLRG-Truppe auf der anderen Seite stand, fühlten die Mädchen sich wieder stark.

»Lea, sei vernünftig!« Niels Stimme überschlug sich vor Angst. »Klara!«

Doch Leas Antwortschrei klang endgültig. »Nicht ohne unsere Pferde.«

Fassungslos raufte Peter Jung sich die Haare. »Wir müssen irgendwie auf die Sandbank gelangen. Diese Verrückten! Notfalls müssen wir die Mädchen mit Gewalt wegholen.«

Er verfolgte den Verlauf des Priels, der sich in einigen Biegungen am Oberen Hörnsand entlangzog und nicht überall gleich aufgewühlt und gleich tief erschien.

»Ich laufe ein paar Meter am Priel entlang. Weiter nördlich muss es eine bessere Stelle geben, wo wir den Priel durchqueren können.«

Bevor der Wachleiter loslief, schickte er Lukas mit neuen Anweisungen an Land zurück und Niels sollte, solange er die Gefahrenzone für überschaubar hielt, am Wasserlauf bleiben, um Lea und Klara zu beruhigen.

Während Peter Jung am Priel entlanghetzte, suchte er aus zusammengekniffenen Augen den Himmel nach dem Rettungshubschrauber ab. Aber in den grauen Wolkenbergen war nichts zu erkennen. Ein Blick auf die Uhr sagte ihm, dass mit dem Seenotkreuzer noch nicht zu rechnen war. Selbst wenn er volle Kraft fuhr.

Saßen Lea und Klara in einer tödlichen Falle?

An Bord der *Willi Hennings* wurde alles zum Ablegen vorbereitet. Da saß jeder Handgriff, keine Sekunde wurde vertan.

Mitten in der Startvorbereitung empfing Vormann Jörg Thiele eine neue Hiobsbotschaft von der Seenotleitstelle Bremen.

»Betrifft Notfall in Westerbüll.«

»Ich höre.«

»Die Mädchen lassen sich von den Rettungsschwimmern nicht durch den Priel holen. Nicht ohne ihre Pferde.«

»Oh, Mist.«

Jörg Thiele fuhr sich durchs Haar. Sekundenschnell sah er sein eigenes Pferd vor sich, die braune Hannoveraner Stute, zuverlässig, immer einsatzbereit und stark. *Tüti* nannte er sie, genauso wie das Tochterboot seines Seenotkreuzers, das festgezurrt im Heck lag. Jörg Thiele war selber ein Pferdenarr, er ahnte, was in den Mädchen auf der Sandbank vorging. Die zwei mussten sich wie Verräter vorkommen, wenn sie ihre Pferde im Stich ließen. Lieber setzten sie ihr eigenes Leben aufs Spiel.

Fieberhaft rechnete Jörg Thiele, ob es zu schaffen war. 25 Knoten machte die *Willi Hennings*. Von ihrem Liegeplatz in Büsum brauchte der Rettungskreuzer eine knappe Stunde bis Westerbüll, selbst bei günstigen Bedingungen wie heute, wenn Südwind das Schiff anschob. Bis dahin herrschte Hochwasser. Konnte man die Tragödie überhaupt noch abwenden? Zum Teufel, war wirklich niemand näher an Westerbüll dran?

»Was ist mit der Station Eiderdamm? Ist die *Hauke Bohm* nicht ein Stück dichter?«

Das Funkgerät antwortete mit verstärktem Rauschen und Pfeifen, dazwischen die Stimme aus der Seenotleitstelle Bremen.

»Die *Hauke Bohm* ist bei den Halligen im Einsatz. Momentan weiter ab als ihr.«

»Hubschrauber?«

»Ja, beide alarmiert. Aber die sind gerade mit Krankentransporten unterwegs. Dauert auch.«

»Wir kommen.«

Mit einer Kopfbewegung wies der Vormann nach achtern. »Leinen los. Raus.«

Sofort wurden die Landverbindungen losgeworfen und die Motoren gestartet. Nur wenige Augenblicke nach dem Notruf schob sich der fast 30 Meter lange Rettungskreuzer aus dem Hafen und nahm rasch Fahrt auf.

»Volle Kraft voraus!«

Mit Höchstgeschwindigkeit preschte das hochseetüchtige Boot aus Stahl und Aluminium über die Wellen. Kurs: Westerbüll. Silbern schäumten die Wellen vor dem Bug, weiße Gischt wirbelte hoch, als die *Willi Hennings* auf Rettungsfahrt über die Nordsee flog.

Nautiker Andy meldete: »Schlechte Sicht. Höchstens 500 bis 600 Meter. Klart aber auf.«

Voll konzentriert stand Jörg Thiele im Fahrstand, vor sich das breite Cockpit, modernste Technik wie in einem Jumbojet. Im Ernstfall konnte er auf Echolot und Radar zählen, sogar auf satellitenunterstützende Navigation. Ein großer Segen für die Rettungsflotte – normalerweise. Aber was half das alles jetzt, im Wettlauf gegen die Zeit?

Ein kurzer Blick auf die Seekarte. Untiefen und Sandbänke, Jörg Thiele kannte sie alle. Die Sandbänke vor allem, gefährliche Fallen für Schiffe, für Segler und Kutter, die unvermittelt auf Grund liefen. Auch für arglose Strandspaziergänger, sie fühlten sich sicher auf den breiten Sandbänken und wurden dann urplötzlich vom auflaufenden Wasser eingeschlossen.

Nicht nur einmal hatte die *Willi Hennings* diesen Sommer Wattwanderer gerettet. Im Juni sogar eine halbe Schulklasse, sechs Kinder hatten sie mit ihrer kleinen *Tüti* aus dem Priel gefischt, die anderen hievte der Rettungshubschrauber nach oben.

Der Seenotkreuzer jagte über die Wellen, die Geschwindigkeit drückte den weißen Bug aus dem Wasser. Zum Glück herrschte wenig Schiffsverkehr. Kaum Segler, keine Fischer. Bei solchem Wetter wurde es nachmittags ruhig auf dem Meer, sogar am Sonntag.

Am Heck des Kreuzers waren Uwe und Steffen voll beschäftigt. Sie arbeiteten schnell und wortlos, ein eingespieltes Team, das das Tochterboot klarmachte. Die *Tüti* war ein Kraftpaket, extra fürs Wattenmeer gebaut, genauso zuverlässig wie das Mutterschiff, aber viel kleiner. Weniger Tiefgang hatte die Kleine, nur einen Meter. Damit kam man auch in die Priele. Allerdings gab es wenig Platz an Bord, der Raum wurde für die Technik gebraucht.

»Die Deerns kriegen wir schon zu fassen«, murmelte Uwe in breitem Norddeutsch und wiegte den Kopf. »Aber drei Pferde, nee, die gehen nicht rein in die *Tüti.*«

Im Fahrstand starrte Vormann Thiele durch die Scheibe auf stahlgraues Wasser, über das sein Rettungskreuzer mit äußerster Geschwindigkeit hinwegbretterte.

Das war wieder so ein Notfall, der ihm besonders naheging. Sicher, alle Seenotrufe waren tragisch, aber Kinder in Gefahr – das ging jedem an Bord an die Nieren. Uwe, Steffen, Andy, sie alle hatten Kinder zu Hause, und wenn die Kleinen ihre Väter zum Rettungseinsatz verabschiedeten – »komm gut zurück, Papa« –, bekamen auch die härtesten Seeleute feuchte Augen.

Jörg Thiele strich sich übers Gesicht. Wenn er sich vorstellte, seine eigenen Töchter ständen auf der Sandbank, ohnmächtig der Flut ausgeliefert . . .

Der Vormann zwang sich, kühl zu bleiben, und vergewisserte sich im Geiste, dass die Ausstattung des Bordhospitals komplett war. Bei den morgendlichen Einsätzen hatten sie wenig Verbandszeug gebraucht und gar keine Medikamente.

Er griff zum Gezeitenkalender und studierte die Tabellen. Um diese Zeit kamen sie mit der *Willi Hennings* nicht an die Sandbank vor Westerbüll heran, die *Tüti* musste raus, das kleine Tochterboot. Vielleicht könnte er damit doch auch die Pferde in Sicherheit bringen. Schon einmal hatte Jörg Thiele die Unterstützung seiner *Tüti* gebraucht, um ein Pferd zu retten. Letzten Sommer, ein durchgegangenes Pony. Sogar den Namen wusste er noch, obwohl seit der Sache mehr als ein Jahr vergangen war. Leo hieß es. Merkwürdig, dachte er, was einem im Kopf hängen bleibt.

Der Vormann erinnerte sich genau, wie er dank seines flachen Tochterboots dicht an das Tier herankam, das erschöpft im Meer strampelte. Von Bord aus konnte er das Pony an der Mähne packen und mitziehen.

Warum sollte so ein Einsatz nicht ein zweites Mal klappen?

Ungeduldig trommelte Jörg Thiele mit der flachen Hand auf die Instrumentenabdeckung, als könnte er dadurch die Maschine antreiben.

»Mach zu. Komm schon.«

10. Kapitel
Die Rettung naht im Galopp

Am Strand herrschte gedrückte Stimmung. Man stand in Gruppen zusammen und unterhielt sich halblaut, sogar die Jüngsten tobten nicht mehr herum, als spürten sie die Bedrohung, die in der Luft lag.

»Dort drüben – ein Rettungsschwimmer kommt vom Priel zurück«, rief plötzlich jemand und sofort strömten die Zuschauer mit angstvoller Neugierde auf Lukas zu, der übers Watt gelaufen kam.

»Die Mädchen lassen sich nicht holen«, keuchte er außer Atem und riss die Arme hoch. »Nicht ohne ihre Pferde.«

Entsetztes Raunen ging durch die Umstehenden. Markus Eichhorn stöhnte auf und begann, auf und ab zu irren. Er war völlig durcheinander und unfähig, überlegt zu handeln. Sein Kopf schmerzte höllisch, trotz der Tabletten, und er rieb sich den Schädel, als könne er dadurch Klarheit in seine Gedanken bringen, aber die kreisten nur um eins: Seine Töchter saßen in der Fluthölle fest.

Er musste zu ihnen. Egal, ob er draußen helfen konnte, er wollte hin. Verzweifelt, mit leerem Blick, stürmte Markus Eichhorn aufs Wattenmeer zu, durch die Schar der Rennpferde, die noch am Strand mit Jockeys und Trainern verharrten. Keiner mochte den Rennplatz verlassen, jeder wartete auf das gute Ende des Dramas.

Benny Kanter verfolgte Herrn Eichhorn durch die zusammengedrängte Menge.

»Markus, jetzt bleib doch stehen, verdammt!«

Schließlich holte er ihn ein, er hielt den verstörten Mann an der Weste zurück, schüttelte ihn und sah ihm fest in die Augen.

»Es gibt eine Chance, Markus! Was wir brauchen, ist ein Topreiter mit Toperfahrung. Siehst du den Jockey dort drüben in Rot-Weiß?«

Benny Kanter zeigte auf den schmalen jungen Mann neben einem braunen Vollblüter und sprudelte hervor: »Alois Huber reitet Seejagdrennen, ich kenne ihn von früher, damals fing er gerade an. Der Alois kann es schaffen, sein Pferd Meerstein ist fürs Schwimmen ausgebildet und ein absolut sicheres Führpferd. Meerstein hat eine Spitzenkondition. Der Alois muss durch den Priel und alle abholen.«

In Markus Eichhorns Augen zeichnete sich ein Hoffnungsschimmer ab, sein gehetzter Blick wurde ruhiger.

»Wie soll das gehen?«

Benny Kanter machte eine ungeduldige Handbewegung.

»Jeder Hindernisjockey kennt das aus dem Training. Man verbindet die Pferde mit Stricken. Sobald das erste ins Wasser geht, zieht es die anderen mit und alle schwimmen. Ach, wir verlieren hier nur Zeit, komm mit zu den Jockeys.«

Fast wäre Benny Kanter in den Polizeiwagen gelaufen, der soeben direkt bis an die Absperrung heranrollte. Wind und aufgebrachte Stimmen übertönten das Motorgeräusch. Kanter wich gerade noch aus und als er beim Vorbeistürmen Kim und Jette entdeckte, rief er ihnen zu: »Besorgt mir drei Halfter und drei lange Stricke. Schnell.«

»Ja, sofort.«

Kim und Jette waren froh, endlich etwas tun zu können, und spurteten zu den Pferdehängern, griffen sich Anbindestricke und Stallhalfter und fegten zurück zu Benny Kanter, der sich gerade mit Alois Huber ein Wortgefecht lieferte.

»Was heißt das, es geht nicht?«, fuhr Benny Kanter seinen Jockeykollegen erbost an. »Du bist der führende Hindernisjockey. Der beste bei Seejagdrennen. Du kannst es packen, Alois.«

Abwehrend wich der schmächtige Mann einen Schritt zurück und nahm Meersteins Zügel fester. »Ja, in normalem Gewässer! Aber Mann . . . ich komme aus Bayern. Mit den Tücken eurer Nordsee kenne ich mich nicht aus. Das wird nichts.«

Zornig machte Benny Kanter einen Schritt auf sein Gegenüber zu, bis er dicht vor ihm stand, zwischen ihre Nasen passte nicht mehr als ein Blatt Papier.

»Willst du, dass die Mädchen umkommen?«

»Natürlich nicht! Begreif doch endlich, Mann! Ich kann nicht schwimmen!«

»Was sagst du?«

Verlegen hob Huber die Schultern. »Ich bin Nichtschwimmer. Bei unseren Seejagdrennen sind die Teiche doch nicht tiefer als eins vierzig, da kommt man so durch. Ich konnte ja nicht ahnen . . .«

Mit wilder Entschlossenheit griff Benny Kanter in Hubers nassen Renndress und zog den Mann an seine Brust. »Dann reite ich. Ich habe nichts zu verlieren. Gib mir dein Pferd.«

Unwillig schüttelte der bayrische Jockey ihn ab. »Und wenn etwas passiert?« Er zeigte auf den braunen Galopper. »Das ist ein teures Pferd, das kannst du dir denken.«

Zwischen den beiden entwickelte sich ein regelrechtes Handgemenge. Voller Verzweiflung mischte Markus Eichhorn sich ein, er beschwor Alois Huber, sein Pferd freizugeben. Ein paar Jockeys warfen Zwischenrufe ein.

»Gib ihm den Hengst, Alois.«

»Bleib vom Pferd, Benny. Denk an das Jahr im Rollstuhl.«

Wieder verstrichen wertvolle Minuten. Hilfe suchend sahen Jette und Kim sich um. Warum half denn keiner?

»Polizei«, rief Jette und winkte heftig nach zwei jungen Frauen in Uniform, die gerade am Rande der Menschenmenge aus dem Streifenwagen stiegen. »Helfen Sie uns doch.«

Energisch bahnten die schlanken Frauen sich einen Weg durch die Ansammlung. Jette rannte ihnen entgegen und berichtete verzweifelt, was passiert war.

Die Wogen der Erregung schlugen hoch. Gutes Zureden

half bei Alois Huber nicht, auch nicht von Uniformierten. Der Jockey blieb unzugänglich. Offenbar hatte er Angst, dass Meersteins Besitzer ihm später die Hölle heiß machte, wenn er sein Pferd auslieh.

Die Polizistinnen stammten selber von der Küste, ihnen musste niemand sagen, wie gefährlich die Nordsee war. Jede Verzögerung verschärfte die Lage dramatisch. Sie ließen keine Zweifel daran, dass sie Alois Huber das Pferd wegnehmen würden.

»Menschenleben gehen über alles. Wir brauchen Ihr Pferd zur Abwendung von Lebensgefahr. Sollte es zu Schaden kommen, würde das natürlich geregelt.«

Widerstrebend ließ Alois Huber die Zügel von Meerstein los.

Kim und Jette stöhnten auf. »Endlich.«

Blitzartig streifte Benny Kanter seine Lederjacke ab und hängte sich Jettes Halfter und Stricke um. Mit routiniertem Griff schnallte er den Rennsattel ab, warf Alois Huber das leichte Teil in die Arme und seine Jacke hinterher. Mit einem Satz war Benny Kanter auf Meersteins Rücken, wendete ihn und fetzte im Galopp übers Watt dem Priel entgegen. Zusammengekauert hockte er auf dem Pferd, perfekt ausbalanciert, die Füße in die Flanken gepresst, fast schwebte er über Meersteins Rücken, mit kurzen Zügeln, durch und durch ein Profi. Hinter ihm blieb eine Wolke aus Wassertropfen und aufspritzendem Sand zurück.

Kraftvoll und leichtfüßig galoppierte Meerstein übers spiegelnde Watt. In tausend schmalen Bodenrillen stand Wasser und als zwischendurch ein kleines Stück Sonne durch die Wolken lugte, blitzte der Himmel lila in den Pfützen auf. Jedes Pferd hätte gescheut, aber Meerstein ignorierte das spiegelnde Wasser. Solchen Anforderungen war er gewachsen. Unerschrocken ging Meerstein vorwärts und Benny Kanter ließ ihn losstürmen.

Da war es wieder, das unvergleichliche Gefühl, auf einem Rennpferd zu sitzen, der Rausch der Geschwindigkeit, genau wie früher, nichts hatte sich geändert. Benny Kanter flog übers Watt und wäre der Anlass nicht derart dramatisch gewesen, hätte er den Teufelsritt genossen, so jedoch ... Gestern noch hatte er Lea und Klara geschworen, nie wieder auf ein Pferd zu steigen, und jetzt war er auf Meerstein unterwegs, um ihnen das Leben zu retten.

Schon schlängelte sich der breite Priel vor ihm, unmöglich, ihn zu umgehen. Niels lief Benny Kanter entgegen, der sein Pferd vor ihm zum Halten durchparierte.

Außer sich vor Angst und Aufregung empfing Niels den Jockey. »Klara und Lea wollen die Pferde nicht alleinlassen. Sie weigern sich, unsere Rettungsleinen zu benutzen.«

Es waren grauenvolle Minuten gewesen, die Niels am Priel verbracht hatte, ständig die Angst im Nacken, das Hochwasser könnte die Sandbank überfluten und die Eingeschlossenen in den Priel reißen. Sicher, Niels war als Rettungsschwimmer an brenzlige Situationen gewöhnt, aber hier ging es um die eigene Freundin. Da war es fast unmöglich, einen kühlen Kopf zu bewahren. Nun war er grenzenlos erleichtert über die Verstärkung.

Beruhigend hob Benny Kanter die Hand. »Ich hab's gehört, darum bin ich hergeritten.«

Meerstein beobachtete aufmerksam die Umgebung und schickte ein lautes Wiehern zu den Pferden auf die Sandbank, von der ein ungläubiger Aufschrei zurückkam. Es war Lea, die Benny Kanter auf dem Pferd erkannte hatte.

»Herr Kanter! Sie reiten ja! Bringen Sie jetzt unsere Pferde in Sicherheit?«

Bevor er antworten konnte, rief Klara ihm beschwörend zu: »Sie sind der Einzige, der das schaffen kann.«

»Ist doch eine Kleinigkeit«, gab Benny Kanter zurück, um die beiden aufzumuntern, dabei wusste er genau, wie schwierig die Sache sein würde. Er rechnete sich aus, die Mädchen herüberbringen zu können, aber ob er die unerfahrenen Friesen und den geschwächten Galopper durch die Strömung zwingen konnte, das stand noch in den Sternen.

Mittlerweile war DLRG-Wachleiter Jung von seiner Erkundungstour zurück und sprintete auf den Reiter zu.

»Was haben Sie vor?«

»Ich lotse die Mädchen mit den Pferden durch den Priel. Das müsste zu schaffen sein.«

»Sie schickt der Himmel.«

Peter Jung verschwendete keine Zeit für unnötige Erklärungen. Er deutete nach Norden und gab knappe, sachliche Informationen.

»Dort drüben finden Sie ruhigeres Wasser. Hier ist kaum Durchkommen, die Strömung ist extrem stark.«

»Gut. Und wo fällt die Uferkante nicht so steil ab?«

»Noch weiter nördlich. Aber mit dem Wind driften Sie sowieso etwas ab.«

Benny Kanter trieb Meerstein erneut an. »Okay, packen wir's.«

»Halt!« Niels rannte hinterher und schwenkte die beiden Rettungswesten. »Nehmen Sie die mit.«

Mit einer Hand griff Kanter vom Pferd herab nach den Westen. »Bestens, Junge.«

Mit trockener Kehle sah Niels ihm nach. »Hals- und Beinbruch«, murmelte er. Dann studierte er zum zwanzigsten Mal den Himmel, ob endlich Hilfe aus der Luft anrückte. Sie hatten noch zwei Eisen im Feuer, beruhigte Niels sich, falls Benny Kanters Plan scheiterte. Den Hubschrauber und als letzte Hoffnung die Hilfe vom Meer, den Seenotkreuzer, aber bis der von Büsum hier war ...

Nein, nicht daran denken. Es *musste* einfach gut gehen. Mit mulmigem Gefühl sah Niels dem Jockey nach und schickte ein inbrünstiges Stoßgebet nach oben. In Gedanken beschimpfte er sich für seine Furchtsamkeit! Und nun benahm er sich wie eine Memme. Was machte das für einen Eindruck – ein bibbender Retter? Hoffentlich merkte ihm niemand seine weichen Knie an.

Bevor Benny Kanter den Galopper umsichtig ins Wasser lenkte, ließ er ihn ein Stück Schritt gehen. Schon nach wenigen Metern fiel der Priel tief ab und sobald Meerstein automatisch zu schwimmen begann, glitt der Jockey vom Rücken und ließ sich an den Zügeln mitziehen. Irritiert reckte das Pferd den Kopf hoch, als der Wind die Oberfläche in Wellen verwandelte. Das kannte der Galopper nicht, aber er schwamm tapfer weiter und war bald durch die tiefe Wasserrinne hindurch.

Nach einigen fehlgeschlagenen Landeversuchen vor der Sandbank stemmte Meerstein sich schließlich auf festen Grund, wobei Benny Kanter sich geschmeidig auf seinen Rücken schwang. Für Lea und Klara sah das leicht aus und sie fassten neue Zuversicht. Sie wussten nicht, dass so ein schwieriges Wasserhindernis eigentlich nur von wassererprobten Pferden mit Topreitern durchquert werden konnte …

Kaum stand Meerstein auf festem Boden, streckte er den Kopf nach vorn und schüttelte sich prustend die Wassertropfen aus dem Fell, ohne seinen Reiter dabei abzusetzen.

»Reitet hierher zu mir«, rief Benny Kanter und streifte noch auf dem Pferd die Nässe aus der Kleidung, die triefend an seinem Körper klebte. Zum Glück war es relativ warm, trotzdem fror er, wenn eine Windböe das nasse Hemd an seinen Rücken presste.

Als Magic und Luna bei ihm eintrafen, Speedy Boy im Schlepptau, zwang Benny Kanter sich zu einem breiten Grinsen. Der gerettete Galopper strebte, ohne zu zögern, an seine Seite und stützte den Kopf an Meersteins Flanken. Mit seinen feinen Antennen spürte das Pferd, wo es die größte Sicherheit fand.

Mit einem Blick überschaute der Jockey die Situation. Alle waren in größter Unruhe, Pferde und Mädchen, besonders Klara machte einen verzweifelten Eindruck, vor Angst war sie mehr tot als lebendig. Jetzt kam es darauf an, Zuversicht zu verbreiten. Er musste den Ernst der Lage leugnen, damit Lea und Klara sich entspannten, denn ihre Stimmung übertrug sich sofort auf die Pferde.

»Guckt euch meinen Meerstern an. Ein Mordspferd«, sagte Benny Kanter, »der kann alles.« Seine Stimme klang ruhig und besonnen. Er sprang herunter, behielt Meersteins Zügel in einer Hand, während er mit der anderen in Windeseile Speedy von Rennsattel und Satteldecke befreite, die mit Salzwasser vollgesogen war wie ein Schwamm.

Ohne Mucken ließ Speedy alles mit sich geschehen, auch dass Kanter ihm eins der mitgebrachten Halfter überzog, regte ihn nicht auf. Der Galopper war bereit, alles mitzumachen, solange der Jockey nur in seiner Nähe blieb und ihn nicht wegschickte. Vom Alleinsein hatte Speedy Boy die Nase voll.

Während Benny Kanter die Rettungswesten verteilte, fuhr er in lockerem Plauderton fort, die Mädchen aufzumuntern. Er wunderte sich selber, wie leicht ihm das gute Zureden von den Lippen ging, dabei hatte er in seinem ganzen Leben wenig mit Jugendlichen zu tun gehabt und keine Ahnung, was psychologisch richtig war. Er ging einfach davon aus, dass verängstigte Mädchen genau so zu behandeln waren wie ängstliche Pferde, und damit kannte Benny Kanter sich aus.

»Meerstein ist der Star bei jedem Seejagdrennen«, erzählte er und versprühte Zuversicht. »Allein sein Name sagt schon alles. Fürs Meer wie gemacht und dabei unerschütterlich wie ein Stein. Wenn ich nicht aufpasse, nimmt die DLRG mir diesen tollen Kerl für den nächsten Rettungseinsatz weg. Wie ist es, meine Damen, habe ich das richtige Leitpferd für euch ausgesucht?«

Mit schlafwandlerischer Sicherheit traf der Jockey weitere Vorbereitungen für die Rettung. Was er anpackte, passte. Dabei redete und lachte Benny Kanter die ganze Zeit, obwohl seine Nerven in Wahrheit zum Zerreißen gespannt waren. Mit einem Auge beobachtete er das Hochwasser hinter der Sandbank, das bedrohlich heranrollte und das jeden Moment eine flache Stelle des Oberen Hörnsands überfluten konnte.

Seine Heiterkeit wirkte ansteckend, auch wenn sie aufgesetzt war. Wenn der Jockey lachte, konnte die Lage wohl nicht so ernst sein, hofften Lea und Klara, sie wollten es einfach glauben und so machte sich vorsichtiger Optimismus bei ihnen breit.

Normalerweise war Lea gegenüber falschen Tönen sehr empfindlich. Sie merkte sofort, ob ein Lachen echt oder unecht war, aber heute nicht, denn heute registrierte sie nur, dass Magic sich merklich beruhigte, sobald Benny Kanter in der Nähe war. Lea wollte nur an eins denken: Dieser Teufelskerl befreit uns aus der Nordsee.

11. Kapitel
In tosendem Wasser

Lea und Klara saßen auf ihren Pferden und kriegten gar nicht recht mit, was um sie herum geschah. In rasantem Tempo machte Benny Kanter sich an die Arbeit. Magic und Luna bekamen Stallhalfter übergestreift, die der Jockey mit einem Strick verband. Das metallische Klicken der Verschlüsse hörte sich vertraut an, etwas Normales in der kritischen Lage, es gab den Mädchen Zuversicht.

Die Friesen hingen nun auf Gedeih und Verderb zusammen. Ein zweiter Strick kam ins Seitenteil von Magics Halfter, der dritte ins Halfter von Speedy Boy, der sich nicht vom Fleck gerührt hatte. Das alles geschah mit atemberaubender Geschwindigkeit, jedoch ohne Hektik.

»Schätze, ich sehe aus, als ob ich mit den Pferden Gassi gehen will«, scherzte Benny Kanter und zog die Nase kraus, als er die beiden losen Stricke in die Hand nahm und sich auf Meersteins Rücken schwang.

Der große Tross setzte sich in Bewegung. In der Mitte ritt Benny Kanter, links führte er den herrenlosen Speedy Boy am Seil, rechts hielt er Magic am Strick. Luna folgte automatisch, da sie mit Magic verbunden war.

Es war eine Mammutaufgabe, die er als Jockey zu bewältigen hatte. Der Sprung ins Wasser war der Knackpunkt, alle mussten gemeinsam rein, sonst ging es nicht, wenn das fehlschlug . . . nein, nicht darüber nachdenken.

Kanter atmete tief durch, als er eindringlich und ernst auf die Mädchen einredete; in den nächsten Minuten mussten sie hellwach sein. »Sobald die Pferde schwimmen, gleitet ihr herunter. Dabei haltet ihr die Zügel in der Hand. Unbedingt.«

»Wie merke ich denn, dass Luna schwimmt?«, rief Klara ihm nervös zu. »Das sieht man doch nicht.«

»Sobald dein Hinterteil nass wird, also deine Reithose, musst du runter vom Pferd«, gab Benny Kanter zurück und musterte den Boden vor sich. Seine eigenen alten Spuren zeichneten sich im Sand ab. Hufspuren, die Meerstein bei der Landung zurückgelassen hatte. Sie standen genau an der Stelle, wo er vorhin angekommen war. Eine ausgezeichnete Startbasis, denn die Sandbank senkte sich hier gemächlich zum Priel ab.

»Gleich ist es geschafft.« Der Jockey schickte Lea und Klara einen aufmunternden Blick hinüber. »Ihr seid kernige Typen, bei euch habe ich keine Bedenken. Denkt daran, ihr tragt Rettungswesten, euch kann nichts passieren.«

Energisch lenkte er Meerstein in den Priel. Gehorsam, jedoch mit einer gehörigen Portion Vorsicht tauchte das Pferd seine Hufe ins Wasser, sah mit gespitzten Ohren nach unten. Aber unter den treibenden Hilfen von Benny Kanter ging Meerstein fleißig voran. Obwohl er damit den anderen Pferden signalisierte, dass keine Gefahr bestand, folgten sie nur zögernd. Doch da Benny Kanter sie am Führstrick hatte, mussten sie wohl oder übel mit ins Wasser.

Am wenigsten Probleme machte Speedy. Der Fuchs drängte sich eng neben Meerstein, er wollte ihm nah bleiben, auch wenn es wieder ins Wasser ging. Diesmal fühlte Speedy sich in sicherer Gesellschaft und mit Meerstein und Benny Kanter wäre der Galopper wohl bis ans Ende der Welt gegangen.

Die Friesen sträubten sich, aber nicht so massiv, dass Benny Kanter sie nicht halten konnte. Lea und Klara halfen nach Kräften mit, sie spornten Magic und Luna an, bis sie auf gleicher Höhe mit dem Leitpferd waren.

Der erste Schritt war getan! Der wichtigste! Ein Riesenstein fiel Benny Kanter vom Herzen, als der schwierige Einstieg ins Wasser gelungen war.

Von Süden drückte der Wind in den Priel, breite Wellen schwappten heran, schnell sank der Boden ab und das Wasser stand den Pferden bis zur Brust. Verstört rissen Magic und Luna ihre Köpfe hoch. Zwar waren die Friesen schon oft im Wasser gewesen, auch in tiefen Teichen, aber immer hatten sie Grund unter den Hufen gehabt. Instinktiv ruderten sie mit den Beinen, genau wie die Rennpferde neben sich, als der Boden unter ihnen auf einmal verschwand.

»Runter«, kommandierte Benny Kanter. »Alle nach rechts runter.«

Gehorsam glitten Lea und Klara von den Pferderücken, das kalte Salzwasser fuhr ihnen in die Glieder und machte auf einen Schlag ihre Sinne klar. Sie waren heilfroh über ihre Rettungswesten, die sie über Wasser hielten und für Antrieb sorgten.

»Bleibt neben der Pferdeschulter, lasst euch mit dem Zügel vorwärts ziehen.«

Mit kraftvollen Bewegungen strampelten die Pferde voran, nur Kopf und Hals guckten heraus, das Hinterteil lag unter Wasser. Lea hielt sich strikt ganz eng neben Magics Schulter, obwohl die Strömung sie wegdrücken wollte, aber Klara geriet ins Trudeln, weil sie sich mit beiden Händen angstvoll im Zügel festklammerte. Schon drohte sie sich in den Riemen zu verheddern.

Sofort kamen die nächsten Befehle von Benny Kanter. »Klara! Die Zügel nur mit einer Hand halten! Mit der linken, und die bleibt überm Widerrist liegen.«

Leichter gesagt als getan! Durch die Nässe fühlten sich Klaras Lederzügel glatt wie Schmierseife an, sie glitten ihr aus der Hand, bis Klara nur noch die Verschlussschnalle in den Fingern hielt. Klara driftete nach hinten und kam in eine unglückliche Lage. Sie trieb neben dem Bauch von Luna, gefährlich dicht an den rudernden Hinterbeinen. Plötzlich stieß Klara einen Schmerzensschrei aus. Sie war zu nahe an Lunas Hufe geraten und hatte einen Tritt abgekommen.

Aber es war weniger der Schlag als der Schreck, der Klara erneut in Panik versetzte.

»Bist du okay?«, schrie Benny Kanter ihr zu.

»Geht schon«, rief Klara zurück und biss die Zähne zusammen. Das erste Mal, seit sie im Priel kämpften, fiel ihr Blick aufs andere Ufer – und da sah sie Niels, ihren Niels, der tausend Ängste um sie litt, und sofort erwachte neue Energie in Klara. Mit aller Kraft griff sie in den Zügel, es gelang ihr sogar, wieder neben Lunas Schulter zu schwimmen.

»Haltet eure Zügel straff«, wetterte Benny Kanter. »Nur so könnt ihr das Pferd lenken, genau wie beim Reiten.«

Während die Galopper gut durchhielten, sogar der gebeutelte Speedy, bemerkte Lea voller Sorge, dass Magic und Luna erste Anzeichen von Schwäche zeigten, und dabei hatten sie noch nicht einmal die Hälfte hinter sich.

Für die mächtigen Friesen bedeutete das Durchqueren des Priels eine Tortur. Die schweren Pferde waren nicht gewohnt zu schwimmen, schon gar nicht lange Strecken, zu allem Überfluss steckte ihnen das Wettrennen noch in den Knochen.

Sie hatten die Distanz unterschätzt. Zwar maß der Priel nur 20 oder 30 Meter in der Breite, aber sie kamen nicht auf gerader Linie hindurch, weil Strömung und Wind sie zur Seite drückten. Konnten sie es überhaupt schaffen? Jetzt war es Lea, die kurz davor war zu resignieren. Was mutete sie ihrem Magic zu! Von der Seite linste sie in sein vertrautes Gesicht, sah seine Augen. Mit allen Anzeichen der Erschöpfung ruderte Magic weiter, das Schwimmen war für ihn eine grenzenlose Anstrengung, wilde Strudel unter ihm zehrten an seinen Kräften. In nassen Strähnen klebte Magics wellige Mähne am Hals.

Doch auf einmal wurde es leichter, sie kamen besser vorwärts, zum Rand hin ließ die Strömung merklich nach. Und dann verstand man endlich die Rufe von Niels!

»Hierher, Leute, hierher!«

Heftig winkend machte er am Rande des Watts auf sich aufmerksam und deutete mit beiden Händen auf eine Stelle am Ufer. Gegen das Rauschen von Wind und Wellen schrie er sich die Kehle aus dem Hals.

»Hier kommt ihr gut an Land.«

Endlich hatten sie ein genaues Ziel vor Augen und alle drei fixierten den Jungen, aber auch die Pferde schwammen hoffnungsvoll auf ihn zu. Vielleicht sahen sie in Niels einen blonden Leuchtturm, eine Rettungssäule, auf die sie zuhalten mussten.

Benny Kanter dirigierte die Mädchen seitwärts, sie schwammen ein wenig schräg zur Kante des Priels, um Unebenheiten aufzuspüren, wo die Hufe Halt fanden. Und dann war der erlösende Augenblick da: Der Widerrist von Meerstein kam aus dem Wasser hoch, er hatte Boden unter den Füßen.

»Aufsitzen«, kommandierte Benny Kanter über die Schulter.

»Linken Fuß über den Pferderücken heben.«

Leicht glitten Lea und Klara auf die Pferde, das Wasser hob sie förmlich hinauf. Noch einmal die Kräfte sammeln – und die Vierbeiner stemmten sich ans sichere Ufer.

Rettung in letzter Minute!

»Klara!«

Niels hatte nicht einmal Zeit, Klara zu umarmen, da hörte

er von der Seite schon Benny Kanters knappe Anweisungen in seine Richtung: »He, Junge! Stricke von den Friesen entfernen, nur das Seil von Speedy Boy nicht. Das ist das reiterlose Pferd, seinen Strick gibst du mir herauf.«

Mit klammen Fingern löste Niels Panikhaken und Knoten aus den Friesenhalftern, während Peter Jung sich um Speedys Strick kümmerte. Er warf ihn Benny Kanter zu, der den entflohenen Galopper als Handpferd mitnahm.

Mittlerweile herrschte im Watt der alarmierende Zustand kurz vor dem Hochwasser. Ringsherum sammelte sich in breiten Rinnsalen die auflaufende Flut, die von allen Seiten mächtig und schnell näher kam. Wo vorhin noch welliger Boden lag, bildeten sich minutenschnell bedrohliche Seenplatten und tiefe Priele.

Energisch zog Peter Jung Niels mit sich. »Weg hier, Niels, aber schnell.«

Die beiden liefen los und die Pferde folgten.

»Bestellt den Hubschrauber ab«, brüllte Benny Kanter dem Rettungsteam nach. »Die Pferde drehen durch, wenn der über ihnen Radau macht.«

Niels hob den Arm, zum Zeichen, dass er verstanden hatte, und stürmte weiter zum Strand, ein paarmal rutschte er auf glitschigen Algen aus, weil er nicht auf den Boden achtete, sondern immer wieder zurück zu Klara schaute.

Der Wattboden gab schwammig nach, die Pferde mussten Schritt gehen, aber die ersten Meter hätten sie auch kein schnelleres Tempo geschafft, so sehr hatte sie der Priel mitgenommen. Bald ließ Benny Kanter kurze Stücke traben, wo immer der Untergrund es hergab. Auf keinen Fall wollte er das Risiko eingehen, vor einem zweiten Priel zu stehen, der ihnen den direkten Weg abschnitt.

Hunderte von kreischenden Seevögeln begleiteten sie zum Strand, der voller Menschen war. Dazwischen leuchtete der rote Rettungswagen. Auf breiter Linie liefen ihnen Zuschauer entgegen, sie zerstreuten sich links und rechts, die meisten waren aufgebrachte Kinder, die von Ordnern zurückgehalten wurden.

Aus den tief hängenden Wolken näherte sich ein Brummen, ein ratterndes Geräusch, das zu einem tiefen Dröhnen anwuchs. Noch erkannte man nichts am grauen Himmel, aber es war klar, was sich am Horizont näherte: der Rettungshubschrauber!

Auch das noch!

Die Friesen wurden hektisch, trotz ihrer Erschöpfung registrierten sie die Unruhe über sich. Aber so plötzlich, wie der Hubschrauber gekommen war, so rasch verschwand er in einem weiten Bogen wieder am Himmel und flog zum nächsten Noteinsatz.

Die DLRG-Männer hatten sofort geschaltet, über Funk liefen die Kontakte direkt und schnell. Auch die *Willi Hennings* wurde gleich informiert, der Kreuzer konnte auf halber Strecke beidrehen und zu neuen Rettungseinsätzen beordert werden.

Als Benny Kanter mit seinem Tross zurückkehrte, waren die Menschen am Ufer nicht mehr zu halten. Von allen Seiten wateten die begeisterten Zuschauer durch die ersten flachen Wellen auf die Helden zu. Markus Eichhorn mit Emma, auch Kim und Jette waren ganz vorne im Gewühl dabei. Doch sie wurden ständig abgedrängt. Sie schafften es einfach nicht, auch nur ein einziges Wort mit Lea und Klara zu wechseln.

»Die Sandbank ist überflutet!« Jette hatte es zuerst bemerkt und schrie es heraus.

Wie auf Kommando flogen alle Köpfe zum Meer. Wo eben noch der Obere Hörnsand zu erkennen war, sah man nichts als die weite, gleichmäßige Ebene der Nordsee. Heranrollende Wellen hatten die Sandbank unter sich begraben, wie jeden Tag bei Flut. Nichts deutete auf das Drama hin, das sich dort vor einer halben Stunde abgespielt hatte.

»Ist das unheimlich!«, flüsterte Emma und griff nach Jettes Hand, während sie sich durch die Menge vorwärts zwängten.

Hätte die Rettung fünf Minuten länger gedauert – alle wären verloren gewesen.

12. Kapitel
Der Rettungseinsatz geht weiter

Ehe Lea und Klara sich versahen, hoben gutmeinende Helfer sie vom Pferd und trugen sie ins Sanitätszelt. Von Weitem sah Markus Eichhorn seine Töchter hinter den grauen Planen verschwinden. Immer noch in heller Aufregung, bahnte er sich eine Gasse durch die Urlauber und verschaffte sich Einlass ins Zelt, obwohl ihm ein Sanitäter zunächst den Zugang verweigerte, weil er Dr. Eichhorn nicht kannte.

»Lea! Klara!«

Er stürmte auf seine schlammverschmierten Töchter zu und presste sie an sich, als kämen sie von einer monatelangen Reise zurück. Wie eine Ewigkeit war ihm die halbe Stunde am Strand vorgekommen. Doch jetzt war alles vergessen, obwohl ihm die Todesangst und das grauenvolle Warten nach wie vor in den Knochen steckten. Die letzten

Minuten hatten Markus Eichhorn gezeichnet, unter den Augen lagen dunkle Ringe, sein Gesicht war aschfahl.

»Was sagt man bloß zu solchen verrückten Mädchen!«, murmelte er mit einem Kloß in der Kehle und dann brachen alle vor Erleichterung in Tränen aus. Verlegen wandten die Sanitäter sich ab und machten sich an ihren Blutdruckgeräten zu schaffen.

Nach kurzem Durchschnaufen sprang Lea von ihrer Liege auf. »Ich will raus! Ich muss zu Magic.« So nass, wie sie war, wollte sie an den Strand, aber der Notarzt hielt sie zurück.

»Nichts da, junge Dame, erst schauen wir, wie gut ihr beide die Sache überstanden habt.«

»Um die Pferde kümmere ich mich«, versprach Markus Eichhorn. »Und über eure hirnrissige Rettungsaktion reden wir später. Jetzt bin ich erst mal verdammt froh, euch lebend zurückzuhaben.« Nach einer Pause fügte er hinzu: »Aber macht euch schon mal auf eine gewaltige Standpauke gefasst. Wenn Benny nicht so beherzt eingegriffen hätte ...« Scherzhaft drohend verschwand er aus dem Zelt, während der Notarzt Klaras Bein untersuchte. Lunas Tritt war glimpflich abgegangen. Kurze Röcke musste Klara allerdings erst mal vergessen, der Hufabdruck würde einen gewaltigen blauen Fleck am Oberschenkel hinterlassen. Nachdem die Mädchen mit trockenen Sachen, Baseballkappen für die nassen Haare und heißem Tee versorgt waren, entließ der Mediziner sie nach draußen.

»He, wartet.« Der Notarzt hastete hinterher und drückte Lea ein flaches goldenes Päckchen in die Hand. »Wärmefolie für euren Retter. Der ist doch auch pitschnass. Er soll sich gleich im Sanitätszelt blicken lassen, ich will ihn kurz untersuchen.«

Lea schnappte sich die Folie. »Ist gut.«

Noch immer drängten sich an die hundert Schaulustige zwischen den Zelten am Strand, wo einige Männer vom Reitverein eilig damit begannen, Absperrungen und Zäune abzubauen und vor der Flut zu retten. Obwohl die Vollblüter bereits verladen und zum Teil weggebracht waren, stand das abgesteckte Renngeläuf noch.

Am Rande der Absperrbänder wartete ein kleiner Kreis von Jockeys auf den heldenhaften Ex-Kollegen. Unter ihnen Alois Huber, der sich verlegen das Kinn rieb, als Benny Kanter vor Nässe triefend mit Speedy Boy und Meerstein an der Hand auf ihn zusteuerte.

Während Speedy sich hölzern und schwankend bewegte, stolzierte Meerstein bereits wieder elegant vorwärts, er wirkte fit wie eh und je. Für ihn war das Abenteuer im Priel nicht mehr als eine Trainingseinheit gewesen.

»Ein Toppferd reitest du.« Mit unverhohlener Anerkennung drückte Benny Kanter ihm Meersteins Zügel in die Hand und der junge Jockey nahm sie etwas peinlich berührt entgegen, schließlich hatte er den Hengst zunächst nicht für den Teufelsritt herausgerückt. »Das Pferd hat eine Lebensrettungsmedaille verdient, Alois. So kaltblütig, wie Meerstein alles weggesteckt hat. Respekt! Zumindest verdient er eine Extraportion Hafer.«

Alois Huber betrachtete seine kurzen, flachen Stiefel, obwohl es da unten nichts zu entdecken gab, aber er wollte vermeiden, sein Gegenüber anzusehen. »Die Medaille geht wohl eher an dich, Benny«, brummte er in sich hinein, dann siegte seine Neugier. »Bist du wirklich zehn Jahre nicht geritten?«, erkundigte er sich.

Kanter zuckte wortlos die Achseln und nickte.

»Kaum zu glauben! Warum lässt du dich nicht mal auf der Rennbahn sehen? Wäre schön, mit einem Champion zu fachsimpeln.«

Trotz der Anstrengung der letzten Stunde wirkte Benny Kanter gelöst und fröhlich. »Gut möglich, dass ich bald bei euch aufkreuze. Bis jetzt habe ich das einfach nicht fertiggebracht. Das schnürt dir die Kehle zu, wenn du ein Rennen siehst und darauf brennst mitzureiten. Aber seit heute ... Vielleicht musste ein Notfall wie dieser kommen, damit ich wieder dabei sein will.«

Während er redete, blickte er sich nach allen Seiten um, um Speedys Besitzer zu erspähen. »Vorhin auf Meerstein kam es mir vor, als hätte ich nie aufgehört zu reiten.«

»Wenn du den Besitzer von Speedy Boy suchst, Benny ... der ist Kaffee trinken gegangen«, rief ein anderer Jockey dazwischen. »Dem war das hier zu ungemütlich.«

Ungnädig schüttelte Benny Kanter sich. »Nicht zu fassen. Ich an seiner Stelle hätte für einen großen Empfang am Strand gesorgt. Nicht für mich, aber für die Mädchen.« Er tätschelte Speedy, dessen Flanken sich im Sekundenrhythmus hoben und senkten. »Außerdem muss sein Pferd schnellstens versorgt werden!«

Alois Huber machte eine wegwerfende Handbewegung. »Alles ist noch so wie früher, Benny. Einige Besitzer interessiert das Pferd nur, um auf der Rennbahn Geld herauszuholen. Du weißt doch: Sie kommen am liebsten zum Champagnertrinken, wenn ihr Goldesel gewonnen hat.«

Seufzend strich Benny Kanter dem Galopper über die weit geöffneten Nüstern. »Na, dann komm mit zu Doktor Eichhorn, alter Junge. Wenn dein Besitzer sich nicht um dich kümmert, dann bringt unser Pferdedoktor dich wieder auf Trab.«

Steifbeinig ging der Galopper neben ihm zum Kreis der abgestellten Autos. Abgesehen von dem kleinen Tross der Jockeys, zogen noch dreißig oder vierzig Besucher mit.

Im Windschutz der Pferdehänger wurden Magic und Luna versorgt. Obwohl Sommer war, hatte Dr. Eichhorn sie in leichte Pferdedecken gepackt, ihre Muskeln waren durch die extremen Strapazen überanstrengt und brauchten Wärme.

Bevor Dr. Eichhorn zum Wagen lief, um seine Arzttasche zu holen, verabreichte er Magic und Luna Aufbaumittel. Blitz-Energiespender hatte er bei Wettkämpfen immer griffbereit in der Jackentasche. Emma und Jette schleppten Wassereimer heran. Nachdem Atmung und Puls sich beruhigt hatten, wurden die Friesen getränkt. Dann führten Emma und Jette sie im Schritt herum.

Erschöpft und glücklich lehnten Klara und Lea sich aneinander, ließen sich von Kim mit Traubenzucker versorgen und sahen ihren Pferden nach. Liebend gern hätten sie geholfen, aber es ging einfach nicht, so groggy und gerädert waren sie.

»Nach einer Tracht Prügel kann man sich kaum mieser fühlen«, stöhnte Lea. Alles schmerzte, sobald sie sich bewegte: Arme, Beine, Hüften, Rücken. »Im Moment kann ich nicht mal einen Hufkratzer halten.«

»Da kommt Speedy Boy«, rief Klara mit einem Mal. Inmitten der Menschentraube hatte sie den Hengst in seiner schlammigen Tarnfarbe erst bemerkt, als er mit Benny Kanter direkt vor ihr stand.

Zitternd und taumelnd, die Augen halb geschlossen, versuchte der vor Schmutz starrende Fuchs, sein Gleichgewicht zu halten. Unglaublich – eben noch stand dieses Häufchen Elend heißblütig am Start, vibrierend vor Renneifer. Kaum zwei Stunden war das her.

»Hast du Wasser für uns, Kim?«, rief Benny Kanter, aber die Frage war unnötig, denn Kim schaltete sofort, als sie den Galopper sah. Im Handumdrehen füllte sie einen Eimer aus dem Wassercontainer und schleppte ihn zu Speedy Boy herüber.

Besorgt stellte Kim fest, dass das Rennpferd vor Erschöpfung fror – ja, es bebte regelrecht. Eins, zwei, drei zog sie ihr Sweatshirt über den Kopf und legte es auf Speedys Rücken. Es war, als hätte sie damit ein Alarmsignal gegeben, denn ehe die Eltern sich versahen, rissen einige Kinder in der ersten Reihe ebenfalls ihre Pullover herunter und packten sie auf Speedys verdreckten, zitternden Körper.

»Ihr seid echte Tierfreunde«, murmelte Benny Kanter gerührt und stellte Kims Eimer beiseite. Noch durfte der Hengst nicht trinken, erst musste Speedys Kreislauf stabilisiert werden. Aber er hätte es vor Schwäche auch gar nicht versucht.

Unschlüssig drehte Klara die gefaltete Goldfolie in der

Hand. Vorgesehen war sie für den Jockey in seinen triefenden Sachen, aber allzu gern hätte sie auch Speedy nasses Fell damit bedeckt. Klara riss sich zusammen. Die warmen Pullover auf Speedys Rücken waren ja ein guter Notbehelf und Benny Kanter brauchte die Wärmedecke ebenfalls dringend. Oder wollte sie riskieren, dass er sich eine Lungenentzündung holte? Ausgerechnet der Mann, der todesmutig aufs Pferd gestiegen war, um sie zu retten?

Klara entfaltete die Goldfolie und hängte sie dem Jockey um. Sofort reckten Magic und Luna die Köpfe und blickten mit gespitzten Ohren herüber, aufmerksam sichernd, obwohl sie mehr als dreißig Meter entfernt geführt wurden. Blitzende Folie war keinem Pferd geheuer.

»Unsere beiden leben wieder«, seufzte Lea, »sonst hätten sie die Folie gar nicht bemerkt.«

Im Gegensatz dazu blieb Speedy Boy teilnahmslos und reagierte auf kein Knistern und Blinken.

Kanter sah auf. »Danke, Klara. Die Folie kann ich brauchen.« In seinem nassen Hemd fror er – jedenfalls äußerlich, innerlich glühte der Jockey regelrecht nach den aufwühlenden Ereignissen seiner geglückten Rettungsaktion.

Im Eiltempo kehrte Markus Eichhorn vom Wagen zurück, die schwere Arzttasche in der Hand, und winkte Benny Kanter zu. Wortlos umarmten sich die Männer, sie mussten nicht reden, um sich zu verstehen.

Herr Eichhorn räusperte sich, als er das Stethoskop hervorholte. Seine Kehle war eng geworden bei der Erinnerung an die überstandene Angst und er suchte Blickkontakt mit seinen Töchtern. »Jetzt zu unserer Hauptperson Speedy Boy.«

Mit dem Ärmel rieb der Tierarzt das Fell an der Gurtlage sauber und horchte Speedy ab, wobei er nach einiger Zeit zufrieden zu der Besucherrunde hochblickte.

»Kein normales Pferd hätte das geschafft, so viel steht fest. Ein harter Kerl, der Speedy Boy. Der hat nur wegen seines guten Trainings überlebt. Aber nun sind seine Reserven natürlich restlos aufgebraucht. Kim, bringst du mir einen Infusionsbeutel? Du weißt schon.«

»Kommt sofort.«

Der Tierarzt griff nach dem Beutel mit fertiger Nährstofflösung, den Kim ihm aus der Turnier-Vorratskiste zureichte. In seinem Arzneibestand kannten sich die Mädchen vom Friesenhof fast besser aus als er selber.

Markus Eichhorn legte Speedy Boy eine Infusion in die Halsvene, was das Pferd mit hängendem Kopf ohne jede Regung über sich ergehen ließ. Erst als Emma und Jette mit den Friesen zurückkamen, reagierte der Galopper mit leichtem Ohrenzucken.

Jetzt tauchten auch die Helfer der Deutschen Lebens-Rettungs-Gesellschaft in der Menschenmenge auf. Ihre nassen Sachen hatten Niels und Peter Jung gegen Sportoveralls getauscht.

Niels schlug sich zu Klara durch und griff unauffällig nach ihrer Hand.

»Mach das nie wieder«, flüsterte er, »es sei denn, du bist wild darauf, dass ich einen Herzschlag kriege.«

Klara lachte überglücklich, als sie ihm in die Augen sah, und er drückte ihre Hand, als wollte er sie nie wieder loslassen.

»So schnell bestimmt nicht, Niels! Ich dachte wirklich, keiner von uns kommt da lebend raus.«

Während die Strandgäste zusahen, wie Speedy Boy versorgt wurde, überhäuften sie Dr. Eichhorn mit Fragen. Vom Krankenhaus kannte jeder Infusionen, aber bei Pferden?

»Bei Pferden wirkt der Tropf genau wie bei Menschen, er dient zum Auffüllen der Energiespeicher«, erklärte der Tierarzt. »Speedys gewaltige Anstrengung beim Schwimmen, das kalte Meerwasser und dazu noch der Stress – das alles hat seine Energie total aufgebraucht. Zur Kräftigung bekommt er Nährstoffe. Außerdem braucht er leichte Bewegung, wenn der Tropf durch ist, damit sein Kreislauf wieder in Schwung kommt. Und vor allem Wärme.«

Suchend wanderte sein Blick über die Zuschauer hinweg zu den Bewirtungszelten. Unglaublich, dass der Pferdebesitzer sich immer noch nicht blicken ließ. Speedys Decke wurde benötigt, und zwar dringend. Die Pullover waren eine Notlösung, aber auf Dauer brauchte der Hengst rundherum eine richtige Pferdedecke.

»Das kann doch nicht wahr sein«, sagte Dr. Eichhorn, »der halbe Strand ist voller Reiter und wir können keine Pferdedecke auftreiben.«

Plötzlich schlug Jette sich gegen die Stirn.

»Auf dem Hänger müsste noch Frisos Decke liegen. Die haben wir nicht gebraucht«, rief sie und flitzte die heruntergelassene Rampe hoch, rumorte im Hänger herum, bis er wackelte. Putzkästen, Halfter und Sättel wurden von einer Ecke in die andere gepackt.

Dann drang ein Triumphschrei aus dem Innenraum und Jette kam tatsächlich mit einer leichten grünen Decke zurück. Mit spitzen Fingern nahm Kim die mit nassem Schlamm vollgesogenen Pullover von Speedys Rücken. Ihren eigenen warf sie in den Sand, drei andere tropfende Sweatshirts gab sie den Spendern zurück. Die Eltern bissen sich auf die Zunge, normalerweise hätten sie wegen der schmutzigen Pullover geschimpft, aber das verbot ihnen die Situation.

Die Friesendecke war Speedy Boy viel zu groß, schlackernd flatterte das grüne Tuch um seinen schmalen Sportlerkörper. Damit wirkte er noch bedauernswerter, noch armseliger. Jeder hätte ihn am liebsten in den Arm genommen.

Fast jeder. Nur Speedys Besitzer nicht.

Ohne Hast schlenderte Herr Schulze-Stahl herbei. Die missbilligenden Blicke der Umstehenden ignorierte er, aber wie zur Abwehr schlug er den Kragen seines Wachsmantels hoch und setzte ein überhebliches Gesicht auf.

Schweigend musterte er Speedy Boy, der dank der Infusion nun kaum noch zitterte. Mit schief gelegtem Kopf studierte Schulze-Stahl sein Pferd, abschätzend, wie man ein Auto nach einem Unfall betrachtet und überlegt, wie stark der Wagen im Wert gesunken ist.

»Das ist ja noch einmal gut gegangen.«

Mehr brachte er nicht über die Lippen. Kein einziges liebevolles Wort für seinen Hengst, der soeben dem Tod entronnen war. Kein Lob für die Mädchen, kein Dank für Benny Kanter oder die Jungs von der DLRG. Bei den Zuschauern breitete sich empörte Unruhe aus, ein paar Besucher machten ihrem Ärger durch Zwischenrufe Luft.

Ungläubig ließ Niels Klaras Hand los und quetschte sich zwischen Benny Kanter und dem Tierarzt hindurch, bis er Schulze-Stahl gegenüberstand.

»Das ist alles, was Sie zu sagen haben? Mann, die Mädchen haben ihr Leben aufs Spiel gesetzt! Für Ihr Pferd.«

»Ja, sicher«, räumte der Pferdebesitzer ein. Aus den Augenwinkeln linste er nach rechts und links und entdeckte nur abweisende Gesichter. Er fühlte sich durch Niels in die Enge getrieben und haspelte ein paar lahme Sätze hinterher.

»Beeindruckend, wirklich beeindruckend. Aber schließlich . . . es war unvorsichtig von ihnen.«

Er hob die Arme mit einer Geste, als hätte er mit der gefährlichen Rettungsaktion nicht das Geringste zu tun.

»Niemand hatte die Mädchen darum gebeten, Speedy Boy zu retten, das musst du zugeben.«

Entgegen seiner Gewohnheit wurde Niels nun sehr persönlich. In seiner ganzen Größe baute er sich vor dem Pferdebesitzer auf. Irritiert wich Schulze-Stahl zurück, denn der hoch aufgeschossene Junge wirkte ziemlich aufgeregt, wie er vor ihm stand.

»Wie kann man nur so gefühllos sein! Sie sollten den Rettern dankbar sein für ihre gefährliche Aktion. Wissen Sie, was Sie für mich sind – ein . . .«

»Niels!« Bevor der Junge sich weiter in seinen Zorn hineinsteigern konnte, zog Peter Jung seinen aufgebrachten Kollegen zurück. »Das geht zu weit.«

»Ist doch wahr«, wehrte Niels entrüstet ab und fuchtelte

mit den Armen. »So einer hat es gar nicht verdient, dass man sich für ihn in Gefahr begibt. Klara, Lea und der Jockey – sie haben ihr Leben eingesetzt für Ihr Pferd!«

Niels ließ sich nicht davon abbringen, seine Rede zu Ende zu führen und den selbstlosen Einsatz der drei Helden gebührend zu würdigen.

Aus dem Publikum kam beifälliges Murmeln und Klara ließ mit verklärtem Gesicht Niels' Schmeicheleien auf sich herabrieseln, während Benny Kanter etwas beschämt wegschaute.

Lea dagegen mischte sich bereits wieder ein. Obwohl sie sich wie gerädert fühlte, reichte ihre Kraft gerade noch, um Speedys Besitzer Vorwürfe an den Kopf zu werfen.

»Denken Sie gefälligst mal daran«, krächzte sie, so laut es ihre heisere Stimme zuließ, »wie viele rettende Engel für Ihr Pferd im Einsatz waren! Die gesamte DLRG-Mannschaft vom Strand – Niels und Lukas und Herr Jung. Der Rettungshubschrauber und die Männer auf dem Seenotkreuzer. Die Polizei war auch da. Mein Vater und unsere Freundinnen haben fast einen Herzschlag gekriegt vor Angst und unsere Pferde auch. Und Sie sagen nicht mal Danke.«

Sie warf den Kopf zurück und blitzte ihn an, bevor sie erschöpft in sich zusammensackte. Dass Reden so anstrengend sein konnte!

»Da darf man sich doch wohl aufregen«, blaffte Lea noch hinterher, bevor Kim ihr eine warme Kirschwaffel in den Mund schob, die sie von Sörensens Stand geholt hatte.

Schulze-Stahl sah aus, als wünsche er sich sehnlichst, sein Wachsmantel würde sich in eine Tarnkappe verwandeln.

»Das Mädchen hat völlig recht«, schrie jemand.

»Genau«, riefen andere aus dem Publikum und eine junge Mutter setzte hinzu: »Haben Sie keinen Anstand?«

Speedy Boys Besitzer hätte sonst was dafür gegeben, aus der feindseligen Runde zu verschwinden. Zögernd griff er in seinen Mantel und holte die Brieftasche hervor: »Was bin ich schuldig?«

»Ein Menschenleben ist unbezahlbar«, sagte Niels von oben herab und der Mann steckte sein Geld wieder ein.

»Ein Pferdeleben auch«, rief Lea dazwischen.

Benny Kanter mischte sich ein. »Ja, aber alles, was die Helfer brauchen, kostet viel Geld. Wenn die Gesellschaft zur Rettung Schiffbrüchiger einen neuen Seenotkreuzer anschaffen muss, geht das gleich in die Millionen . . .«

»Schon gut«, murmelte der Pferdebesitzer peinlich berührt und griff erneut zu seiner Brieftasche.

Währenddessen ging das Handy von Peter Jung. Er antwortete sofort und wandte sich ab, wobei er sich das freie Ohr zuhielt, um besser hinhören zu können.

Ein neuer Notfall? Niels sah ihn fragend an.

Doch nach dem ersten Wortwechsel winkte der Wachleiter beruhigend, unterhielt sich weiter und formte mit den Lippen den Namen *Willi Hennings*.

»Sagen Sie bloß«, rief Peter Jung ins Handy und immer mehr Leute drängten sich in seine Nähe, als hätten sie ein Recht zu erfahren, was sich Neues tat. Herr Schulze-Stahl machte sich ganz klein in der Menge, heilfroh, nicht mehr im Mittelpunkt des Interesses zu stehen.

Eine Zeit lang lauschte der DLRG-Mann konzentriert in

seinen Apparat, schüttelte mehrfach den Kopf und rieb sein Kinn. »Der kann euch wirklich auf Knien danken. Und dem geflohenen Galopper auch. Der Hengst bekrabbelt sich gerade wieder, hängt am Tropf. Ein harter Bursche. Danke noch mal für euren schnellen Einsatz.«

Keiner der Umstehenden konnte sich einen Reim darauf machen.

»Heute ist ein Glückstag«, sagte Peter Jung bedächtig und schaltete das Handy aus. »Ihr glaubt nicht, was soeben passiert ist.«

Die Leute am Strand hingen an seinen Lippen, als Peter Jung das Telefongespräch mit Kapitän Jörg Thiele zusammenfasste.

Die *Willi Hennings* hatte gerade beigedreht, als die Besatzung beim Passieren der Sandbank »Großer Robbensand« unklare Bewegungen ausmachte.

»Auf dem Großen Robbensand ist immer etwas los«, platzte Jette dazwischen. »Schließlich liegen dort Seehunde und sonnen sich.«

»Stimmt.« Peter Jung nickte. »Aber hört weiter.«

Den Rettungsmännern des Seenotkreuzers erschien die Bewegung ungewöhnlich, jedenfalls griff Jörg Thiele zum Fernglas und traute seinen Augen nicht: Statt Robben entdeckte er einen Mann mit Jagdhund, der hektisch auf dem Großen Robbensand hin und her lief. Er war von der Flut bereits vollkommen eingeschlossen. Der Mann schwenkte verzweifelt seine grellrote Regenjacke über dem Kopf, aber bei dem diesigen Wetter war er mit bloßem Auge nur auf ein paar Hundert Meter sichtbar.

»Die *Willi Hennings* hat Mann und Hund soeben an Bord genommen«, schloss Peter Jung seinen Bericht. »Der Hund hatte Seevögel gejagt, sein Besitzer war ihm gefolgt und hatte dabei nicht auf die Flut geachtet. Plötzlich stand er auf der Sandbank und war vom Hochwasser eingeschlossen. Wie ihr«, sagte er mit einem Seitenblick auf Lea und Klara. »Nur mit dem Unterschied, dass ihn am Strand niemand vermisste.«

»Der wäre glatt ertrunken«, sagte Klara ergriffen, »wenn Speedy Boy nicht geflüchtet wäre . . .«

»Besser gesagt: wenn du nicht mit Lea hinterhergeritten wärst«, unterbrach Emma.

»Noch besser gesagt, wenn Magic und Luna nicht vor dem Priel gescheut hätten«, fiel Jette ein, »dann wäre nämlich der Seenotkreuzer gar nicht ausgelaufen und . . .«

Markus Eichhorn hielt sich die Ohren zu.

»Aufhören, sofort aufhören! Ich will nichts mehr davon hören. Mein Bedarf an Rettungsaktionen ist gedeckt. Und zwar für den Rest meines Lebens.«

Es war, als hätte er damit das Signal zum Aufbruch gegeben, denn die Menge begann, sich laut schwatzend zu zerstreuen. Was für einen Tag hatten sie erlebt!

13. Kapitel
Neuer Besitzer für Speedy?

Auf dem Friesenhof war längst alles für die Siegesfeier vorbereitet. Neongirlanden, Silberbecher und gläserne Saftkrüge glänzten um die Wette. Auf den Eisbomben, sechs mit Wunderkerzen verzierten Halbkugeln, gerieten die Sahnetupfer allmählich in Schieflage.

»Ich verstehe nicht, wo die bleiben.«

Unverrichteter Dinge kehrte Mascha vom Leuchtturmweg zurück, wo sie zum dritten Mal nach den Pferden Ausschau gehalten hatte. Für 17 Uhr war die große Feier auf dem Hof geplant und nun zeigte die Uhr fast 18 Uhr.

Ratlos sah Meike Eichhorn durchs Fenster auf die Einfahrt hinaus. »Unten am Strand läuft doch nichts mehr, wir haben längst Hochwasser. Am Abbau kann es auch nicht liegen, die Zäune wollte der Reiterverein übernehmen.«

Entgegen ihrer zuversichtlichen Rede fühlte sie sich überhaupt nicht ruhig. Ganz untypisch für meine Familie, mich hängen zu lassen, dachte Meike Eichhorn, als sie die Wunderkerzen aus den Eisbomben zupfte, um die Torten zurück ins Gefrierfach zu schieben. Bei ihren Anrufen aufs Handy hatte sich auch niemand gemeldet, allerdings überhörte man am Meer den Klingelton schnell.

»Ob etwas passiert ist, Frau Eichhorn?«, fragte Nelly mit leiser Angst in der Stimme.

»Aber was denn?«, entgegnete Meike Eichhorn, ohne den unruhig suchenden Blick vom Hof zu nehmen. »Als wir gingen, waren doch sämtliche Rennen bereits durch.« Eine Weile marschierte sie am Fenster auf und ab, dann sagte sie entschlossen: »Du hast recht, Nelly, am Meer ist alles möglich. Warum sollen wir uns hier die Beine in den Bauch stehen und unruhig sein? Wir fahren hin und schauen nach. Habt ihr eure Fahrräder auf dem Hof?«

»Ja.«

In Windeseile waren die drei draußen und sprangen auf die Räder. Statt über den Holzsteg zu sausen, den die Reiter gern zum Strand nahmen, fuhren sie unten am Deich entlang, um direkt zum Parkplatz mit den Hängern zu gelangen. Unterwegs mussten sie immer wieder laut diskutierenden Menschen ausweichen. Sie konnten die aufgeschnappten Wörter wie »Seenotkreuzer« oder »Hubschrauber« nicht einordnen, die Begriffe flößten ihnen aber merkwürdiges Unbehagen ein.

Das Wetter beruhigte sich und obwohl der Asphalt nass glänzte, war schon seit einiger Zeit kein Schauer mehr heruntergegangen. Die dichte Wolkendecke riss auf und ließ in schmalen Lücken Sonnenstreifen durch.

Beim Überqueren der Deichkrone flüsterte Nelly ihrer Freundin zu: »Hast du auch so ein komisches Grummeln im Bauch?«

Mascha nickte mit zugeschnürter Kehle. Was erwartete sie am Strand? Doch zu ihrer Erleichterung wurde unten normal gearbeitet. Männer bauten Sperrzäune ab und zerrten die im Watt festgesaugten Pfosten mithilfe von Ketten aus dem Boden. Trecker tuckerten herbei, nahmen das Material auf und fuhren es weg. Die hektische Betriebsamkeit des Nachmittags war einem geordneten Abzug gewichen.

Über den festgestampften Sand radelten sie zum Abstellplatz für Autos. Nur noch wenige Fahrzeuge parkten dort, normale Pkw und Geländewagen, die großen Transporter der Vollblüter waren weg. Etwas abseits standen einige Hänger wie eine Wagenburg dicht beieinander. Die Pferde dahinter sah man nicht, aber ihr Prusten drang zu den Radfahrern herüber.

Frau Eichhorn radelte auf die Autos zu, zwischen denen auch der grüne Geländewagen des Friesenhofs stand. Unruhig ließ Meike Eichhorn ihren Blick über den Strand schweifen, von ihrem Mann war nichts zu sehen. »Wo Lea und Klara bloß stecken?«, sagte sie nervös über die Schulter, mehr zu sich selber als zu ihren Begleiterinnen.

Sie passierten den Geländewagen und als Frau Eichhorn auf dem Beifahrersitz eine goldene Rettungsfolie mit Schlammspuren liegen sah, verstärkte sich ihre unheilvolle

Ahnung. Gleichzeitig erspähten auch Nelly und Mascha die mysteriöse Golddecke.

Schon flog Nellys Rad in den Sand, Maschas hinterher, sie stürzten auf die Wagentür zu und drückten ihre Nasen an der Scheibe platt, um klarer zu sehen. Eine Rettungsdecke im Auto? Wer brauchte eine Wärmefolie?

»Teufel auch, da stimmt was nicht.« Mascha biss sich auf die Unterlippe und kaute darauf herum, während sie den Fremden im blauen Wachsmantel neben dem Wagen anstarrte, ohne ihn richtig wahrzunehmen.

Hinter der Barriere von zwei Treckern tauchte Benny Kanter auf. Er führte ein eingedecktes Pferd, dessen Farbe man vor lauter Schlamm unmöglich erkennen konnte. Das Gesicht, die Mähne, alles grau verkrustet, sogar die Augen. Das Tier stocherte auf hölzernen Beinen durch den Sand.

»Das ist doch Frisos grüne Decke«, sagte Nelly und blieb wie erstarrt stehen. »Jetzt verstehe ich nichts mehr.«

Benny Kanter wies eine gewisse Ähnlichkeit mit dem grauen Pferd an seiner Seite auf, jedenfalls war er ebenso schmutzig, abgekämpft und nass.

»So wie Benny Kanter sieht man nach einem Ritt durchs Wattenmeer aus.« Mascha blickte zu ihm hinüber und er winkte schwach zurück. »Wenn ich nicht wüsste, dass er nie mehr reitet, würde ich sagen, er ist im Galopp durch den Schlamm gebrettert. Aber das ist ja unmöglich.«

»Meike, hallo, Meike!«

An Speedys Seite erschien jetzt Markus Eichhorn. Laut rufend machte er auf sich aufmerksam, hastete und stolperte durch den Sand zu seiner Frau, die ihm mit einer Mischung aus Erstaunen und Erschrecken entgegenkam.

»Meike«, sagte er nur, dann umarmte er sie, wieder und wieder, küsste seine Frau ab, als hätte er sie seit Ewigkeiten nicht gesehen. Nelly und Mascha tauschten beunruhigte Blicke. So eine Wiedersehensfreude nach zwei Stunden?

»Himmel, tut mir leid, dass es schon so spät ist. Ihr habt auf uns gewartet.« Markus Eichhorn hob die Arme. »Aber was wir hier erlebt haben . . .«

Und dann erzählte er.

Nachdem sie der Wahnsinnsgeschichte mit ungläubigem Staunen gelauscht hatten, hielt Mascha und Nelly nichts mehr auf dem Fleck. Sofort wollten sie zu ihren Freundinnen und sie ausquetschen. Mascha stand schon in den Startlöchern. »Sind Lea und Klara noch hier?«

Herr Eichhorn nickte und zeigte auf die zusammengestellten Hänger. Während Mascha und Nelly losstürmten, hielt Herr Eichhorn seine Frau zurück, die mit aschfahlem Gesicht versuchte, das Ganze zu verdauen. »Warte, Meike. Die vier wollen das große Abenteuer unter sich durchhecheln. Lass sie, Lea und Klara müssen sich den Schock von der Seele reden.«

Mit einem tiefen Seufzer hängte Meike Eichhorn sich bei ihrem Mann ein. »Abenteuer . . . das ist wohl etwas sehr milde ausgedrückt. Das war ein Tanz auf dem Vulkan.«

Inzwischen bogen Mascha und Nelly atemlos um die Ecke der Hängerreihe. Mit dem Finger fühlte Lea gerade Magics Puls und Klara war dabei, Lunas Atemzüge zu zählen.

»Eine Gemeinheit!«, schrie Nelly. »Was wir alles verpasst haben.«

Magic registrierte das Mädchen sofort, seine Lebensgeister waren wieder erwacht und er schnoberte gleich in Maschas Taschen nach Leckerli, wobei er den ausgetrockneten Schlamm von seinen Backen an Maschas weißer Bluse abrieb.

»Was habe ich von dir gehört, schwarzer Riese?«, sagte Mascha, ohne sich um die Flecken zu kümmern. Sie kramte ein paar Knusperwürfel aus der Tasche und schob sie Magic und Luna ins Maul.

»Gebt zu, das war ein Trick von euch, um Benny Kanter wieder aufs Pferd zu kriegen«, scherzte Nelly. »Ganz schön raffiniert.«

»Du hast Nerven.« Klara verzog das Gesicht.

Mascha beugte sich vor und peilte durch eine Ritze zwischen den Hängern zu den Erwachsenen, die das Rennpferd mit vereinten Kräften die Verladerampe emporschoben.

»Muss Speedy Boy etwa heute noch auf die Autobahn?«

»Stell dir vor«, stöhnte Lea, »das plante der Besitzer tatsächlich. Papa hat das natürlich verboten. Schließlich hat er als Turniertierarzt die Macht dazu.«

Unter vier Augen war es Markus Eichhorn gelungen, Herrn Schulze-Stahl zu überzeugen, Speedy Boy einige Tage auf dem Friesenhof zu lassen. »Einen derartigen Stress steckt kein Pferd weg. Speedys Muskulatur ist total verhärtet, der Bursche kommt bei mir unters Solarium. Bevor er sechs Stunden bis Köln gefahren wird, muss er erst wieder zu Kräften kommen.«

Einerseits kannte der Besitzer des Vollblüters diese Problematik und eigentlich war die Predigt unnötig. Andererseits sah Schulze-Stahl sich derart in die Zange genommen, dass er nur noch wegwollte. Keinesfalls war er bereit, ein zweites Mal nach Westerbüll zu kommen.

Erst als Benny Kanter anbot, den Galopper nächste Woche nach Köln zu bringen, willigte Schulze-Stahl ein.

Bibbernd vor Erschöpfung, lehnte Klara sich an Lunas Bauch. »Ich verstehe Benny Kanter nicht. Erst setzt er sein Leben aufs Spiel für Speedys Rettung und dann bringt er den Hengst nach Köln zurück. Wer weiß, was dort aus dem Pferd wird.«

Lea schimpfte mit. »Dem Schulze-Stahl geht es doch nur um Gewinne, die er durch Speedy einstreicht. Wenn der nichts mehr bringt, kommt er weg. Ach, am liebsten möchte ich ihn kaufen.«

Betrübt nickte Nelly. »Aber was wollt ihr mit einem Galopper auf dem Friesenhof? Den kann doch keiner reiten.«

»Leider«, seufzte Klara, sie fühlte sich ohnmächtig und elend. »Papas Antwort kenne ich jetzt schon, wenn ich ihm vorschlage, Speedy zu kaufen.«

Während die anderen sich unterhielten, spähte Mascha immer noch durch die Lücke. Auf einmal winkte sie ihre Freundinnen aufgeregt heran. »Schnell, kommt her. Hier tut sich was.«

Gemeinsam drängten sie sich vor den Aussichtspunkt und sperrten die Ohren auf, um Satzfetzen aufzuschnappen. Zum Glück wehte der Wind aus der richtigen Richtung und trug die Unterhaltung herüber.

»Pferde haben mir verdammt gefehlt«, sagte Benny Kanter gerade beim Schließen der Hängerrampe und hämmerte den Riegel heftiger als nötig in den Verschluss. »Manchmal ist ein einschneidendes Erlebnis nötig, um wieder klar zu sehen. Ich will nicht den Rest meines Lebens ohne Pferde verbringen.«

»Was heißt das?« Markus Eichhorn fiel aus allen Wolken. »Du willst wieder Rennen reiten, Benny?«

Der Jockey winkte ab. »Nein, keine Rennen mehr, dazu bin ich zu lange raus aus der Szene. Ich reite nur noch aus Spaß.«

Einsilbig hockte Schulze-Stahl auf der Radabdeckung und erst als der Jockey ihn nach dem Preis für Speedy Boy fragte, blickte er überrascht auf. Vom Strand war auf einmal heiseres Geheul zu hören und irritiert flog Schulze-Stahls Kopf herum. Doch der aufkeimende Jubel erstarb sofort, als schlüge sich jemand die Hand vor den Mund.

Und genauso war es auch, Lea hatte einen Freudenschrei nicht unterdrücken können, als sie Kanters Frage nach dem Preis hörte.

Angestrengt drückte sie ihr Ohr in die Lücke und fing die Antwort des Pferdebesitzers auf.

»Dieses Jahr läuft der Hengst noch. Kann sein, dass ich ihn nächstes Jahr ausmustere, er ist jetzt acht Jahre. Mal sehen, was er noch bringt nach dem Theater heute.«

In ihrem Versteck quetschten die Mädchen ihre ineinandergefalteten Hände, als könnten sie dadurch die Verhandlung beeinflussen.

»Bei mir läuft ein Prozess wegen eines alten Rennunfalls«,

hörten sie jetzt Benny Kanter sagen. »Wenn ich den gewinne, bekomme ich eine anständige Summe von der Versicherung und dann . . .«

Der Rest des Gesprächs ging im aufheulenden Motor des Geländewagens unter.

Lea holte tief Atem und hielt mit geschlossenen Augen die Nase in den Wind. »Da liegt etwas in der Luft. Wisst ihr, was ich glaube? Speedy heißt nicht mehr lange Schulze-Stahl mit Nachnamen.«

»Meinst du wirklich?«, gab Klara leise zurück. Plötzlich schlug ihr Herz schneller. Sollte der schreckliche Tag so ein überraschendes Ende nehmen? So ein unglaublich schönes?«

»Und ob?« Lea lachte verschmitzt und sagte mit ihrer Reibeisenstimme: »Ich wette, der Hengst heißt bald *Speedy Kanter.*«

Zwischen den Strandkörben tauchten Emma und Jette und Kim auf, die Friso heimgebracht hatten. Als sie den Friesenhof verwaist vorgefunden hatten, waren sie auf dem Absatz umgekehrt und zum Strand zurückgelaufen.

Klara schlug sich gegen die Stirn. »Wir haben die Siegesfeier verpennt. Jetzt aber schnell zurück zum Friesenhof.«

»Genau.« Lea nahm Magics Führstrick und wandte sich zum Gehen. »Ich will die Kerzen auf der Eisbombe brennen sehen. Los jetzt.«

Einträchtig machten sie sich mit den Pferden auf zum Friesenhof. Oben auf der Deichkrone hielt Klara kurz inne und warf einen Blick aufs Meer zurück. Weiß hob sich der Turm der Lebensretter vom Stahlbau der See ab. Eine Stunde noch schob Niels Wache, bevor er sich über die Eistorte hermachen konnte.

Stille senkte sich über den Strand, nur die Brandungswellen brachen sich mit dumpfem Murmeln am Ufer. Keine Spur mehr von der Sandbank. Eine Gänsehaut lief Klara über den Rücken, als sie an Benny Kanter, Speedy Boy und Meerstein dachte.

Luna stieß ihr leicht den Kopf in die Seite, die Stute wollte weiter und Klara drückte ihr Gesicht an das nasse Fell. »Hast recht, Luna, wir denken nicht mehr dran. Aber eins schwöre ich dir: Die Sandbank sieht mich nie wieder.«

Margot Berger

Die Pferde vom Friesenhof

Pferde, Sommer, Abenteuer

Lea kann ihr Glück kaum fassen: wochenlange Ferien unter lauter Pferdefans, Ausritte auf prächtigen Friesenpferden, gutmütigen Haflingern und auf den lustigen Shettys, die überall für Stimmung sorgen. Und das Beste: Der Ferienreiterhof Eichhorn liegt direkt am Meer!

Dieser Sammelband enthält die Bände »Flucht bei Nacht und Nebel« und »Angst um Magic«.

Arena

280 Seiten • Gebunden
ISBN 978-3-401-45443-6
www.arena-verlag.de

Margot Berger

Reiterhof Birkenhain

Sommer, Glück und Pferdeträume

Große Aufregung auf dem Reiterhof Birkenhain! Stallbesitzer Jensen ist von der Leiter gefallen und muss ins Krankenhaus. Wer wird sich jetzt um den Hof kümmern und die Pferde versorgen? Auch Imke ist verzweifelt. Ihr geliebtes Pferd Deichgraf ist verschwunden. Fieberhaft beginnen sie und ihre Reiterfreundinnen, nach ihm zu suchen. Und dabei stoßen sie auf einen zwielichtigen Pferdetransport nach Italien ...

Dieser Band enthält die Einzelbände:
„Ein starkes Team“ und „Achtung: Pferde in Not!“

Arena

280 Seiten • Gebunden
ISBN 978-3-401-45447-4
www.arena-verlag.de

Margot Berger

Reiterhof Birkenhain

Sonne, Wind und Pferdeliebe

Für Conny, Luisa und Jule ist der Reiterhof Birkenhain der schönste Platz auf der ganzen Welt. Mit den beiden Fjordpferden Ole und Kalle ist immer etwas los. Und als sich auch noch das Fernsehen auf dem Hof anmeldet, hat Jule mit der Holsteiner Stute Sally ihren ganz großen Auftritt.

Dieser Sammelband enthält die Bände: »Aufregung im Stall« und »Großer Auftritt für Sally«.

Arena

296 Seiten • Gebunden
ISBN 978-3-401-45446-7
www.arena-verlag.de

Angela Waidmann

Filmstars im Galopp

Zoe. Das Glück hat vier Hufe

Zoes Traum geht in Erfüllung: Sie und ihr Pony Filou werden die ganzen Sommerferien über bei einem richtigen Hollywoodfilm mitmachen. Als Statisten. Zum Glück ist auch Arpad mit dem erfahrenen Stuntpferd Favory dabei. Gemeinsam trainieren Zoe, Arpad und Maja mit den Pferden für den Dreh. Zoe ist schrecklich aufgeregt, und selbst Arpad ist etwas nervös. Schließlich tritt er zum ersten Mal in seinem Leben als echter Stuntman an. Als sich Zoe dann auch noch mit dem gutaussehenden Hauptdarsteller anfreundet, ist die Katastrophe perfekt.

Angela Waidmann

Zoe – Das Glück hat vier Hufe

Ritt in die Freiheit

Zwischen Zoe und Arpad fliegen die Funken. Was zum Donnerwetter sollte dieser Kuss bedeuten? Als wäre das noch nicht aufregend genug, hat Zoes Herz auch noch mit einer anderen Sache zu kämpfen: Sie hat sich in den sensiblen Amorio verknallt. Doch das Pferd gehört nicht ihr, sondern ausgerechnet Emily! Und die kann offensichtlich nicht mit dem Tier umgehen. Als ihr Amorio mal wieder durchgeht, soll das Tier an einen skrupellosen Pferdehändler verkauft werden. Das muss Zoe unbedingt verhindern! Zum Glück hat sie dabei Maja und Arpad an ihrer Seite.

Arena

216 Seiten • Gebunden
ISBN 978-3-401-60205-9
www.arena-verlag.de